Das Geheimnis von Sittaford

Jubiläums-Edition

AGATHA CHRISTIE

Das Geheimnis von Sittaford

Jubiläums-Edition

Scherz
Bern – München – Wien

Einmalige Jubiläums-Ausgabe 1992
Überarbeitete Fassung der einzig
berechtigten Übertragung aus dem Englischen
von Dr. Otto Albrecht van Bebber
Titel des Originals: »The Sittaford Mystery«

1

Major Burnaby zog seine Gummischuhe an, schlug den Pelzkragen hoch, nahm von einem Regal neben der Tür eine Windlaterne und öffnete vorsichtig die Vordertür seines kleinen Hauses, um hinauszuspähen.
In ganz England war während der letzten vier Tage Schnee gefallen, doch hier, am Rand von Dartmoor, hatte er eine Höhe von über einem Meter erreicht. In ganz England stöhnten die Hausbesitzer über geplatzte Rohre, und ein Klempner – oder auch nur ein Klempnergeselle – war als Freund besonders begehrt.
Hier oben in dem kleinen Dorf Sittaford, schon unter normalen Bedingungen weltabgeschieden gelegen, jetzt aber fast vollkommen abgeschnitten von der Zivilisation, entwickelte sich die Strenge des Winters zu einem wirklichen Problem. Major Burnaby jedoch war ein abgehärteter Mann. Er schnaufte zweimal, grunzte einmal und marschierte dann entschlossen hinaus in das Schneegestöber.
Sein Ziel lag nicht sehr weit entfernt. Ein paar Schritte auf einem sich schlängelnden Pfad, dann durch ein Tor, und schon stapfte er auf einem teilweise vom Schnee befreiten Fahrweg zu einem geräumigen, aus Granitquadern erbauten Haus.
Ein adrettes Hausmädchen öffnete ihm die Tür und half ihm, sich seiner winterlichen Hüllen zu entledigen. Eine Minute später trat er über die Schwelle eines behaglichen Raumes, dessen Fenstervorhänge fest zugezogen waren, als wollten sie Wind und Wetter aussperren, und in dessen Kamin ein großes Feuer fröhlich prasselte. Zwei Frauen in geschmackvollen Nachmittagskleidern erhoben sich, um den alten Kämpen zu begrüßen.
»Prachtvoll von Ihnen, daß Sie sich herausgetraut haben, Major Burnaby«, sagte die ältere.
»Durchaus nicht, Mrs. Willett, durchaus nicht. Sehr liebenswürdig vielmehr von Ihnen, mich einzuladen.« Und er schüttelte beiden die Hand.
»Außer Ihnen kommen noch Mr. Garfield und Mr. Duke«, berichtete die Hausherrin. »Mr. Rycroft hat zwar auch zugesagt, doch kann man bei seinem Alter und diesem Wetter nicht erwarten, daß er Wort hält. Es ist zu furchtbar. Man hat das Gefühl,

irgend etwas unternehmen zu müssen, um sich seine gute Laune zu bewahren. Violet, leg doch bitte noch ein Scheit auf das Feuer.«

Zuvorkommend erhob sich der Major, um dem jungen Mädchen diese Arbeit abzunehmen.

Er legte das Holz kunstgerecht auf den richtigen Platz und kehrte dann zu dem Sessel zurück, den ihm die Gastgeberin angeboten hatte, wobei er verstohlen seinen Blick durch das Zimmer schweifen ließ. Erstaunlich, wie zwei Frauen den ganzen Charakter eines Raumes verwandeln konnten, ohne eigentlich einschneidende Veränderungen vorzunehmen.

Sittaford House war vor zehn Jahren von Captain Joseph Trevelyan erbaut worden, als er seinen Abschied von der Navy nahm. Vermögend und von jeher von dem Wunsch beseelt, in Dartmoor zu leben, hatte er sich dafür Sittaford ausgesucht, das nicht wie die meisten Dörfer und Gehöfte sich in ein Tal schmiegte, sondern frei auf dem Rücken des Moores lag. Nach Ankauf eines großen Geländes erstand zuerst ein mit allen Bequemlichkeiten ausgestattetes Haus, das seine eigene Stromversorgung und eine elektrische Pumpe für die Wasserversorgung besaß. Dann hatte der Captain zu Spekulationszwecken längs des Feldes sechs kleine Bungalows gebaut, jeden von einem halben Morgen Gartenland umgeben. Den ersten, in unmittelbarer Nachbarschaft von Sittaford, bezog sein alter Freund John Burnaby; die übrigen wurden nach und nach verkauft, es gab noch einige andere Leute, die aus Neigung oder Notwendigkeit fernab vom Getriebe der Welt zu leben wünschten. Das Dorf selbst bestand aus drei malerischen, aber baufälligen kleinen Häusern, einer Schmiede und einem Laden, der zugleich die Post war. Die nächste Stadt war Exhampton, zehn Kilometer entfernt und auf einer stetig abfallenden Straße erreichbar.

Captain Trevelyan verfügte über ein beachtliches Vermögen. Trotzdem – oder vielleicht deswegen – war er ein Mann, der sehr auf die Vermehrung seines Geldes bedacht war. Gegen Ende Oktober erkundigte sich ein Häusermakler in Exhampton brieflich bei ihm, ob er gesonnen sei, Sittaford House zu vermieten; es böte sich hierzu Gelegenheit, da zufälligerweise ein Kunde den Winter gern dort verbringen würde.

Captain Trevelyans erster Gedanke war, rundweg abzusagen, der zweite, weitere Auskünfte einzuholen. Und da wurde ihm mitgeteilt, daß der betreffende Interessent Mrs. Willett heiße, verwitwet sei und mit ihrer einzigen Tochter erst vor kurzem aus Südafrika gekommen sei.
»Donnerwetter, ist die Frau denn verrückt?« rief Captain Trevelyan, als er die Sache mit dem Major erörterte.
Burnaby hatte das gleiche Gefühl und verlieh ihm in nicht minder derben Worten Ausdruck wie sein Freund.
»Nun, Sie brauchen die verrückte alte Schachtel ja nicht zu nehmen«, meinte er. »Lassen Sie sie doch woanders hingehen, wenn sie frieren will. So ein Wahnsinn, noch dazu wenn man gerade aus Südafrika kommt!«
Doch jetzt meldete sich des Captains Geldgier. Würde sich ihm wohl noch einmal die Möglichkeit bieten, sein Haus den Winter über zu vermieten? Nie und nimmer! So entschloß er sich zu fragen, welche Miete die Dame zu zahlen gedächte.
Ein Angebot von zwölf Guineen wöchentlich entschied die Sache endgültig. Captain Trevelyan begab sich nach Exhampton, mietete ein Häuschen an der Stadtgrenze für den Preis von zwei Guineen die Woche und trat seinen Landsitz an Mrs. Willett ab, nachdem sie die Miete für ein Vierteljahr im voraus bezahlt hatte.
»Eine Närrin und ihr Geld trennen sich schnell!« knurrte er.
Doch als Major Burnaby an diesem Winternachmittag Mrs. Willett verstohlen betrachtete, mußte er sich wieder einmal sagen, daß sie durchaus nicht wie eine Närrin aussah, aus ihren Zügen sprach sogar eher Scharfsinn als Torheit. Und alles in allem machte sie keineswegs den Eindruck eines Menschen, der sich für Einsamkeit und Weltabgeschiedenheit begeistert. Was also suchte sie hier?
Als Nachbarin zeigte sie sich von einer fast verwirrenden Freundlichkeit. Es regnete Einladungen für alle und jeden. Captain Trevelyan wurde ständig gedrängt, so über sein Haus zu verfügen, als ob er es nicht vermietet hätte. Aber da er – infolge eines in der Jugend erhaltenen Korbes – Frauen am liebsten aus dem Weg ging, schlug er standhaft alle Einladungen aus.
Zwei Monate waren seit der Ankunft der Fremden vergangen, und die Neugier bei den Einheimischen war abgeebbt.

Burnaby, schweigsam von Natur, fuhr fort, die Gastgeberin insgeheim zu mustern, und vergaß darüber die Unterhaltung. Sie spielt die Närrin, ohne es wirklich zu sein – so lautete das Ergebnis seines stummen Grübelns. Jetzt suchte sein Blick Violet Willett. Hübsches Ding! Zu dürr natürlich ... aber das waren sie ja heutzutage alle. Wozu, zum Teufel, ist man eine Frau, wenn man nicht wie eine Frau aussieht? Die Zeitungen behaupteten, weibliche Rundungen würden wieder modern. Na ja, allerhöchste Zeit ...

»Wir fürchteten zunächst, Sie würden uns im Stich lassen«, erklang die Stimme Mrs. Willetts. »Erinnern Sie sich, daß Sie eine derartige Äußerung machten? Um so mehr freuen wir uns, daß Sie nun doch gekommen sind.«

»Freitag!« sagte Major Burnaby mit einer Miene, als hätte er darauf eine erschöpfende Erklärung gegeben.

»Freitag?«

»Jeden Freitag bin ich bei Trevelyan. Dienstags kommt er zu mir. So halten wir das seit Jahren.«

»Ah, ich verstehe. Natürlich, wenn man so nah beieinander lebt ...«

»Gewohnheitssache.«

»Halten Sie auch jetzt daran fest? Ich meine, jetzt, da er in Exhampton wohnt?«

»Warum mit einer Gewohnheit brechen? Uns beiden würden diese Abende sehr fehlen.«

»Sie beschäftigen sich dann mit dem Lösen von Rätseln, nicht wahr?« warf Violet ein. »Silben- und Kreuzworträtsel?«

Burnaby nickte.

»Ich löse die Kreuzworträtsel, Trevelyan die Silbenrätsel, und jeder bleibt schön bei seinem Fach. Er gewann übrigens in einem Preisausschreiben vergangenen Monat drei Bücher«, fügte er hinzu.

»Wirklich? Waren es interessante Bücher?«

»Weiß ich nicht. Habe sie noch nicht gelesen. Aber sie sehen ziemlich vielversprechend aus.«

»Wie kommen Sie denn nach Exhampton?« erkundigte sich das junge Mädchen. »Haben Sie sich einen Wagen gemietet?«

»Zu Fuß.«

»Das ist doch nicht Ihr Ernst! Zehn Kilometer!«
»Ausgezeichnete Übung. Was sind denn schon zwanzig Kilometer! Ein Spaziergang, der einen Mann fit hält.«
»Nun, zwanzig Kilometer nenne ich keine Kleinigkeit. Aber Sie und Captain Trevelyan sind große Sportsleute, nicht?«
»Wir sind früher oft zusammen in die Schweiz gereist. Skilaufen im Winter, Bergsteigen im Sommer. Schade, daß die alten Knochen für dergleichen heute nicht mehr taugen!«
»Haben Sie nicht auch mal das Tennischampionat der Armee errungen?«
Der Major errötete wie ein Mädchen.
»Wer hat Ihnen denn das verraten?« brummte er.
»Captain Trevelyan.«
»Joe täte auch besser daran, seinen Schnabel zu halten«, sagte Burnaby unwirsch. »Er redet zuviel . . . Wie das Wetter wohl wird?«
Seine Verlegenheit ignorierend, folgte Violet ihm zum Fenster, zog den Vorhang beiseite und blickte mit ihm gemeinsam auf das trostlose Bild.
»Es kommt noch mehr Schnee!« meinte der Major. »Und das Gestöber ist meines Erachtens noch dichter geworden.«
»Herrlich, herrlich!« jubelte Violet Willett. »Schnee ist so romantisch. Ich sehe ihn überhaupt zum erstenmal.«
»Es ist durchaus nicht romantisch, wenn die Rohre einfrieren, du Kindskopf«, ließ Mrs. Willett sich vernehmen.
»Haben Sie Ihr ganzes bisheriges Leben in Südafrika zugebracht, Miss Willett?«
Es schien, als dämpfe diese Frage Violets Freude, und beinahe gezwungen klang die Antwort.
»Ja . . . das ganze Leben. Noch nie war ich fort. Es ist alles schrecklich aufregend.«
Aufregend, in einem entlegenen Moordörfchen zu sitzen? Komische Vorstellung! Es war schwierig, aus diesen Leuten klug zu werden . . .
Die Tür öffnete sich, und das Hausmädchen meldete: »Mr. Rycroft und Mr. Garfield.«
Ein älterer, etwas altmodisch gekleideter Herr trat ins Zimmer, und hinter ihm kam ein frischer junger Mann herein. Letzterer sprach zuerst.

»Ich habe ihn mitgeschleift, Mrs. Willett, habe ihm geschworen, daß ich ihn nicht in den Schneemassen steckenlassen würde! Ha, Ha! Wundervoll hier ... diese prächtigen Klötze im Kamin!«
»Ja, mein junger Freund hatte die Güte, mich ungefährdet hierher zu geleiten«, sagte Mr. Rycroft, als er ein wenig feierlich den Damen die Hand schüttelte. »Wie geht es Ihnen, Miss Violet? Ein sehr zur Jahreszeit passendes Wetter, wie? Beinahe allzu passend, fürchte ich.«
Während er sich neben Mrs. Willett am Kamin niederließ, nahm Ronald Garfield gleich das junge Mädchen in Beschlag.
»Können wir denn nicht irgendwo Schlittschuh laufen? Gibt's keine Teiche hier in der Nähe?«
»Ich fürchte, Schneeschaufeln wird unser einziger Sport bleiben.«
»Na, dem habe ich mich schon den ganzen Vormittag gewidmet!«
»Tüchtig, tüchtig!«
»Lachen Sie nicht! Ich habe beide Hände voll Blasen.«
»Wie fühlt sich Ihre Tante heute?«
»Oh, immer dasselbe. Mal behauptet sie, es sei besser, dann wieder, es sei schlimmer. Ich habe ein gräßliches Leben. Jedes Jahr überlege ich, ob ich mich nicht drücken soll. Aber wenn man sich zu Weihnachen nicht bei der alten Jungfer einstellt, ist sie fähig, ihr Geld einem Katzenheim zu vermachen. Fünf dieser Biester laufen jetzt schon bei ihr herum, und ich streichle ihnen das Fell und heuchle Entzücken.«
»Ich mag Hunde lieber als Katzen.«
»Ich auch. Überhaupt gar nicht zu vergleichen. Ein Hund ist ... ja, wie soll ich sagen? Nun, eben ein Hund.«
»Mr. Duke«, meldete das Hausmädchen.
Der große, breitschultrige, sehr ruhige Mr. Duke hatte das letzte der sechs Häuschen gekauft, und zwar erst im September. Er widmete seine ganze Zeit der Pflege seines Gartens. Mr. Rycroft, sein nächster Nachbar, dessen Interesse den Vögeln galt, war sehr von ihm eingenommen und ließ sich darin auch nicht beirren, als besonders Vorsichtige raunten, daß Mr. Duke zwar ein recht nettter Mann sei, bescheiden, aber ... aber was wußte man schließlich von ihm?
Und doch wagte niemand, ihn zu fragen – weil man es ratsamer fand, nichts Genaueres zu wissen.

»Gehen Sie heute nicht nach Exhampton?« wandte Mr. Duke sich an den Major.
»Nein. Trevelyan wird mich bei dem Wetter wohl auch nicht erwarten.«
»Grauenhaft«, sagte Mrs. Willett mit einem Schaudern. »Hier Jahr für Jahr begraben zu sein – nicht auszudenken!«
Mr. Duke streifte sie mit einem raschen Blick, und auch Major Burnaby starrte sie neugierig an.
Aber in diesem Augenblick wurde der Tee hereingebracht.

2

Nach dem Tee schlug Mrs. Willett eine Partie Bridge vor.
»Wir sind zwar sechs. Aber zwei können ja abwechselnd zuschauen.«
Ronalds Augen strahlten.
»Miss Willett und ich werden zuschauen«, meinte er.
Aber Mr. Duke erklärte, daß er nicht Bridge spielen könne.
»Wie wäre es dann mit einem Gesellschaftsspiel?«
»Oder Tischrücken«, schlug Ronald Garfield vor. »Heute ist gerade der richtige Abend dafür, stürmisch und unheimlich. Als Mr. Rycroft und ich hierherkamen, unterhielten wir uns zufällig über solche Dinge.«
»Ich bin Mitglied der Society of Psychical Research«, erklärte Mr. Rycroft in seiner pedantischen Art, »und vermochte daher die Ansichten meines jungen Freundes in ein oder zwei Punkten zu berichtigen.«
»Fauler Zauber«, entschied Major Burnaby.
»Oh, aber sehr lustig, meinen Sie nicht auch?« fragte Violet. »Natürlich glaubt man nicht daran. Es ist nur ein netter Zeitvertreib. Was sagen Sie dazu, Mr. Duke?«
»Ganz wie Sie befehlen, Miss Willett.«
»Wir müssen die Lampen ausdrehen und vorher einen geeigneten Tisch suchen. Nein, den nicht, Mutter. Der ist zu schwer.«
Im Nebenzimmer fand man einen kleinen, runden Tisch mit polierter Platte, der dem Zweck entsprach und vor den Kamin ge-

rückt wurde. Dann löschte man, nachdem alle ihre Plätze eingenommen hatten, das Licht.
Major Burnaby saß zwischen der Hausherrin und Violet, an der anderen Seite des jungen Mädchens saß Ronald Garfield. Und man wartete, unter Lachen und Wispern und den üblichen Bemerkungen.
»Die Geister lassen sich Zeit.«
»Wahrscheinlich haben sie einen langen Weg zurückzulegen.«
»Pst! Wenn wir nicht ernst sind, wird sich nichts ereignen.«
»Es ereignet sich auch nichts.«
»Selbstverständlich nicht sofort.«
»Wenn Sie doch nur still sein wollten . . .!«
Zuletzt aber hörte tatsächlich jedes Geflüster auf. Tiefe Stille.
»Dieser Tisch ist so tot wie ein Hammelkotelett«, murrte Ronald Garfield verärgert.
»Pst! Pst!«
Ein Zittern lief durch die polierte Oberfläche, und der Tisch begann zu rücken.
»Jetzt muß man Fragen stellen. Wer soll fragen? Sie, Ronnie.«
»Oh . . . ich . . . was muß ich denn fragen?«
»Ist ein Geist zugegen?« sagte Violet vor.
Und gehorsam plapperte der junge Mann nach: »Ist ein Geist zugegen?«
Ein kurzer Ruck.
»Das bedeutet: ja«, erklärte Violet.
»Geist, wer bist du?«
Keine Antwort.
»Sagen Sie ihm, er soll seinen Namen buchstabieren.«
»Das kann er doch nicht.«
»Freilich. Wir zählen die einzelnen Bewegungen des Tisches.«
»Famos! Geist, würdest du bitte deinen Namen buchstabieren?«
Der Tisch begann heftig hin und her zu rücken.
»A B C D E F G H I . . . ja, war das nun ein I oder ein J?«
Fragen Sie ihn. War das ein I?«
Ein Ruck. »Ja, den nächsten Buchstaben bitte.«
Der Name des Geistes war Ida.
»Geist, hast du eine Botschaft für einen von uns?«
»Ja.«

»Für wen? Miss Willett?«
»Nein.«
»Mrs. Willett?«
»Nein.«
»Mr. Rycroft?«
»Nein.«
»Für mich?«
»Ja.«
»Hört, hört, für Ronnie! Weiter. Er soll buchstabieren.«
Der Tisch buchstabierte »Diana«.
»Wer ist Diana? Ronnie, kennen Sie jemanden, der Diana heißt?«
»Nein. Wenigstens . . .«
»Aha, also doch!«
»Fragen Sie, ob sie eine Witwe ist.«
Der Spaß nahm seinen Fortgang. Mr. Rycroft lächelte nachsichtig – die Jugend will ihr Vergnügen haben! Ein plötzliches Aufflammen des Feuers enthüllte ihm das Gesicht der Gastgeberin, das müde und abgespannt aussah. Mrs. Willett schien mit ihren Gedanken weit fort zu sein.
Major Burnaby dachte an den Schnee. Ungeheuer, diese Schneemassen, und bestimmt würde es den ganzen Abend weiterschneien. Der strengste Winter, den er je erlebt hatte. Mr. Duke dagegen widmete sich dem Spiel voller Hingabe. Aber ach! Die Geister zollten ihm wenig Beachtung! Alle ihre Botschaften galten Violet oder Ronald.
Dem jungen Mädchen wurde offenbart, daß es nach Italien reisen würde. Irgend jemand würde mitreisen. Keine Frau, sondern ein Mann. Leonhard.
Wieder anhaltendes Gelächter, das sich verstärkte, als der Tisch den Namen einer Stadt buchstabierte, der russisch und keineswegs italienisch klang.
Daraufhin wurden die üblichen Beschuldigungen erhoben.
»Nicht doch, Violet« – Ronald Garfield nutzte die Gelegenheit, die Anrede Miss Willett fallenzulassen –, »Sie schieben ja.«
»Nein, ich schiebe nicht. Jetzt berühren meine Hände die Platte gar nicht, und der Tisch bewegt sich doch.«
Aber allmählich wurde der Tisch träge und antwortete nicht mehr.

»Ist Ida fortgegangen?«
Ein einziger langer Ruck.
»Wird ein anderer Geist an ihrer Stelle kommen?«
Nichts.
Plötzlich fing der Tisch an zu zittern und machte dann einen heftigen Ruck.
»Hurra! Ist dort ein neuer Geist?«
»Ja.«
»Hast du eine Botschaft für jemanden?«
»Ja.«
»Für mich?«
»Nein.«
»Für Violet?«
»Nein.«
»Für Major Burnaby?«
»Ja.«
»Für Sie, Major. Geist, bitte buchstabiere!«
Der Tisch wiegte und schaukelte sich langsam.
»TREV . . . sind Sie sicher, daß er V gemeint hat? TREV- das gibt doch keinen Sinn.«
»Doch«, sagte Mrs. Willett. »Captain Trevelyan.«
»Geist, meinst du Captain Trevelyan?«
»Ja.«
»Bringst du eine Botschaft für Captain Trevelyan?«
»Nein.«
»Was dann?«
Der Tisch begann zu rucken – bedächtig, rhythmisch. So bedächtig, daß es leicht war, die Buchstaben zu zählen.
»T . . .« Eine Pause. »OT.«
»Tot.«
»Ist jemand tot?«
Statt ja oder nein, fing der Tisch wieder an zu schaukeln, bis er den Buchstaben T erreichte.
»T . . . meinst du Trevelyan?«
Ein sehr scharfer Ruck: »Ja.«
Irgendwer unter den Anwesenden schnappte nach Luft. Und als Ronald die nächste Frage stellte, war aus seiner Stimme jeder Übermut wie weggewischt.

»Meinst du . . . Trevelyan ist tot?«
»Ja.«
Eine Pause trat ein, als ob niemand wüßte, was man nun fragen sollte.
Und mitten in dieser Pause fing der Tisch eigenmächtig an zu rücken. Laut sprach Ronald die Buchstaben nach . . .
»MORD«
Mit einem Schrei nahm Mrs. Willett ihre Hände von der Platte.
»Nein, nicht mehr weiter. Das ist ja entsetzlich.«
Doch jetzt erklang Mr. Dukes Stimme, klar und beherrscht.
»Meinst du, daß Captain Trevelyan ermordet worden ist?«
Kaum hatten seine Lippen das letzte Wort gesprochen, als auch schon die Antwort erfolgte. So heftig und bestimmt rückte der Tisch, daß er fast umkippte. Ein einziger Ruck war es nur.
»Ja.«
»Nein, das ist kein Scherz mehr«, sagte Ronald Garfield, indem er gleichfalls die Hände fortzog.
»Schalten Sie das Licht an«, sagte Mr. Rycroft.
Major Burnaby erhob sich, um der Aufforderung nachzukommen, und die plötzliche Helle fiel auf einen Kreis bleicher, verstörter Gesichter. Einer blickte verlegen den anderen an.
»Blech natürlich!« meinte der junge Garfield mit einem gezwungenen Lachen.
»Glatter Unsinn«, pflichtete Mrs. Willett ihm bei.
»Solche Scherze sollte niemand machen.«
»Nein, nicht über Tod und Sterben.«
»Ich habe nicht geschoben«, versicherte Ronald, als müsse er sich eines unausgesprochenen Vorwurfs erwehren. »Das kann ich beschwören.«
»Von mir kann ich dasselbe sagen«, erklärte Mr. Duke.
»Und Sie, Mr. Rycroft?«
»Wahrhaftig, ich war es nicht.«
»Sie werden doch hoffentlich nicht glauben, daß ich mir einen solch blöden Scherz erlaubt hätte«, knurrte der Major. »Verflucht schlechter Geschmack!«
»Violet, mein Kind . . .«
»Ich habe es nicht getan. Bei Gott nicht!«
Das junge Mädchen war dem Weinen nahe.

Major Burnaby schob seinen Stuhl zurück, ging zum Fenster und schob den Vorhang zur Seite. Mit dem Rücken zum Zimmer stand er dort und starrte in das Dunkel hinaus.
»Fünfundzwanzig Minuten nach fünf«, bemerkte Mr. Rycroft und blickte zur Uhr auf dem Kaminsims hinüber. Dann verglich er die Zeit mit seiner Taschenuhr, und jeder spürte, daß sein Tun eine gewisse Bedeutung hatte.
»So, meine Herrschaften, ich glaube, ein Cocktail dürfte uns allen jetzt nichts schaden«, sagte Mrs. Willett mit erzwungener Fröhlichkeit. »Wollen Sie bitte klingeln, Mr. Garfield?«
Ronald gehorchte.
Als das Mädchen die Zutaten gebracht hatte, wurde der junge Garfield zum Mixer ernannt, und nach und nach löste sich die Beklemmung.
»Zum Wohl!« rief Ronald und hob sein Glas.
Die übrigen taten ihm Bescheid –, alle, außer der stummen Gestalt am Fenster.
»Major Burnaby, hier ist Ihr Cocktail.«
Der Angeredete fuhr zusammen und wandte sich langsam um.
»Danke, Mrs. Willett. Nicht für mich.« Wieder warf er einen Blick in die Nacht hinaus, um dann zu der Gruppe am Kamin hinüberzugehen.
»Haben Sie besten Dank für die angenehmen Stunden. Guten Abend!«
»Sie wollen doch nicht etwa gehen?«
»Bedaure, ich muß.«
»Aber doch nicht jetzt schon.«
»Es tut mir leid, Mrs. Willett, aber es läßt sich nicht ändern. Wenn wenigstens ein Telefon da wäre!«
»Ein Telefon?«
»Ja ... um die Wahrheit zu gestehen, ich ... ich möchte gern Gewißheit haben, daß Joe Trevelyan munter und wohlauf ist. Alberner Aberglaube – natürlich. Aber man wird das unheimliche Gefühl nicht los, obwohl ...«
»Sie können doch von nirgendwo telefonieren, Major. In ganz Sittaford gibt's ja kein Telefon.«
»Da liegt eben die Schwierigkeit. Und da ich nicht telefonieren kann, muß ich nach Exhampton.«

»Mein lieber Major, bedenken Sie doch den Zustand der Straße. Um nichts in der Welt wird Elmer bei diesem Unwetter seinen Wagen hergeben.«
Elmer war der Besitzer des einzigen Wagens am Ort, eines klapprigen Ford, den er für eine nette, runde Summe an alle vermietete, die nach Exhampton wollten.
»Wagen? Wer spricht denn von Wagen? Auf meinen zwei Beinen werde ich hingelangen.«
Ein Chor des Widerspruchs wurde laut.
»Unmöglich, Major Burnaby! Sie haben selbst gesagt, daß es noch mehr Schnee geben wird.«
»Nicht vor Ablauf einer Stunde – vielleicht läßt er auch noch länger auf sich warten. Ich komme schon hin, keine Angst!«
»Nein, Major, das dürfen Sie nicht tun. Und wir dürfen das einfach nicht zulassen.«
Mrs. Willett war ernstlich besorgt und aufgebracht.
Aber Bitten und Vorstellungen machten auf Major Burnaby nicht mehr Eindruck als auf einen Felsen. Halsstarrig, wie er war, ließ er sich von einem einmal gefaßten Entschluß nicht abbringen.
Er hielt es für richtig, nach Exhampton zu gehen und sich mit eigenen Augen davon zu überzeugen, daß seinem alten Freund nichts zugestoßen war. Und das wiederholte er Mrs. Willett und ihren Gästen gegenüber wohl ein halbdutzendmal.
»Ich will nur noch schnell bei mir zu Haus eine Flasche einstekken«, sagte er fröhlich, als er mit der Sturmlaterne in der Hand marschbereit an der Haustür stand. »Trevelyan wird mich wohl über Nacht bei sich behalten. Machen Sie sich keine Sorgen, Mrs. Willett. Schnee oder nicht Schnee – in ein paar Stunden bin ich in Exhampton. Gute Nacht!«
Er stapfte von dannen, während die anderen zum gemütlichen Feuer zurückkehrten.
Mr. Rycroft raunte Mr. Duke zu:
»Zweifellos gibt es noch mehr Schnee, und zwar längst, ehe er Exhampton erreicht haben wird. Mein Gott, wenn ihm unterwegs nur nichts zustößt!«
Duke runzelte die Stirn.
»Ja, ich habe auch das unbehagliche Gefühl, daß wir ihn nicht ganz allein hätten gehen lassen sollen.«

»Nein, wie entsetzlich«, klagte Mrs. Willett. »Wirklich entsetzlich. Violet, nie wieder wird dieses dumme Spiel bei uns gespielt. Der arme Major Burnaby versinkt jetzt möglicherweise in einer Schneewehe oder holt sich eine Lungenentzündung. In seinem Alter ist das doppelt gefährlich. Ein Wahnwitz von ihm, so davonzustürmen, denn natürlich ist Trevelyan heil und gesund.«
»Natürlich! Natürlich!« klang es im Echo zurück.
Doch auch jetzt fühlte man sich irgendwie unbehaglich.
Angenommen, dem Captain wäre doch etwas geschehen ... Angenommen ...

3

Zwei und eine halbe Stunde später, also kurz vor acht Uhr, taumelte Major Burnaby, die Sturmlaterne in der Hand und den Kopf auf die Brust gesenkt, um sein Gesicht einigermaßen vor dem blindwütigen Schneetreiben zu schützen, über den Pfad, der bei der Haustür von Captain Trevelyans Wohnung endete.
Vor gut einer Stunde hatte der Schneesturm wieder begonnen. Major Burnaby keuchte vor Erschöpfung. Halb gelähmt vor Kälte stampfte er mit den Füßen, blies, schnaufte, pustete und drückte endlich einen erstarrten Finger auf den Klingelknopf.
Schrill gellte die Glocke.
Burnaby wartete. Als sich nach mehreren Sekunden drinnen immer noch nichts regte, drückte er zum zweitenmal. Und wieder rührte sich nichts.
Jetzt läutete Burnaby, ohne den Finger von dem weißen Knopf zu lösen, ununterbrochen ... ununterbrochen. Niemand kam. Da ergriff der Major den Türklopfer und handhabte ihn so heftig, daß der verursachte Lärm in ein lautes Donnern ausartete.
Aber das kleine Haus blieb stumm wie der Tod.
Der Major ließ den Klopfer sinken. Einen Augenblick verharrte er verblüfft, um dann kehrtzumachen und den Weg, der in die Stadt führte, weiter zu verfolgen.
Nach gut hundert Metern war er bei der kleinen Polizeiwache angelangt, zögerte kurz und stieß schließlich die Tür auf.

Constable Graves, der den alten Herrn gut kannte, sprang vor Erstaunen mit einem Satz in die Höhe.
»Das hätte ich mir nicht träumen lassen, daß Sie in einer solchen Nacht draußen sind, Sir.«
»Hören Sie, Graves«, schnitt Burnaby ihm das Wort ab. »Ich habe beim Captain wie ein Wilder geklingelt und geklopft und erhalte keine Antwort.«
»Natürlich, heute ist ja Freitag«, erwiderte Graves, dem die Gewohnheiten der beiden genügend bekannt waren. »Aber Sie wollen doch nicht etwa sagen, daß Sie bei diesem Unwetter von Sittaford heruntergekommen sind? Der Captain hat Sie sicherlich nicht erwartet.«
»Ob er mich erwartet hat oder nicht – ich bin gekommen«, entgegnete der Major verdrossen. »Und wie ich Ihnen bereits erklärte, ich kann nicht hinein, da all mein Klingeln und Klopfen keinen Erfolg hatte.«
Etwas von seiner Besorgnis schien sich auch dem Polizisten mitzuteilen, denn er brummte: »Das ist eigenartig.«
»Natürlich ist das eigenartig.«
»Kaum anzunehmen, daß er bei dem Hundewetter irgendwo im Freien ist.«
»Richtig.«
»Das ist eigenartig«, wiederholte Graves.
Angesichts dieser Schwerfälligkeit verlor der Major die Geduld.
»Wollen Sie jetzt etwas unternehmen oder nicht?« fragte er bissig.
»Unternehmen . . .?« Constable Graves überlegte. »Meinen Sie, ihm ist schlecht geworden. Ah . . .« – sein Gesicht hellte sich auf –, »ich werde versuchen, ihn telefonisch zu erreichen.«
Aber auf das Klingeln des Telefons reagierte Captain Trevelyan ebensowenig wie auf die Türglocke.
»Teufel auch, das sieht wirklich so aus, als ob ihm etwas zugestoßen wäre«, sagte der Polizist, als er den Hörer auflegte. »Noch dazu ist er ganz allein. Am besten nehmen wir auch Dr. Warren gleich mit.«
Der Arzt bewohnte das Nachbarhaus und hatte sich mit seiner Frau gerade zum Essen niedergesetzt, so daß ihm die Störung höchst unwillkommen war. Trotzdem willigte er, wenn auch grollend, ein, die beiden zu begleiten.

Noch immer wirbelten draußen dicke Flocken hernieder.
»Verdammter Winter!« fluchte der Doktor. »Hoffentlich haben Sie mich nicht umsonst in diese Kälte hinausgejagt. Trevelyan ist ein Bär von einem Mann, dem noch nie etwas gefehlt hat.«
Major Burnaby antwortete nicht.
Als aus dem kleinen Haus an der Stadtgrenze nach abermaligem Klingeln und Pochen wieder kein Lebenszeichen drang, schlug Dr. Warren vor, zu einem der rückwärtigen Fenster zu gehen.
»Es ist leichter einzuschlagen als die Tür.«
Auf ihrem Weg dorthin kamen sie an dem seitlichen Nebeneingang vorbei, der aber gleichfalls verschlossen war. Dann betraten sie die schneebedeckte Rasenfläche, die sich bis zu den hinteren Fenstern erstreckte. Und plötzlich stieß Warren einen Ruf des Erstaunens aus.
»Mein Gott, das Fenster des Arbeitszimmers steht auf.«
Tatsächlich war das französische Fenster nur angelehnt. Was bedeutete das . . .? Kein Mensch mit Verstand saß bei dieser Eiseskälte bei geöffnetem Fenster da. Im Zimmer brannte Licht. Es schlängelte sich als schmales, gelbes Band durch den Türspalt. Burnaby trat zuerst ein, ihm folgte dicht auf den Fersen der Constable, und beide Männer blieben drinnen wie erstarrt stehen. Im nächsten Augenblick stand Dr. Warren neben ihnen und sah, was sie entdeckt hatten.
Mit dem Gesicht nach unten und die Arme weit von sich gestreckt lag Captain Trevelyan auf dem Boden. Im Zimmer selbst herrschte eine wilde Unordnung: Schubladen halb herausgerissen, Papiere über das Parkett verstreut, und das Fenster an der Stelle, wo man es mit Gewalt aufgebrochen hatte, zersplittert. Neben Captain Trevelyan lag eine dunkelgrüne Filzröhre, etwa fünf Zentimeter im Durchmesser.
Im Nu kniete der Arzt neben der leblosen Gestalt. Eine Minute genügte ihm. Als er sich wieder erhob, war sein Gesicht aschfahl.
»Ist er tot?« fragte Burnaby.
Dr. Warren nickte und drehte sich dann zu Graves um.
»Das Weitere haben Sie zu veranlassen. Ich kann hier nichts tun, als den Leichnam zu untersuchen, und vielleicht ist es Ihnen lieber, wenn ich damit bis zum Eintreffen des Inspektors warte. Die Todesursache vermag ich Ihnen auch schon zu sagen: Schädel-

bruch, offenbar damit beigebracht.« Er wies auf die grüne Filzröhre.
»Trevelyan hatte sie immer unten quer vor der Tür liegen, um die Zugluft abzuhalten«, erklärte Burnaby, und seine Stimme klang heiser vor Erregung. »Sie ist mit Sand gefüllt und ziemlich schwer.«
»Ja . . . eine sehr wirksame Form eines Sandsacks.«
»Mein Gott!«
»Aber . . . aber . . .« stammelte der Polizist, dessen Hirn erst jetzt zu begreifen begann. »Die Herren meinen also, hier läge ein Mord vor?«
Erschüttert schritt er zum Tisch, auf dem das Telefon stand.
Major Burnaby näherte sich dem Arzt.
»Haben Sie eine Ahnung, wie lange er schon tot ist, Doktor?« stieß er schweratmend hervor.
»Ungefähr zwei Stunden, möglicherweise auch drei. Doch das ist eine grobe Schätzung.«
Burnaby netzte seine trockenen Lippen mit der Zunge. »Würden Sie sagen, daß er um fünf Uhr fünfundzwanzig getötet wurde?«
Der Arzt maß ihn mit einem Blick, in dem Neugier und Befremden zugleich lagen.
»Wenn ich eine Zeit anzugeben hätte, würde ich etwa diese Stunde nennen«, entgegnete er nach einigem Nachdenken.
»Barmherziger Himmel!«
Major Burnaby schwankte wie ein Betrunkener zu einem Stuhl, sank hinein und murmelte, während sich ein unbeschreibliches Entsetzen über sein Gesicht verbreitete, vor sich hin:
»Fünf Uhr fünfundzwanzig . . . Oh, dann war es also doch kein Scherz und auch kein Schwindel!«

4

Am Morgen, der dieser Schreckensnacht folgte, standen zwei Männer im Arbeitszimmer des toten Captains.
Inspektor Narracott blickte sich aufmerksam um, und auf seiner Stirn erschien eine senkrechte Falte. »Ja«, sagte er nachdenklich.

Er war ein sehr fähiger Beamter, geschätzt wegen seiner ruhigen, geduldigen Art, seines logischen Denkens und seiner scharfen Beobachtungsgabe, die ihm Erfolg verschafften, wo manch anderer Mann versagt haben würde. Von Exeter herbeigerufen, um den Fall zu übernehmen, war er mit dem ersten Morgenzug angekommen und stand nun in Trevelyans Zimmer, das er, unterstützt von Sergeant Pollock aus Exhampton, einer gründlichen Prüfung unterzogen hatte.

Draußen hüllte ein makelloses Weiß die Landschaft ein, und von der fahlen Wintersonne, die darüber lag, verirrte sich ein Strahl auch in das Fenster. Reichlich hundert Meter von diesem entfernt begrenzte ein Zaun das Grundstück, und dahinter stiegen gleich die Hänge der schneebedeckten Hügelkette empor.

Noch einmal beugte sich Inspektor Narracott über den Leichnam und erkannte – selbst athletisch gebaut – sofort den Sportsmann, die breiten Schultern, die schmalen Hüften und die kräftig entwickelte Muskulatur. Der kleine Kopf saß wohlgeformt auf den Schultern, und der seemännische Spitzbart war sorgfältig gestutzt. Wie er mittlerweile wußte, hatte Captain Trevelyan ein Alter von sechzig Jahren erreicht, doch er sah aus wie ein Mann von ein- oder zweiundfünfzig.

»Eine seltsame Geschichte«, grübelte der Inspektor. »Was halten Sie davon, Pollock?«

»Tja . . .« Sergeant Pollock kratzte sich den Kopf. Als vorsichtiger Mann liebte er es nicht, mehr als unumgänglich nötig zu äußern. »Tja . . . ich möchte beinahe annehmen, daß der Täter an die Fenstertür kam, das Schloß aufbrach und das Zimmer zu durchsuchen begann. Captain Trevelyan wird wohl oben gewesen sein . . .«

»Wo liegt sein Schlafzimmer?«

»Oben, Sir. Über diesem Zimmer.«

»Zu dieser Jahreszeit ist es um vier Uhr bereits dunkel, und folglich hat der Captain, wenn er sich in seinem Schlafzimmer aufgehalten haben sollte, dort das Licht brennen gehabt, was dem Einbrecher nicht entgangen sein kann. Aber lassen wir das vorläufig mal . . . Wie also weiter?«

»Nun, ich denke, der Captain hat ein Geräusch gehört und ist runtergekommen, um nachzusehen. Der Einbrecher aber, als er die Schritte vernimmt, packt jenes Filzding da, verbirgt sich hinter der Tür, und als der Captain das Zimmer betritt, erhält er von hinten einen Schlag über den Schädel.«

Inspektor Narracott nickte.

»Ja, an der einen Tatsache ist nicht zu rütteln, nämlich daß er niedergeschlagen wurde, als er das Gesicht dem Fenster zukehrte. Aber nichtsdestoweniger gefällt mir Ihre Schilderung nicht, Pollock.«

»Nein, Sir?«

»Nein, weil ich, wie gesagt, nicht an Häuser glaube, in die man nachmittags gegen fünf Uhr einbricht.«

»Vielleicht – vielleicht hat er gemeint, eine günstige Gelegenheit . . .«

»Hier kann von günstiger Gelegenheit nicht die Rede sein. Wurde er etwa durch ein offenstehendes Fenster angelockt? Nein. Es war eine überlegte, wohlerwogene Tat. Und sehen Sie sich dieses heillose Durcheinander an. Wohin aber würde ein Einbrecher zuerst seine Schritte lenken? Ins Speisezimmer oder die Anrichte, wo das Silber verwahrt wird.«

»Das stimmt«, gab der Sergeant zu.

»Und dieser Wirrwarr, dieses Chaos«, fuhr der Inspektor fort, »diese herausgezogenen und durchwühlten Schubladen . . . pah! Das ist Schwindel!«

»Schwindel?«

»Betrachten sie die Fenstertür, Sergeant. Sie war nicht durch Schloß und Riegel gesichert und wurde nicht mit Gewalt aufgebrochen; sie war vielmehr nur geschlossen, und man hat sie von außen zersplittert, um den Anschein eines gewaltsamen Aufbrechens zu erwecken.«

Pollock untersuchte das Schloß aus nächster Nähe und konnte einen Ausruf nicht unterdrücken.

»Wahrhaftig, Sie haben recht, Sir«, erklärte er dann ehrerbietig. »Wer mag das nur getan haben?«

»Jemand, der uns Sand in die Augen streuen will und dem das nicht geglückt ist!«

Sergeant Pollock schmeichelte das »uns« ungemein. Er ahnte nicht, daß der kluge Inspektor Narracott mit solch kleinen Gesten die Herzen seiner Untergebenen zu gewinnen wußte.

»Dann war es also kein Einbruch, Sir, sondern sozusagen ein Täuschungsmanöver.«
»Ja«, bestätigte der Inspektor. »Das Merkwürdige ist allerdings, daß nach meiner Meinung der Mörder tatsächlich durch die Fenstertür hereinkam. Wie Sie und Graves berichteten und wie ich auch noch selbst erkennen kann, sind Spuren feuchter Flecke vorhanden, die von dem schmelzenden Schnee herrühren, den der Täter an seinen Schuhen mit ins Haus trug. Auf jene feuchten Flecke stießen wir aber nur in diesem Raum. Constable Graves versichert, daß sie ihm hier sofort aufgefallen seien, während er in der Diele nichts dergleichen bemerkte. Trifft dies zu – und ich habe keinerlei Grund, Graves' Aussage in Zweifel zu ziehen –, so muß Captain Trevelyan persönlich den Mörder durch diese Fenstertür hereingelassen haben, woraus man mit Fug und Recht schließen darf, daß der Captain ihn kannte. Sergeant, könnten Sie als Einheimischer mir sagen, ob Trevelyan ein Mensch gewesen ist, der sich leicht Feinde machte?«
»Feinde? Ich möchte behaupten, daß er auf der ganzen Welt keinen Feind gehabt hat. Ein bißchen versessen aufs Geld, ein bißchen scharf im Dienst – Trägheit duldete er nicht –, aber weiß Gott, er wurde allgemein geachtet.«
»Keine Feinde«, sagte Narracott grübelnd.
»Hier jedenfalls nicht.«
»Freilich, man kann nicht wissen, ob er es sich während seiner Dienstzeit nicht doch mit diesem oder jenem verdarb. Und die Erfahrung hat mich gelehrt, daß ein Mensch, der sich an einem Ort Feinde machte, sie sich auch an einem anderen machen wird. Diese Möglichkeit dürfen wir also nicht gänzlich von der Hand weisen. Logischerweise kommen wir damit zum nächsten Beweggrund – dem alltäglichsten für jedes Verbrechen –, Gewinnsucht. Wenn ich Sie recht verstanden habe, war Captain Trevelyan ein reicher Mann?«
»Ja, aber nicht sehr freigebig ... Jammerschade, daß es so schneite«, setzte der Sergeant ziemlich unvermittelt hinzu. »Sonst hätten die Fußspuren uns vielleicht einen Anhaltspunkt gegeben.«
»Wohnte sonst noch jemand im Haus?«
»Nein. Während der letzten fünf Jahre hatte Captain Trevelyan

nur einen Diener, einen früheren Maat. Oben in Sittaford House kam außerdem noch täglich eine Frau; aber sein Bursche, Evans, kochte für seinen Herrn und betreute ihn. Vor einem Monat hat er geheiratet – sehr zum Ärger des Captain. Ich glaube, das hat mit dazu beigetragen, daß er seinen Landsitz der afrikanischen Dame überließ. Er sträubte sich dagegen, ein weibliches Wesen um sich zu haben. Evans wohnt jetzt mit seiner jungen Frau hier in der Fore Street. Er trat stets frühmorgens seinen Dienst an. Ich habe ihn übrigens herbestellt, damit Sie ihn verhören können, Sir. Vorderhand sagte er, daß er gestern nachmittag gegen halb drei von hier weggegangen sei, da der Captain ihn nicht länger benötigt habe.«

»Sehr gut. Ich werde ihn mir gleich vornehmen. Was ist er für ein Mensch?«

Sergeant Pollock verstand besser, Berichte über Tatsachen abzufassen, als einen Mitmenschen eingehend zu schildern, und so begnügte er sich mit der Wiederholung: »Er war früher bei der Navy.«

»Trinkt er?«

»Nicht, daß ich wüßte.«

»Und seine Frau? Vielleicht ein Liebchen des Captain, he?«

»Nein, nein, Sir. So etwas lag dem Captain nicht. Er war sogar als Frauenfeind bekannt.«

»Und Evans galt als seinem Herrn treu ergeben?«

»Ja, Sir. Und ich denke, in einem Nest wie Exhampton wäre es bald ruchbar geworden, wenn er es nicht ehrlich gemeint hätte.«

Inspektor Narracott nickte zustimmend.

»Gut. Da es hier nichts mehr zu tun gibt, will ich jetzt mit Evans reden, nachher die anderen Räumlichkeiten des Hauses besichtigen und zum Schluß in die ›Three Crowns‹ hinübergehen und mich bei Major Burnaby melden. Seine Bemerkung über die Zeit gibt zu denken. Fünfundzwanzig Minuten nach fünf, was? Er muß etwas wissen, was er Ihnen vorenthalten hat. Oder woher könnte er sonst so genau die Stunde des Verbrechens erraten?«

»Seltsam!« sagte Sergeant Pollock, als er von der Schwelle aus noch einen Blick auf den papierübersäten Boden warf. »Diese Sache mit dem vorgetäuschten Einbruch ...«

»Das ist es nicht, was mich am merkwürdigsten berührt«, unter-

brach Narracott ihn. »Zu ähnlichen Tricks hat schon so mancher Verbrecher seine Zuflucht genommen. Nein – die Fenstertür macht mich stutzig.«
»Die Fenstertür, Sir?«
»Ja, Pollock. Warum benutzte der Mörder diesen Eingang? Angenommen, es ist jemand gewesen, den Trevelyan kannte und dem er ohne weiteres Einlaß gewährte, warum, zum Kuckuck, ging er nicht durch die Haustür? In Sturm und Schnee vom Weg zur rückwärtigen Glastür zu gelangen, bringt bei dieser dicken Schneedecke allerhand Unbequemlichkeiten mit sich. Er muß also schon triftige Gründe gehabt haben.«
»Vielleicht wollte er nicht gesehen werden, als er von der Straße zum Haus abbog«, mutmaßte Pollock.
»Wer sollte ihn bei dem Unwetter wohl sehen . . .! Glauben Sie, es hat sich gestern nachmittag irgend jemand das Vergnügen gemacht, hierher an den Rand der Stadt zu spazieren? Nein, nein, der Grund ist ein ganz anderer, und hoffentlich finden wir ihn heraus.«

5

Evans saß wartend im Eßzimmer und erhob sich bei ihrem Eintritt respektvoll von seinem Stuhl. Er war ein untersetzter Mann mit auffallend langen Armen, glattrasiertem Gesicht und kleinen Schweinsäuglein.
Inspektor Narracott faßte im stillen sein Urteil in drei Worte zusammen: intelligent, pfiffig und praktisch.
»Sie sind Evans, nicht wahr?«
»Ja, Sir.«
»Vornamen?«
»Robert Henry.«
»Nun erzählen Sie mir mal, was Sie über die traurige Affäre wissen.«
»Nichts, Sir. Ich war wie vor den Kopf gestoßen, als ich davon erfuhr.«
»Wann haben Sie Ihren Herrn zuletzt gesehen?«

»Gegen zwei Uhr, Sir. Ich wusch das Geschirr vom Mittagessen ab und deckte dann den Tisch für die Abendmahlzeit, so, wie Sie ihn jetzt hier sehen. Der Captain sagte, ich bräuchte nicht noch einmal wiederzukommen.«

»Also für gewöhnlich kommen Sie abends wieder?«

»Meistens, so gegen sieben – aber nicht immer.«

»Folglich waren Sie nicht erstaunt, als Ihr Herr Sie für den Abend beurlaubte?«

»Nein, Sir. Denn vorgestern bin ich abends auch nicht wiedergekommen, wegen des schlechten Wetters. Der Captain war ein sehr rücksichtsvoller Herr, sofern man es nicht aufs Schwänzen anlegte.«

»Was genau sagte er?«

»Er schaute aus dem Fenster und meinte: ›Keine Hoffnung, daß Burnaby mich heute besucht. Sollte mich wundern, wenn Sittaford nicht gänzlich abgeschnitten ist – so einen Winter habe ich seit meiner Kindheit nicht mehr erlebt . . .‹ Er meinte seinen Freund Major Burnaby, Sir, der stets am Freitag kam und mit dem Captain Schach spielte und Rätsel löste. Und an jedem Dienstag besuchte der Captain den Major. Er war überhaupt sehr beständig in seinen Gewohnheiten, der Captain. Dann sagte er zu mir: ›Evans, Sie können gehen und brauchen erst morgen früh wieder anzutreten.‹«

»Abgesehen von diesem Hinweis auf Major Burnaby ließ er nicht verlauten, daß er jemanden für den Nachmittag erwarte?«

»Nein, Sir, mit keiner Silbe.«

»Haben Sie irgend etwas Ungewöhnliches in seinem Verhalten bemerkt?«

»Nein, Sir.«

»Und nun zu Ihnen, Evans. Ich habe gehört, daß Sie kürzlich geheiratet haben.«

»Jawohl. Mrs. Bellings Tochter von den ›Three Crowns‹. Zwei Monate ist es her.«

»Captain Trevelyan war nicht übermäßig erfreut darüber, wie?«

Der Anflug eines Grinsens spielte um Evans' Mund.

»Im Gegenteil. Ganz erbost war er. Meine Rebekka ist ein tüchtiges Mädchen und eine ausgezeichnete Köchin. Ich hatte gehofft, wir könnten zusammen den Dienst beim Captain versehen. Doch davon wollte er nichts wissen; er schimpfte, daß Weiberwirtschaft im Haus nur Unfrieden bringe, so daß die Sache ziemlich verfahren war, als die afrikanische Dame auftauchte und Sittaford House für den Winter zu mieten wünschte. Der Captain ging darauf ein, und ich erschien jeden Morgen hier zum Dienst. Ich will Ihnen nicht verhehlen, Sir, daß ich damit rechnete, der Herr würde anderen Sinnes werden und im Frühling die Rebekka und mich mit nach Sittaford nehmen. Mein Gott, er hätte ihre Anwesenheit ja gar nicht gespürt! Ihr Reich wäre schließlich vor allem die Küche gewesen.«

»Haben Sie eine Ahnung, Evans, weshalb er sich so ablehnend Frauen gegenüber verhielt?«

»Ach, da steckte nichts Ernstliches dahinter, Sir. Eine Schrulle. Ich habe mehr Herren kennengelernt, die so dachten wie er. Wenn ich meine ehrliche Meinung sagen soll, so muß ich bekennen, daß ich es für eine gewisse Scheu halte. Irgendeine junge Dame, der Sie als junger Mann zugetan sind, läßt Sie abblitzen – und diese Erinnerung schleppen Sie dann Ihr Leben lang mit sich herum.«

»Wissen Sie Bescheid über die Verwandtschaft des Captains?«

»Ich glaube, eine Schwester von ihm lebt in Exeter, Sir. Außerdem erwähnte er mal einen Neffen oder mehrere Neffen.«

»Und keiner von denen ließ sich je bei ihm blicken?«

»Nein. Ich glaube, er hatte sich mit seiner Schwester in Exeter zerstritten.«

»Ist Ihnen der Name bekannt?«

»Gardner, wenn ich nicht irre. Aber genau weiß ich es nicht.«

»Die Adresse?«

»Bedaure, Sir.«

»Nun, das wird sich zweifellos den Papieren des Ermordeten entnehmen lassen. Was haben Sie selbst gestern von vier Uhr ab getan, Evans?«

»Ich war daheim, Sir.«

»Daheim – wo ist das?«

»Gleich um die Ecke, Fore Street 85.«

»Gingen Sie gar nicht aus?«

»Bei dem Wetter? Wo es stürmte und schneite wie noch nie ...?«

»Richtig, richtig. Kann irgend jemand Ihre Aussage bestätigen?«

»Verzeihung, Sir?«
»Ich meine, gibt es jemanden, der weiß, daß Sie die ganze Zeit über zu Hause waren?«
»Meine Frau, Sir.«
»Sie beide waren allein im Haus?«
»Jawohl, Sir.«
»Gut, Evans. Ich bezweifle durchaus nicht, daß stimmt, was Sie sagen. Vorläufig genügt mir das.«
Aber der ehemalige Seemann zögerte. Verlegen trat er von einem Fuß auf den anderen.
»Darf . . . darf ich hier aufräumen, Sir?«
»Nein, alles muß, so wie es ist, an Ort und Stelle bleiben.«
»Ich verstehe.«
»Vielleicht bleiben Sie noch einen Moment, bis ich alles besichtigt habe, damit ich Ihnen notfalls noch die eine oder andere Frage stellen kann«, sagte Narracott.
»Sehr wohl, Sir.«
Der Inspektor begann im Eßzimmer Umschau zu halten. Auf dem Tisch stand das Abendessen. Kalte Zunge, Mixpickles, ein Stiltonkäse und Kekse und auf einem Gaskocher neben dem Kamin eine Kasserolle mit Fleischbrühe. Ein Siphon und zwei Flaschen Bier hatten auf der Kredenz Platz gefunden. Dort reihten sich auch eine beträchtliche Anzahl silberner Pokale aneinander, und in ihrer Gesellschaft befanden sich – seltsam unpassend – drei sehr neu aussehende Romanbände.
Inspektor Narracott nahm einen der Pokale in die Hand.
»Ihr Herr scheint ein hervorragender Sportsmann gewesen zu sein«, bemerkte er.
»Ja, Sir, sein ganzes Leben lang«, bekräftigte Evans.
Jetzt las Narracott die Titel der Bücher. »Der Sieg der Liebe«, »Der lustige Mann von Lincoln«, »Die Liebe des Gefangenen«.
»Hm . . . In bezug auf Literatur hat der Captain offenbar einen etwas merkwürdigen Geschmack gehabt.«
»Oh, Sir, das sind keine Bücher zum Lesen«, lachte Evans. »Das ist ein Preis für die Lösung des Eisenbahn-Rätsels. Zehnmal schickte der Captain die Lösung unter verschiedenen Namen ein – meinen inbegriffen, weil er meinte, daß Fore Street 85 eine Adresse sei, der man gern einen Preis zukommen lassen würde!

Je gewöhnlicher der Name und die Adresse, desto größer war nach des Captain Meinung die Aussicht, einen Preis zu erhalten. Und tatsächlich gewann ich – allerdings nicht die 2000 Pfund, sondern nur drei Romane. Romane, für die in einer Buchhandlung niemand auch nur einen Penny geopfert hätte.«
Narracott lächelte und fuhr mit seiner Besichtigung fort. In einer Ecke des Zimmers befand sich eine große Wandnische – beinahe ein Kämmerchen, und hier standen und lagen, nachlässig verstaut, zwei Paar Ski, ein Paar kurze Ruder, zehn oder zwölf Nilpferdhauer, Angelruten, Leinen und verschiedene Haken, ein Sack mit Golfschlägern, ein Tennisschläger, ein präparierter Elefantenfuß und ein Tigerfell. Klar ging aus dieser Sammlung hervor, daß Captain Trevelyan, als er seinen Landsitz möbliert vermietete, seine kostbaren Schätze nach hier überführt hatte, um sie vor den verpönten weiblichen Blicken zu schützen!
»Närrischer Einfall, all das nach Exhampton zu schaffen, wo er doch nur wenige Monate hier leben wollte«, sagte der Inspektor kopfschüttelnd. »Warum hat er es nicht oben in Sittaford eingeschlossen?«
Zum zweitenmal grinste Evans.
»Das wäre natürlich das Vernünftigste gewesen, obwohl nicht allzu viele Wandschränke im Haus dort vorhanden sind. Der Architekt und der Captain haben die Pläne für den Bau zusammen ausgearbeitet, und den praktischen Wert von Wandgelassen kann nur eine Frau richtig ermessen. Aber trotzdem hätte sich oben schon ein Platz gefunden. Aber dem Captain war es unbehaglich bei dem Gedanken, daß irgend jemand in diesen Dingen herumschnüffeln könnte. Eine Frau wird immer Mittel und Wege finden, auch abgeschlossene Türen zu öffnen, pflegte er zu sagen. Die Neugier treibt sie. Besser, gar nicht erst abzuschließen; am allerbesten aber, alles, was sie nicht in die Finger kriegen soll, wegzuschaffen ... Na ja, und das hat er dann auch getan.«
Evans machte eine Pause, ganz außer Atem nach dieser langen Rede. Inspektor Narracott aber, der noch über einen anderen Punkt unterrichtet sein wollte, glaubte, daß hierfür gerade der richtige Augenblick gekommen sei.
»Ist diese Mrs. Willett eigentlich eine alte Freundin oder Bekannte des Captain?« fragte er wie nebenbei.

»O nein, Sir, sie war ihm gänzlich unbekannt.«
»Wissen Sie das genau?« Sehr scharf klang jetzt die Frage, und vor dieser Schärfe zuckte der ehemalige Seemann zurück.
»Nun ... ich ... Der Captain sagte es zwar nicht ausdrücklich, aber ... Nein, nein, ich bin meiner Sache eigentlich sicher.«
»Ich frage deshalb«, erläuterte der Inspektor, »weil es eine sehr merkwürdige Jahreszeit ist, um einen Landsitz zu mieten. Wenn andererseits Mrs. Willett mit Captain Trevelyan befreundet war und das Haus kannte, ließe es sich eher erklären; sie mag ihm dann geschrieben haben ...«
»Nein, die Agenten Williamson haben geschrieben und mitgeteilt, sie hätten eine Anfrage von einer Dame.«
Inspektor Narracott zog die Brauen zusammen.
»Captain Trevelyan und Mrs. Willett haben vermutlich eine Unterredung gehabt, nicht wahr?« erkundigte er sich.
»Ja, sie kam zur Besichtigung, und er zeigte ihr alles, vom Boden bis zum Keller.«
»Waren sie ...« Der Inspektor zögerte, als suche er nach Worten, die möglichst natürlich klangen. »Wie verhielten sie sich zueinander? Liebenswürdig? Freundlich?«
»Die Dame, ja«, sagte Evans verschmitzt. »Bewunderte das Haus, lobte die Einrichtung, pries den guten Geschmack seines Besitzers. Alles in allem trug sie ein bißchen dick auf.«
»Und der Captain?«
»Jede Überschwenglichkeit war am wenigsten geeignet, ihn zu bekehren.« Evans' Mund verzog sich zu einem breiten Lachen. »Höflich war er, aber mehr auch nicht. Und lehnte ihre Einladungen unverblümt ab. Ja, das Haus nach wie vor als sein eigenes zu betrachten und möglichst oft vorzusprechen – so drückte sie sich aus. Vorzusprechen ... Als ob man so mir nichts, dir nichts vorsprechen könnte, wenn man zehn Kilometer weit entfernt wohnt!«
»Mithin schien ihr viel daran zu liegen, mit dem Captain in Verbindung zu bleiben«, meinte Narracott, mehr zu sich selbst als zu den anderen.
Was hatte die an das heiße Klima Afrikas Gewöhnte bewogen, nach Sittaford zu kommen? War es nur ein Vorwand, um Captain Trevelyans Bekanntschaft zu machen? Wahrscheinlich hatte sie

auch nicht damit gerechnet, daß Trevelyan, statt in einen der kleinen Bungalows überzusiedeln – vielleicht als Gast Major Burnabys –, für die Dauer ihres Aufenthalts nach Exhampton ziehen würde.
Evans' nächste Worte wirkten auch nicht klärend.
»Sie ist eine sehr gastfreundliche Dame«, berichtete er. »Kein Tag vergeht, an dem nicht irgendwer eingeladen wird.«
Narracott nickte zerstreut. Von Evans, das fühlte er, war nicht mehr zu erfahren, und daher würde es wohl das beste sein, diese rätselhafte Mrs. Willett so bald wie möglich um ein Gespräch zu bitten.
»Kommen Sie, Pollock. Wir wollen nach oben gehen.«
Sie ließen Evans im Speisezimmer zurück und stiegen die Treppe hinauf.
»Rechtschaffen, nicht wahr?« fragte der Sergeant leise, indem er mit dem Daumen rückwärts in Richtung der geschlossenen Eßzimmertür wies.
»Anscheinend«, erwiderte der Inspektor, »obwohl man sich nie dafür verbürgen kann. Wie der Bursche sonst aber auch sein mag – auf den Kopf gefallen ist er jedenfalls nicht.«
»Nein, nein. Er ist sogar sehr helle.«
»Seine Geschichte klingt recht einleuchtend«, fuhr Narracott fort. »Durchaus klar und folgerichtig. Aber wie gesagt, man kann nie wissen ...«
Und mit diesen, seine vorsichtige und mißtrauische Art kennzeichnenden Worten begann er die Räume des obersten Stockwerkes zu untersuchen.
Es waren drei Schlafzimmer und ein Bad. In zwei von den Zimmern fehlte jegliches Mobiliar, und offensichtlich hatte sie seit Wochen niemand betreten. Das dritte, Captain Trevelyans eigenes Zimmer, befand sich in vorbildlicher Ordnung, dasselbe galt für den Inhalt der Fächer und Schubladen. Jeder Gegenstand lag an dem ihm gebührenden Platz. Tatsächlich schien der Bewohner mit beinahe fanatischer Treue an seinen Gewohnheiten festgehalten zu haben.
Narracott warf auch einen Blick in das Bad, wo ebenfalls peinlichste Ordnung und Sauberkeit herrschten.
»Nichts, was uns irgendwie weiterhelfen könnte«, meinte er resi-

gniert. »Gehen Sie jetzt die Briefschaften und Papiere durch, Pollock. Ich werde Evans fortschicken und ihn später vielleicht in seinem eigenen Haus aufsuchen. Der Leichnam kann fortgeschafft werden. Wo wohnt übrigens Dr. Warren? In derselben Richtung wie die ›Three Crowns‹?«
»Nein, Sir, gerade entgegengesetzt.«
»Gut, dann gehe ich zuerst ins Gasthaus. Und Sie, Pollock, sofort an die Papiere.«

6

Vom Schicksal war es Inspektor Narracott bestimmt, den Major erst nach einer langatmigen Unterhaltung mit Mrs. Belling zu sehen, der Eigentümerin der »Three Crowns«.
Mrs. Belling war fett und aufgeregt und derart zungenfertig, daß man nichts anderes tun konnte, als dem Redestrom geduldig standzuhalten, bis er schließlich von selbst versiegte.
»Und eine solche Nacht hat noch keiner von uns erlebt«, beteuerte sie. »So etwas mußte dem armen, guten Herrn zustoßen . . .! Oh, oh, wie grauenvoll! Diese ekelhaften, schmutzigen Landstreicher – ich habe es stets gesagt, ich habe es Dutzende von Malen gesagt: Ich kann das Landstreichergesindel nicht leiden. Warum hatte aber der Captain auch keinen Hund? Um einen Hund macht das Vagabundenpack einen großen Bogen. Hätte er einen Hund gehabt, so lebte er heute noch.
Ja, Mr. Narracott«, geruhte sie endlich seine vor zehn Minuten gestellte Frage zu beantworten, »der Major sitzt gerade beim Frühstück, unten im Gastzimmer. Herrjemine, was hat der Arme für eine unbehagliche Nacht gehabt. Wie habe ich ihn bemitleidet. Er behauptete zwar, es sei ganz nebensächlich, ob er was anzuziehen habe oder nicht. Na ja, kein Wunder nach dem Schreck über die Ermordung seines besten Freundes. Sie waren alle beide sehr nette Herren, Mr. Narracott, obgleich man den Captain knickrig schalt. Mein Gott, ich habe früher oft gedacht, daß es gefährlich sei, dort oben in der Einöde von Sittaford zu leben. Und statt dessen? Wird der Captain hier in unserer Stadt umge-

bracht. Ja, im Leben passiert immer das, was man am wenigsten erwartet. So ist es doch, Mr. Narracott, nicht wahr?«
Der Inspektor beeilte sich zu versichern, daß es so sei, und benutzte klugerweise die Gelegenheit zu der Frage:
»Wer wohnte gestern bei Ihnen? Irgendwelche Fremden?«
»Mal nachdenken ... Mr. Moresby und Mr. Jones, beides Reisende. Und außerdem ein junger Herr aus London. Sonst niemand. Im Winter ist nicht viel los hier. Aber halt! Mit dem letzten Zug kam noch ein junger Herr, der jetzt noch oben in seinem Zimmer schläft.«
»Der letzte Zug kommt gegen zehn, nicht wahr ...? Nun, dann brauchen wir uns um den Gast nicht zu kümmern. Wie steht's mit dem anderen, dem Londoner? Kannten Sie den?«
»Noch nie in meinem Leben gesehen. Er ist kein Reisender – etwas Feineres. Im Augenblick fällt mir sein Name nicht ein, doch er steht ja im Gästebuch. Heute morgen fuhr er mit dem ersten Zug nach Exeter, um 6 Uhr 10. Ziemlich unbegreiflich, was? Möchte wissen, was er hier zu suchen hatte!«
»Erwähnte er den Zweck seines Hierseins nicht?«
»Bewahre.«
»Ging er denn aus?«
»So ungefähr um die Mittagszeit kam er an, ging gegen halb fünf aus und kehrte Viertel nach sechs zurück.«
»Und wohin ging er hier in der Stadt?«
»Keine Ahnung, Sir. Vielleicht einen kleinen Bummel machen, denn das dichte Schneetreiben setzte erst nachher ein. Aber zum Spazierengehen verlockte das Wetter trotzdem nicht.«
»Um halb fünf ausgegangen, um Viertel nach sechs zurückgekehrt«, murmelte der Inspektor. »Hm ... hm ... Erkundigte er sich nach Captain Trevelyan?«
»Nein, Mr. Narracott«, erklärte Mrs. Belling sehr bestimmt. »Er erkundigte sich nach überhaupt niemandem. Schweigsam und in sich gekehrt war er. Ein netter, freundlicher junger Mann, nur schien es mir, als ob ein Kummer ihn quälte.«
Der Inspektor nickte und ging, um das Gästebuch anzusehen.
»James Pearson, London«, murmelte er. »Ziemlich nichtssagend. Wir werden über Mr. Pearson Erkundigungen einziehen müssen.«

Dann begab er sich ins Gastzimmer, auf der Suche nach Major Burnaby. Er fand ihn leicht, da außer dem Major niemand im Zimmer war.
»Major Burnaby?«
Der Angeredete setzte die Kaffeetasse nieder und hob den Blick von der vor ihm liegenden *Times.* »Der bin ich.«
»Erlauben Sie, daß ich mich vorstelle: Inspektor Narracott aus Exeter.«
»Guten Morgen, Inspektor. Fortschritte zu verzeichnen?«
»Ja, Sir. Ich glaube, ich kann das ohne Übertreibung sagen.«
»Freut mich zu hören«, meinte der Major trocken. Doch aus seiner Haltung sprach Unglaube.
»Über einige Punkte möchte ich gern Ihre Ansicht wissen, Major Burnaby«, fuhr Narracott fort, »und ich denke, Sie werden sie mir nicht vorenthalten.«
»Werde tun, was in meinen Kräften steht«, kam es einsilbig zurück.
»War Captain Trevelyan mit irgend jemandem verfeindet?«
»Mit niemandem.«
»Und Evans? Halten Sie ihn für vertrauenswürdig?«
»Warum nicht? Trevelyan jedenfalls vertraute ihm.«
»Hat Evans' Heirat daran etwas geändert?«
»Geändert? Nein. Trevelyan war verärgert, weil seine Gewohnheiten dadurch gestört wurden. Eingefleischter Junggeselle, wissen Sie.«
»Ah, da wir gerade von Junggesellen reden ... Wissen Sie, ob Trevelyan ein Testament gemacht und wen er zu seinem Erben eingesetzt hat?«
»Ein Testament ist vorhanden, und der Vollstrecker bin ich. Wenigstens hat er mal derartiges gesagt.«
»Und wem hinterließ er sein Geld?«
»Das kann ich Ihnen nicht sagen.«
»Wie ich hörte, war Ihr Freund wohlhabend, Major?«
»Reich war er. Sein Vermögen war viel größer, als irgendwer in der Nachbarschaft ahnte.«
»Ah ja ... Hatte er Verwandte?«
»Eine Schwester und etliche Nichten und Neffen, die er zwar nie sah, mit denen er aber auch nicht wirklich verfeindet war.«

»Wissen Sie, wer das Testament aufbewahrt?«
»Walters & Kirkwood, die Notare hier in Exhampton. Sie setzten es auch für Trevelyan auf.«
»Wäre es unbescheiden, Major Burnaby, wenn ich Sie als den Testamentsvollstrecker bitte, mich zu Walters & Kirkwood zu begleiten? Ich möchte gern so rasch wie möglich den Inhalt dieser letztwilligen Verfügung kennenlernen.«
Burnaby streifte sein Gegenüber mit einem kurzen Blick.
»Woher weht der Wind, Inspektor?« fragte er dann. »Warum interessieren Sie sich für das Testament?«
Doch Inspektor Narracott war nicht gewillt, sich in die Karten schauen zu lassen, und entgegnete ausweichend:
»Der Fall liegt nicht so glatt und eindeutig, wie wir anfänglich glaubten. Übrigens – man berichtete mir, daß Sie Dr. Warren gefragt hätten, ob der Tod um fünfundzwanzig Minuten nach fünf erfolgt sei?«
»Na und?« knurrte der Major.
»Was veranlaßte Sie, gerade diese Zeit zu nennen, Major?«
»Kann ich nicht nach Belieben Fragen stellen?«
»Gewiß. Doch greift man eine solche Zeitangabe nicht einfach aus der Luft.«
Es verstrichen ein paar Minuten, bevor Major Burnaby sich zu einer Erwiderung bequemte. Und inzwischen beobachtete ihn Narracott unverwandt, sogar ein wenig belustigt. Wie er sich plagte und wand, dieser redliche Kämpe! Wie ungeschickt seine Ausflüchte waren ...
»Wer will mir verwehren, fünfundzwanzig Minuten nach fünf zu sagen?« begehrte er jetzt auf. »Oder zehn Minuten vor sechs? Oder halb fünf?«
»Aber niemand», beschwichtigte Narracott, der gerade in diesem Augenblick den alten Herrn nicht verstimmen wollte. Im stillen aber gelobte er sich, der Sache noch heute auf den Grund zu gehen.
»Wissen Sie, was sonderbar ist, Major?« fuhr er fort.
»Nun?«
»Diese Mietgeschichte. Vielleicht sind Sie da anderer Meinung – aber ich wittere Unrat.«
»Um ehrlich zu sein, Inspektor, muß ich gestehen, daß ich mir

auch schon den Kopf darüber zerbrochen habe. Verteufelt merkwürdige Angelegenheit!«
»Das ist Ihre Ansicht?«
»Die Ansicht von Sittaford und ganz Exhampton dazu. Die Frau muß verrückt sein.«
»Ja, andererseits läßt sich über Geschmack nicht streiten.«
»Verdammt komischer Geschmack für eine Frau ihrer Art!«
»Ah, Sie kennen die Dame persönlich?«
»Natürlich kenne ich sie; ich war ja bei ihr zu Gast, als . . .«
». . . als«, drängte Narracott, da der Major mitten im Satz stockte.
»Nichts«, schnaubte Burnaby und griff in äußerster Verwirrung nach der bereits leeren Kaffeetasse.
Mein Lieber, du entgehst mir nicht, dachte der Inspektor, während er ganz unschuldig hinwarf:
»Wie lange wohnt die Dame eigentlich schon in Sittaford?«
»Ein paar Monate«, lautete die Antwort. Und weil Major Burnaby danach trachtete, seine unklugen Worte nach Möglichkeit vergessen zu machen, wurde er redseliger, als es sonst seine Art war. »Sie ist Witwe und hat eine Tochter.«
»Und wie rechtfertigt sie die Wahl dieses weltabgeschiedenen Wohnsitzes?«
»Ach . . .« Der Major rieb unschlüssig seine Nase. »Sie faselt allerhand . . . von Liebe zur Natur, von Überdruß hinsichtlich des mondänen Treibens, von nervenberuhigender Einsamkeit und dergleichen Zeug mehr. Aber . . .«
Ziemlich hilflos schaltete er eine Pause ein, so daß ihm der Inspektor beisprang.
»Sie haben das Gefühl, Major, daß sie nur Theater spielt, nicht wahr?«
»Verstehen Sie mich bitte recht: Meiner Meinung nach ist sie eine viel zu elegante Frau, um nach Sittaford zu passen. Immer nach letztem Schick gekleidet, dazu die Tochter – ein hübsches, fesches Ding. Man könnte sich beide sehr gut im Ritz oder im Carlton oder in einem luxuriösen Kurort vorstellen.«
»Und leben sie in Sittaford für sich, zurückgezogen? Oder – um mich deutlicher auszudrücken – meinen Sie, daß sie ein Versteck suchen?«
Major Burnaby schüttelte energisch den Kopf.

»Nichts dergleichen, Inspektor. Sie sind sehr gesellig – ein bißchen zu gesellig sogar. In dem kleinen Sittaford kann man niemals die Ausrede gebrauchen, schon anderweitig vergeben zu sein; und wenn Sie dann mit Einladungen überschüttet werden, ist das ein wenig peinlich und unangenehm . . . Nein, die Damen sind außerordentlich liebenswürdig, gastfreie Menschen – nur, wie gesagt, für englische Begriffe ein bißchen zu gastfrei.«
»Das ist der koloniale Einschlag«, urteilte der Inspektor.
»Ja, ich glaube, Sie haben recht.«
»Daß Captain Trevelyan sie von früher her kannte, halten Sie für ausgeschlossen?«
»Vollkommen ausgeschlossen, Inspektor. Das würde Joe mir gegenüber erwähnt haben.«
»Und Sie glauben nicht, der Zweck dieses Winteraufenthalts hier könnte der gewesen sein, die Bekanntschaft mit Captain Trevelyan anzuknüpfen?«
An eine solche Möglichkeit hatte der Major offenbar noch nie gedacht, und ein paar Minuten lang schien er das Für und Wider gründlich zu erwägen.
»Donnerwetter, Inspektor, daran hätte ich nie gedacht«, gestand er unumwunden ein. »Aber es kommt mir unwahrscheinlich vor, wenn ich's mir recht überlege. Und diese überströmende Liebenswürdigkeit gegenüber Joe, die ihn – nebenbei gesagt – völlig kalt ließ, war wohl die übliche Art der Damen. Die Leute aus den Kolonien, wissen Sie, sind alle so übertrieben freundlich«, fügte der heimatstolze Soldat geringschätzig hinzu.
»Ich verstehe, Major. Und nun zum Haus selbst. Captain Trevelyan hat es gebaut, nicht wahr?«
»Ja.«
»Und niemand anders hat je dort gewohnt? Vielleicht zeitweilig?«
»Niemals.«
»Dann birgt also auch das Gebäude nichts, was Mrs. Willett besonders reizen könnte. Wirklich rätselhaft. Zehn zu eins darf man beinahe wetten, daß sie nichts mit dem Mord zu tun hat, und dennoch stolperte ich über das eigenartige Zusammentreffen. Wem gehört denn das Haus, das Trevelyan in Exhampton bewohnte?«

»Miss Larpent, einer Frau in mittleren Jahren, die den Winter regelmäßig in einer Pension in Cheltenham verbringt und das Häuschen hier dann abschließt, weil sich bisher noch nie ein Mieter dafür gefunden hat.«
Narracott blickte recht mutlos drein.
»Williamsons waren die Agenten, die den Abschluß zwischen Mrs. Willett und dem Captain vermittelt haben, sagte man mir.«
»Ja; sie haben ihr Büro gleich neben Walters & Kirkwood.«
»Dann würde ich es für angebracht halten, auch bei ihnen vorzusprechen. Das heißt natürlich, Major, wenn es Ihnen keine Ungelegenheiten bereitet.«
»Durchaus nicht. Kirkwood erscheint ohnehin nicht vor zehn Uhr in seinem Büro, die Anwälte machen es sich bequem.«
»Wollen wir dann aufbrechen?«
Der Major nickte, faltete die *Times* zusammen und stand auf.

7

Bei den Häusermaklern Williamson empfing die beiden Herren ein diensteifriger junger Mann.
»Guten Morgen, Major Burnaby.«
»Morgen.«
»Was sagen Sie nur zu dem grauenhaften Mord?« schnatterte der Jüngling los. »Eines solchen Vorfalls können sich selbst die ältesten Leute in Exhampton nicht entsinnen.«
Man fühlte, daß ihm die Unterbrechung des kleinstädtischen Einerleis nicht unwillkommen war, und der Major zuckte zusammen.
»Das ist Inspektor Narracott«, stellte er steif vor.
»Oh, wirklich?« erwiderte der Agent, angenehm erregt.
»Ich möchte einige Auskünfte haben, die Sie mir zweifellos geben können, da Sie ja die Vermietung von Sittaford House in die Wege leiteten.«
»Für Mrs. Willett? Gewiß, gewiß.«
»Trat die Dame brieflich oder persönlich mit Ihrem Anliegen an Sie heran?«

»Brieflich. Sie schrieb ...« – er öffnete eine Schublade, die eine Kartothek enthielt – »ja, ganz recht, vom Hotel Carlton aus.«
»Erwähnte sie ausdrücklich das Haus des Captain in Sittaford?«
»Nein. Sie stellte nur die Bedingung, daß es ein Haus sein müsse, hoch oben in Dartmoor gelegen und mit wenigstens acht Schlafzimmern versehen. Ob eine Eisenbahnstation oder eine Stadt in der Nähe sei, wäre nebensächlich.«
»Wurde Sittaford House von Ihnen angeboten?«
»Nein. Da es aber weit und breit das einzige Haus war, das den Wünschen der Dame entsprach, und da die Dame erwähnte, daß sie bis zu zwölf Guineen Miete zahlen würde, schien es uns der Mühe wert, uns mit dem Captain in Verbindung zu setzen. Es kam zu einer Verständigung, und wir fertigten die Verträge aus.«
»Ohne daß Mrs. Willett das Haus besichtigt hatte?«
»Ja, sie willigte ohne weiteres ein, abzuschließen. Nach Unterzeichnung des Vertrags kam sie dann für einen Tag her, traf sich mit Captain Trevelyan, um mit ihm über Wäsche und Silber zu reden, und nahm bei dieser Gelegenheit den Besitz in Augenschein.«
»Und sie war zufrieden?«
»Sie war entzückt.«
»So. Und was ist Ihre persönliche Meinung?« erkundigte sich Narracott, indem er den Jüngling scharf musterte.
Doch dieser zuckte nur die Schultern.
»Als Makler verlernt man, sich zu wundern«, meinte er.
Nach dieser philosophischen Weisheit dankte der Inspektor höflich für die erhaltene Auskunft und verabschiedete sich.
Wie Major Burnaby gesagt hatte, lagen die Räume der Notare Walters & Kirkwood gleich neben dem Maklerbüro. Mr. Kirkwood war ein älterer Herr mit mildem, gütigem Gesicht, der – aus Exhampton gebürtig – die Firma weiterführte, die vor ihm sein Vater und Großvater geleitet hatten.
Er erhob sich aus seinem Schreibtischstuhl, legte das Gesicht in Trauerfalten und schüttelte dem Major die Hand.
»Guten Morgen, Major Burnaby. Wie soll ich Ihnen nur mein Entsetzen schildern! Mein Gott, mein Gott, der arme Trevelyan ...!«

Fragend schaute er zu dem unbekannten Besucher hinüber, so daß sich Burnaby beeilte, den Inspektor vorzustellen.
»Sind Sie mit der Untersuchung betraut worden, Mr. Narracott?«
»Jawohl. Und im Zuge meiner Nachforschungen komme ich zu Ihnen, um Sie um einige Auskünfte zu bitten.«
»Ich bin mit größtem Vergnügen zu jeder Auskunft bereit, die nicht pflichtwidrig ist«, versicherte der Notar.
»Es handelt sich um das Testament des Ermordeten. Wann hat er es verfaßt?«
»Vor fünf oder sechs Jahren. Der genaue Zeitpunkt ist mir im Augenblick nicht gegenwärtig.«
»Aus verschiedenen Gründen möchte ich über seinen Inhalt so bald wie möglich unterrichtet werden, Mr. Kirkwood, da ich hierdurch vielleicht wichtige Fingerzeige erhalte.«
»Glauben Sie wirklich?« wunderte sich der Notar. »Nun, ich will Ihnen nicht dreinreden – Sie verstehen Ihr Geschäft besser als ich. Major Burnaby und ich sind gemeinsam zu Testamentsvollstreckern bestimmt worden, und wenn er keine Einwände macht . . .«
»Keine«, erklärte der alte Offizier lakonisch.
». . . so sehe ich keinen Grund, warum wir Ihrem Wunsch nicht entsprechen sollten, Inspektor.«
Er griff zum Telefon, sprach einige Worte in die Muschel, und drei oder vier Minuten später trat ein Angestellter über die Schwelle und legte einen versiegelten Umschlag auf den Schreibtisch. Mr. Kirkwood wartete, bis der junge Mann wieder verschwunden war, um dann bedächtig den Umschlag aufzuschlitzen und ein großes Dokument hervorzuziehen. Er räusperte sich ausgiebig und begann schließlich zu lesen:
»Ich, Joseph Arthur Trevelyan, wohnhaft in Sittaford, Grafschaft Devon, erkläre, daß dies mein Letzter Wille ist, den ich am dreizehnten August neunzehnhundertsechsundzwanzig aufsetzte.
1. Ich ernenne John Burnaby, Cottage Nr. 1, Sittaford, sowie Frederic Kirkwood in Exhampton zu meinen Testamentsvollstreckern.
2. Ich vermache Robert Henry Evans, der mir lange und treu gedient hat, die Summe von einhundert Pfund, unter dem ausdrücklichen Vorbehalt, daß der Vorerwähnte zur Zeit meines Ab-

lebens noch in meinen Diensten steht und weder selbst gekündigt noch eine Kündigung von mir erhalten hat.
3. Ich vermache dem obengenannten John Burnaby als Zeichen unserer Freundschaft, meiner Zuneigung und Wertschätzung alle meine Jagdtrophäen, ferner alle Pokale und sonstigen Preise, die ich auf irgendeinem Gebiet des Sports gewonnen habe.
4. Ich bestimme, daß all mein unbeweglicher und persönlicher Besitz, soweit nicht durch dieses Testament oder einen späteren Nachtrag anderweitig über ihn verfügt wird, von den beiden Vollstreckern meines Willens veräußert werden soll.
5. Die Testamentsvollstrecker sollen von dem so erhaltenen Gelde mein Begräbnis bereiten, etwaige Schulden begleichen, die durch diesen Willen oder spätere Nachsätze bestimmten Legate auszahlen, die Erbschaftssteuer und sonstige Unkosten abführen.
6. Die Testamentsvollstrecker sollen das verbleibende Kapital in vier gleiche Teile teilen.
7. Von diesen vier gleichen Teilen ist ein Teil an meine Schwester, Jenny Gardner, auszuzahlen zu ihrem persönlichen Gebrauch und vollkommen freier Verfügung.
Die restlichen drei gleichen Teile sollen den drei Kindern meiner verstorbenen Schwester Mary Pearson zukommen, zum ausschließlichen Nutzen jedes einzelnen Kindes.
Hierunter habe ich, Joseph Arthur Trevelyan, an dem obenerwähnten Tag und Jahr meine eigenhändige Unterschrift gesetzt.
Gezeichnet durch den obengenannten Erblasser in Gegenwart zweier Zeugen, die gleichfalls in Gegenwart des Erblassers ihren Namen unter dieses Dokument setzen.«
Mr. Kirkwood reichte das Testament dem Inspektor.
»Als Zeugen fungierten zwei Angestellte meiner Kanzlei.«
Nachdenklich überflog Narracott das Schriftstück.
»Meine verstorbene Schwester Mary Pearson«, wiederholte er. »Können Sie mir über Mrs. Pearson nähere Angaben machen?«
»Kaum. Sie starb vor ungefähr zehn Jahren, und ihr Gatte, Börsenmakler von Beruf, noch etwas früher. Soviel ich weiß, hat sie ihren Bruder nie hier besucht.«
»Pearson«, wiederholte der Inspektor. Und dann erkundigte er sich: »Auf welche Summe wird sich das Vermögen des Captain belaufen?«

»Schwer zu sagen!« erwiderte Mr. Kirkwood. »Außer in Sittaford gehört ihm ausgedehnter Grundbesitz bei Plymouth, und ferner war er an mehreren Industrieunternehmen beteiligt, deren Aktien Schwankungen unterliegen.«
»Mir genügt eine ungefähre Schätzung«, erklärte Narracott.
»Ich möchte mich da in keiner Weise festlegen«, sträubte sich der Anwalt, schwerfällig wie die meisten Juristen.
»Bitte, nur eine ganz ungefähre Zahl. Ist zwanzigtausend Pfund zu hoch gegriffen?«
»Zwanzigtausend? Mein lieber Inspektor, nehmen Sie ruhig das Vierfache, und Sie werden der Wahrheit näherkommen.«
»Ich sagte Ihnen ja, Trevelyan sei ein reicher Mann gewesen«, mischte Burnaby sich ein.
»Verbindlichsten Dank für die Auskunft, die Sie mir gegeben haben, Mr. Kirkwood.«
»Meinen Sie, sie könnte Ihnen von Nutzen sein?«
Den Notar kitzelte die Neugier, aber leider hatte Inspektor Narracott keine Lust, sie zu befriedigen.
»In einem Fall wie diesem ist es meine Pflicht, alles in Betracht zu ziehen«, meinte er. »Sind Ihnen zufällig die Adressen von Jenny Gardner und den verschiedenen Pearsons bekannt?«
»Über die Familie Pearson weiß ich gar nichts. Mrs. Gardner wohnt in Exeter, Waldon Road 5.«
»Damit ist mir schon geholfen«, erklärte der Inspektor, die Adresse notierend. Dann steckte er sein Notizbuch wieder in die Tasche, reichte dem Notar die Hand und ging. Doch als er mit seinem Begleiter unten auf der Straße stand, drehte er sich plötzlich um und sah dem Major ins Gesicht.
»Und nun, Sir, heraus mit der Wahrheit über die fünfundzwanzig Minuten nach fünf ...«
Major Burnaby errötete vor Zorn bis an die Haarwurzeln.
»Ich habe Ihnen ja bereits gesagt ...«
»Nichts haben Sie gesagt, Major Burnaby, Ausflüchte haben Sie gemacht! Ich glaube übrigens zu wissen, weshalb Sie dem Arzt gegenüber diese genaue Zeit nannten.«
»Wenn Sie es wissen, ist es ja überflüssig, mich mit Fragen zu belästigen«, knurrte der alte Offizier.
»Nun, ich vermute, daß Sie von einer Verabredung wissen, die

eine bestimmte Person für diese Stunde mit dem Ermordeten getroffen hatte. Verhält es sich nicht so?«
Major Burnaby starrte den Frager überrascht an.
»Nichts dergleichen«, schnarrte er. »Nichts dergleichen, Inspektor.«
»Seien Sie auf der Hut, Major. Wie steht's mit Mr. James Pearson?«
»James Pearson? Wer ist das? Meinen Sie einen Neffen von Trevelyan?«
»Wahrscheinlich ein Neffe. Hatte er einen, der James hieß?«
»Keine Ahnung. Daß er Neffen hatte, weiß ich, aber ihre Namen kenne ich nicht!«
»Der fragliche junge Mann übernachtete in den ›Three Crowns‹, und vermutlich haben Sie ihn dort wiedererkannt.«
»Niemanden habe ich wiedererkannt.«
Immer mehr geriet der alte Herr in Wut. »Was heißt überhaupt wiedererkennen, wenn ich mein Lebtag nicht einen von Trevelyans Neffen zu Gesicht bekam?«
»Aber Sie wußten, daß Ihr Freund gestern einen Neffen erwartete?«
»Nein!« brüllte der Major. Und einige Vorübergehende wandten belustigt den Kopf nach diesen beiden erbosten Herren, die ihre Meinungsverschiedenheiten mitten auf dem Bürgersteig austrugen.
»Der Teufel soll mich holen, wenn ich nicht die reine Wahrheit sage. Ich habe nichts von einer Verabredung gewußt, habe nicht die blasseste Ahnung, ob Trevelyans Neffen in London oder in Honolulu oder in Timbuktu leben.«
Inspektor Narracott fühlte sich ein wenig unbehaglich bei diesem Zornesausbruch, und fast zaghaft fragte er: »Warum nannten Sie dann aber die Zeit fünfundzwanzig nach fünf?«
»Na ... vielleicht ist es doch besser, ich sage es Ihnen, obwohl das Ganze höchst albern klingt«, stotterte der Major verlegen. »Einfach blödsinnig ...! Kein vernünftiger Mensch kann solchen Unsinn glauben ... Ich tat's der jungen Dame zu Gefallen, aus Spaß ... nicht etwa, weil ich daran glaubte.«
»Was taten Sie denn, Major?«
»Tischrücken.«

»*Tischrücken . . .?*«
Alles andere hätte der Inspektor eher erwartet als dies. Und es dauerte geraume Zeit, bis Major Burnaby die Erklärung herausgewürgt hatte. Stockend, immer wieder unterbrochen durch Beschwörungen seines eigenen Unglaubens in bezug auf solche Dinge, beschrieb er die Sitzung am Kaminfeuer in Sittaford und die Geisterbotschaft, die angeblich für ihn bestimmt gewesen war.
»Sie meinen, Major Burnaby, daß der Tisch den Namen Trevelyan buchstabierte und Sie von der Ermordung des Captain benachrichtigte?« fragte Narracott, der seinen Ohren noch immer nicht traute.
Der Major wischte sich aufatmend die Stirn.
»Jawohl, so trug es sich zu. Ich glaube, wie gesagt, nicht daran«, bekräftigte er nochmals ganz beschämt. »Natürlich glaube ich nicht daran. Nun – es war Freitag und . . . Na, kurz und gut, ich entschloß mich – obwohl es mir alle auszureden versuchten –, loszugehen und mich persönlich von Trevelyans Wohlbefinden zu überzeugen.«
Narracott hielt sich die Schwierigkeiten dieser Wanderung von zehn Kilometern vor Augen – die hohen Schneewehen, Sturm und Kälte und Dunkelheit, und die sichere Aussicht, in neues Schneegestöber zu geraten. Und er vergegenwärtigte sich, daß die Geisterbotschaft auf Major Burnaby, wenngleich er es heftig abstritt, einen nachhaltigen Eindruck gemacht haben mußte. Auch Narracott selbst vermochte sich diesem Eindruck nicht ganz zu entziehen. Merkwürdige Geschichte . . . wirklich merkwürdig! Es gab doch Dinge zwischen Himmel und Erde, die sich nicht zufriedenstellend erklären ließen. Man durfte also Botschaften aus dem Jenseits, Hellsehen und Geisterzitieren doch nicht so einfach mit dem Wort Humbug abtun . . . Übrigens war es der erste glaubwürdig bezeugte Fall, der ihm in seiner langjährigen Praxis vorgekommen war.
Aber dieses wunderliche Ereignis, das Burnabys Verhalten hinreichend erklärte, hatte keine praktische Bedeutung, soweit es um den Mordfall selbst ging.
Er, Narracott, mußte sich mit der körperlichen und nicht mit der geistigen Welt befassen.

Seine Aufgabe war es, den Mörder zur Strecke zu bringen. Und hier verlangte er weder Winke noch Richtlinien aus dem Jenseits.

8

Als er auf seine Uhr sah, stellte Inspektor Narracott fest, daß er, wenn er sich beeilte, noch gerade den Zug nach Exeter erreichen würde. Ihm lag daran, Captain Trevelyans Schwester möglichst bald zu sprechen und von ihr auch die Adressen der übrigen Familienangehörigen zu erfahren. Und so raste er nach einem überstürzten Abschied von dem alten Offizier zum Bahnhof, während Burnaby seine Schritte zu den »Three Crowns« lenkte.
Kaum hatte er den Fuß auf die erste Steinstufe gesetzt, als ein junger Mann auf ihn zustürmte.
»Major Burnaby?«
»Ja.«
»Aus Sittaford, Cottage Nr. 1?«
»Ja.«
»Ich bin vom *Daily Wire*«, sagte der junge Mann, »und ich . . .«
Weiter kam er mit seiner Erklärung nicht. Ganz Militär der alten Schule tobte der Major los.
»Kein Wort mehr. Ich kenne Sie und Ihresgleichen. Nichts von Takt. Nichts von Feingefühl und Zurückhaltung. Wie Geier um ein Aas scharen Sie sich um ein Mordopfer. Aber von mir erhalten Sie keine einzige Auskunft, Sie Grünschnabel! Nicht eine Silbe! Nicht eine Zeile für Ihre verdammte Zeitung. Wenn Sie was erfahren wollen, wenden Sie sich gefälligst an die Polizei, und beweisen Sie soviel Anstand, die Freunde des toten Mannes ungeschoren zu lassen.«
Aber den jungen Mann kümmerte diese derbe Zurechtweisung wenig. Noch gewinnender wurde sein Lächeln.
»Verzeihen Sie, Sir, Sie befinden sich auf dem Holzweg. Ich weiß nichts von einem Mordfall.«
Das entsprach allerdings nicht ganz der Wahrheit, denn keine Menschenseele in Exhampton konnte behaupten, nichts von diesem Ereignis zu wissen.

»Ich bin beauftragt«, ergriff der lächelnde junge Mann von neuem das Wort, »Ihnen im Namen des *Daily Wire* diesen Scheck von 5000 Pfund zu überreichen und Ihnen zu gratulieren, da Sie als einziger unser Fußballrätsel richtig gelöst haben.«
Inzwischen war man in der Diele angelangt, wo sich Major Burnaby etwas benommen in einen Korbsessel fallen ließ. Doch sein Begleiter gönnte ihm keine Zeit, sich zu erholen.
»Fraglos werden Sie unsern Brief, der Ihnen diese freudige Mitteilung machte, bereits gestern morgen erhalten haben«, plauderte er weiter.
»Brief?« stieß der Major hervor. »Haben Sie vergessen, daß Sittaford unter drei Meter hohen Schneemassen begraben ist? Meinen Sie, man hätte uns in den letzten Tagen mit regelmäßiger Postzustellung beglückt?«
»Nun, dann werden Sie aber jedenfalls Ihren Namen in der heutigen Morgenausgabe des *Daily Wire* gelesen haben.«
»Nein, auch das nicht, mein junger Freund. Ich habe heute noch keinen Blick in Ihre Zeitung geworfen.«
»Ah, natürlich nicht!« bemerkte verständnisvoll der Journalist. »Dieser traurige Vorfall ... Der Ermordete war, wenn ich nicht irre, ein Freund von Ihnen.«
»Mein bester Freund.«
»Harter Schlag!« sagte der junge Mann, taktvoll den Blick senkend. Dann zog er aus der Brusttasche ein gefaltetes mattlila Papier hervor und überreichte es dem Major mit einer Verbeugung.
»Der *Daily Wire* gestattet sich, Ihnen seine Empfehlungen zu übermitteln ...«
Major Burnaby nahm das kostbare Papier und erwiderte das einzige, was unter diesen Umständen möglich war:
»Darf ich Sie einladen, etwas mit mir zu trinken, Mr. ...?«
»Enderby, Charles Enderby ist mein Name. Ich bin erst gestern abend hier eingetroffen. Sie müssen nämlich wissen, Major, daß es zu unseren Gepflogenheiten gehört, den glücklichen Gewinnern ihre Schecks persönlich auszuhändigen. Nachher veröffentlichen wir darüber ein kleines Interview. Interessiert die Leser. Und jeder hier behauptet, es sei unmöglich, nach Sittaford zu gelangen. Ich Pechvogel! dachte ich ganz bekümmert. Und was geschieht? Hier in den ›Three Crowns‹ finde ich Sie!« Er lächelte.

»Kein Ausweis nötig, Major. In diesem abgelegenen Winkel Englands scheint jeder jeden zu kennen.«
»Was möchten Sie trinken?« fragte Burnaby.
»Bier, wenn ich bitten darf.«
Der Major bestellte zwei Bier.
»Dieser Mordfall hat das ganze Nest aufgescheucht«, bemerkte sein Gast. »Offenbar aber auch eine sehr mysteriöse Geschichte.«
Ein Grunzen antwortete ihm. John Burnabys Gefühle gegenüber Journalisten hatten sich nicht geändert. Aber man kann einen Mann, der vor knapp fünf Minuten einen Scheck über 5000 Pfund überreicht hat, doch nicht unhöflich behandeln. Man kann ihm doch nicht einfach sagen, er solle sich zum Teufel scheren!
»Keine Feinde?« fragte Enderby, und Burnaby verstand sofort, was gemeint war.
»Nein.«
»Aber ich hörte, daß nach Ansicht der Polizei kein Raubmord vorliegt.«
»Woher wissen Sie das?«
Mr. Enderby jedoch verschwieg seine Informationsquelle.
»Ich hörte weiter, daß Sie, Sir, den Leichnam entdeckten«, fuhr er fort.
»Ja.«
»Es muß ein entsetzlicher Schreck gewesen sein.«
So nahm die Unterhaltung ihren Fortgang. Noch immer war Major Burnaby fest entschlossen, jede Auskunft zu verweigern, doch war er der Geschicklichkeit des jungen Mr. Enderby nicht gewachsen. Der stellte Behauptungen auf, zu denen der Major sich wohl oder übel im bejahenden oder verneinenden Sinne äußern mußte, und so lieferte er unbewußt die gewünschten Auskünfte. So liebenswürdig zeigte sich der junge Mann, daß Burnaby das Verfahren durchaus nicht als quälend empfand, sondern für den Urheber beinahe so etwas wie Sympathie in sich aufkeimen fühlte.
Nun aber erhob sich Mr. Charles Enderby und bekundete, daß er zur Post gehen müsse. »Wenn Sie nur noch die Güte hätten, mir eine Quittung für den Scheck auszustellen, Sir.«
Selbstverständlich tat Burnaby dies gern, und als er die Feder aus der Hand legte, fragte er:

»Dann fahren Sie wohl heute noch nach London zurück?«
»O nein. Ich muß noch ein paar Aufnahmen machen: von Ihrem Cottage in Sittaford, von Ihnen, wie Sie die Hühner oder Schweine füttern oder Kartoffeln hacken oder sich sonst irgendwie betätigen. Sie haben keine Ahnung, wie unsere Leser auf dergleichen versessen sind. Diese Bilder möchte ich gern durch ein paar Worte von Ihnen ergänzen – etwa darüber, was Sie mit den gewonnenen 5000 Pfund anzufangen gedenken. Die Enttäuschung unserer Leser möchte ich nicht erleben, wenn wir ihnen das vorenthalten würden.«
»Aber verstehen Sie doch, es ist unmöglich, bei diesem Wetter nach Sittaford zu gelangen. Der Schneefall war selbst für unsere Gegend ungewöhnlich reichlich. Kein Fahrzeug ist während der letzten drei Tage imstande gewesen, die Straße zu befahren, und es ist durchaus möglich, daß noch drei weitere Tage vergehen werden, bis Tauwetter einsetzt.«
»Ich weiß«, seufzte Enderby, »es ist furchtbar. Nun, da muß ich eben so lange in Exhampton geduldig ausharren. Gottlob ist man ja in den ›Three Crowns‹ ganz gut aufgehoben ...! Auf Wiedersehen, Sir, bis später!«
Er ging hinaus auf die Straße, weiter zum Postamt und telegrafierte seiner Zeitung, daß er dank eines unerhörten Glücksfalls sie mit einzigartigen Nachrichten über den Exhamptoner Mord versorgen könne.
Dann überlegte er seinen nächsten Schachzug und entschied sich, Trevelyans Diener zu interviewen – Evans, wie der Major unvorsichtigerweise im Laufe der Unterhaltung hatte fallenlassen.
Ein paar Fragen genügten, um ihn nach Fore Street 85 zu bringen. Der Diener des Ermordeten war zu einer Tagesberühmtheit geworden, und alt und jung beeilten sich, dem fremden Herrn den Weg zu weisen.
Enderby klopfte forsch an die Tür, die von einem Mann geöffnet wurde, den jeder sofort als ehemaligen Seemann erkannt hätte.
»Evans, nicht wahr?« plapperte Charles Enderby fröhlich. »Ich komme gerade von Major Burnaby.«
»Oh ...« Einen Augenblick überlegte der einstige Maat. »Wollen Sie bitte näher treten, Sir?«

Enderby ließ sich nicht zweimal bitten und stieß im Innern des Häuschens auch noch auf eine dralle junge Person mit dunklem Haar und hochroten Wangen, in der er die neuvermählte Mrs. Evans vermutete.
»Böse Geschichte mit Ihrem verstorbenen Herrn«, meinte Enderby.
»Es ist entsetzlich.«
»Wer, meinen Sie denn, war der Täter?«
»Ein Landstreicher vermutlich.«
»Falsch. Diese Theorie ist schon längst ad acta gelegt worden.«
»Was?«
»Alles nur vorgetäuscht, was die Polizei sofort durchschaut hat.«
»Woher wissen Sie das, Sir?«
In Wirklichkeit verdankte Enderby diese Weisheit dem Zimmermädchen der »Three Crowns«, das eine Schwester der Ehefrau von Constable Graves war. Aber er erwiderte:
»Bekam einen Wink von der Behörde. Ja, der Einbruch wurde nur vorgetäuscht.«
»Wen hält man denn für den Täter?« forschte Mrs. Evans näher kommend, und ihre Augen hingen erschrocken und neugierig an dem Fremden.
»Nun, Rebekka, reg dich doch nicht auf«, meinte ihr Mann.
»Die Polizei ist strohdumm«, erklärte sie. »Ihr ist es gleichgültig, wen sie dingfest macht, wenn ihr überhaupt nur jemand in die Finger gerät. Stehen Sie mit der Polizei in Verbindung, Sir?«
»Ich? Nicht im geringsten. Ich arbeite für eine Zeitung, den *Daily Wire,* und kam hierher, um Major Burnaby aufzusuchen, der unser Fußballpreisausschreiben im Wert von 5000 Pfund gewonnen hat.«
»Was?« schrie Evans. »Dann geht es dabei also mit rechten Dingen zu und ist keine Gaunerei?«
»Haben Sie das angenommen . . .?«
»Nun, wir leben doch in einer verflucht schlechten Welt.« Evans war ein bißchen verwirrt, ihm tat seine voreilige Bemerkung leid. »Ich habe mal gehört, es gäbe dabei eine Menge übler Tricks. Der verstorbene Captain pflegte zu sagen, daß ein Preis niemals an die richtige Adresse gelangte. Daher benutzte er auch hin und wieder die meinige.«

Und mit rührender Naivität schilderte er, wie der Captain die drei Romane gewonnen habe.
Enderby ermutigte ihn, mehr und mehr zu erzählen. Aus Gesprächen mit Evans und Menschen seiner Art ließ sich ein prächtiges Feuilleton zusammenstellen. Die alte, ehrliche Seemanns ... Doch warum wirkte Mrs. Evans so nervös? Hm, vielleicht nur die mit Argwohn gemischte Unwissenheit ihrer Klasse ...
»Sie werden den Schuft schon finden, der es getan hat«, meinte Evans, wieder auf das Verbrechen zurückkommend. »Man sagt, die Zeitungen könnten bei einer solchen Jagd sehr gute Dienste leisten.«
»Es ist sicher ein Einbrecher gewesen«, beharrte Mrs. Evans.
»Natürlich«, pflichtete ihr Mann bei. »In Exhampton gibt es keinen Menschen, der dem Captain ein Haar gekrümmt hätte.«
Enderby erhob sich.
»Ich muß jetzt leider gehen, aber ich werde, wenn ich darf, bisweilen mal bei Ihnen die Nase hereinstecken. Wenn der Captain drei Romane in einem *Daily Wire*-Preisausschreiben gewonnen hat, dann ist es für den *Daily Wire* eine Ehrenpflicht, beim Aufspüren des Mörders zu helfen.«
»Ah, Sir, das haben Sie schön gesagt ... das hätte niemand schöner sagen können.«
Mit einem fröhlichen »Auf Wiedersehen!« trollte sich Charles Enderby.
»Jetzt möchte ich wirklich wissen, wer den Mord begangen hat«, murmelte er. »Freund Evans? Nein, der war's wohl nicht. Vielleicht doch ein Einbrecher? Das würde ich bedauern. Eine Frau scheint auch nicht dahinterzustecken – schade ... Jedenfalls muß sich bald eine sensationelle Entwicklung anbahnen, oder der Fall wird zur Belanglosigkeit verblassen. Und das darf nicht sein. Es ist das erstemal, daß ich bei einer Angelegenheit dieser Art zur Stelle bin, und ich will beweisen, daß ich mein Handwerk verstehe. Charles, mein Sohn, du hast deine Chance ... nutze sie! Mein militärischer Freund wird mir wohl bald aus der Hand fressen, wenn ich nicht versäume, ihn mit der nötigen Ehrerbietung zu behandeln, und oft genug ›Sir‹ zu ihm sage.«
Und sehr zufrieden mit sich, schlenderte Charles Enderby zu den »Three Crowns« zurück.

9

Die Bahnfahrt von Exhampton nach Exeter dauert eine halbe Stunde, und fünf Minuten vor zwölf läutete Inspektor Narracott bereits an Mrs. Gardners Haustür.
Das Haus war deutlich renovierungsbedürftig, der Garten sah ungepflegt aus, und das Gartentor hing schief in den Angeln.
Nicht viel Geld vorhanden, dachte der Inspektor.
Auf sein Klingeln erschien ein ziemlich schlampiges Dienstmädchen.
»Guten Tag«, sagte Narracott. »Ich möchte gern Mrs. Gardner sprechen. Es handelt sich um das Ableben ihres Bruders, Captain Trevelyan.«
Er gab ihr absichtlich keine Visitenkarte, da allein die Tatsache, jemandem von der Polizei gegenüberzustehen, die Leute meist einschüchterte und verschlossen machte.
»Hat Mrs. Gardner die Todesnachricht schon erhalten?« fragte er leichthin, als das Mädchen einen Schritt zurücktrat, um ihm den Weg freizugeben.
»Ja, sie bekam ein Telegramm von Rechtsanwalt Kirkwood.«
Inspektor Narracott wurde ins Wohnzimmer geführt, einen Raum, der genau wie das Äußere des Hauses deutlich von Geldmangel erzählte und dennoch einen gewissen Charme besaß, den der Inspektor wohl spürte, ohne jedoch das Warum und Wodurch angeben zu können.
»Es muß für Ihre Herrin ein großer Schock gewesen sein.«
»Sie hat den Captain nicht viel gesehen«, erwiderte das Mädchen.
»Schließen Sie die Tür, und kommen Sie mal her«, befahl der Inspektor, entschlossen, es mit Überrumpelungstaktik zu versuchen.
»Stand in dem Telegramm, daß er einem Mord zum Opfer fiel?«
»Mord ...?« Die Gefragte riß die Augen weit auf, und eine Mischung aus Furcht und Grusel war in ihnen zu sehen. »Ermordet wurde er?«
»Ah!« sagte Inspektor Narracott. »Ich dachte es mir, daß Sie es noch nicht wissen. Rechtsanwalt Kirkwood wollte Ihre Herrin nicht so jäh damit überfallen, aber sehen Sie, mein Kind ... wie heißen Sie übrigens?«

»Betty, Sir.«
»Aber sehen Sie, Betty, es wird in allen Abendzeitungen stehen.«
»Ermordet! Wie gräßlich . . .! Haben sie ihm den Kopf zerschmettert oder ihn erschossen oder was?«
Narracott stillte bereitwillig ihre Neugier, um dann wie zufällig zu fragen:
»Man hat mir erzählt, daß Ihre Herrin gestern nachmittag nach Exhampton zu fahren beabsichtigte. Aber wahrscheinlich hat sie wegen des schlechten Wetters Abstand davon genommen.«
»Das ist mir neu, Sir. Mrs. Gardner ging gestern nachmittag in die Stadt, um einige Besorgungen zu machen, und anschließend ins Kino.«
»Und wann kam sie zurück?«
»So gegen sechs.«
Demnach schied Mrs. Jenny Gardner aus dem Kreis der Verdächtigen aus.
»Ich weiß nicht viel über die Familienverhältnisse«, plauderte er im gleichen Ton weiter. »Ist Ihre Herrin eigentlich verwitwet?«
»Nein, Sir, der Herr lebt noch.«
»Womit beschäftigt er sich?«
»Mit gar nichts«, erwiderte Betty, von der Frage offenbar überrascht. »Er kann nicht. Er ist sehr krank.«
»Oh, das tut mir aber leid. Ich hatte keine Ahnung davon.«
»Er kann nämlich nicht gehen und liegt den ganzen Tag im Bett, und deshalb ist ja auch immer eine Pflegerin im Haus. Kein Vergnügen für mich, die auch noch zu bedienen, dauernd muß ich Tabletts hinaufschleppen und Tee kochen.«
»Freilich, das ist anstrengend«, bemitleidete der Inspektor sie. »Doch wollen Sie jetzt bitte Mrs. Gardner sagen, daß mich Mr. Kirkwood hergeschickt hat, Betty.«
Betty verschwand, und nach wenigen Minuten erschien eine große, recht imposant aussehende Frau im Türrahmen. Das glatte schwarze Haar, das an den Schläfen weiß schimmerte, trug sie straff aus der breiten Stirn zurückgekämmt.
»Sie kommen von Mr. Kirkwood?«
»Nicht ganz, Mrs. Gardner, obwohl ich es Ihrem Mädchen so darstellte. Ihr Bruder, Captain Trevelyan, wurde gestern nach-

mittag ermordet, und ich bin Kriminalinspektor Narracott, mit der Aufklärung des Falls betraut.«

Mrs. Gardner mußte über eiserne Nerven verfügen, denn sie kniff nur die Augen ein wenig zusammen, zog hörbar die Luft ein und bat dann den Inspektor, Platz zu nehmen.

»Ermordet!« sagte sie, nachdem sie sich gleichfalls gesetzt hatte. »Wie merkwürdig! Wer in aller Welt kann Joe ermordet haben?«

»Genau das hoffe ich herauszufinden, Mrs. Gardner.«

»Natürlich. Vielleicht vermag ich Ihnen dabei irgendwie zu helfen, aber ich bezweifle es eher. Mein Bruder und ich haben in den letzten zehn Jahren wenig voneinander gesehen. ich weiß nichts von seinen Freunden oder von sonstigen Beziehungen, die er angeknüpft hat.«

»Betrachten Sie die Frage bitte nicht als Zudringlichkeit, Mrs. Gardner: Hatten Sie und Ihr Bruder sich entzweit?«

»Nein. Entfremdet – das Wort würde unser Verhältnis besser kennzeichnen. Ich will Sie nicht mit Familienkram langweilen, Inspektor, aber es trägt zur Klärung bei, wenn ich Ihnen sage, daß mein Bruder meine Heirat mißbilligte. Wahrscheinlich sind Brüder selten mit der Wahl ihrer Schwestern einverstanden. Aber sicher verhalten sie sich im allgemeinen nicht so nachtragend, wie Joe es tat. Während er, wie Sie vielleicht wissen, ein großes Vermögen von einer Tante erbte, heirateten wir beiden Schwestern arme Männer, und als mein Mann schwer kriegsbeschädigt von der Front heimkehrte, würde uns eine kleine Unterstützung sehr, sehr geholfen haben. Sein Zustand hätte durch Bäderkuren und durch fortgesetzte ärztliche Behandlung vielleicht gebessert werden können, was so, da mein Bruder mir ein Darlehen verweigerte, unterbleiben mußte. Joe war natürlich völlig berechtigt, meine Bitte abzuschlagen, doch seitdem haben wir uns nur noch selten gesehen und uns auch kaum geschrieben.«

Aufmerksam lauschte Narracott diesem klaren Bericht.

Eine Frau, aus der man nicht recht klug wurde! Sie erschien unnatürlich ruhig, war unnatürlich schnell mit dem Aufzählen von Tatsachen bei der Hand. Dem Inspektor entging es auch nicht, daß sie ungeachtet der zur Schau getragenen Überraschung mit keinem Wort nach den näheren Umständen des Verbrechens fragte, und das kam ihm geradezu ungeheuerlich vor.

»Ich weiß nicht, ob Sie hören möchten, was sich in Exhampton wirklich zutrug«, begann er unsicher.
Sie zog die starken Augenbrauen zusammen.
»Muß ich es hören? Mein Bruder wurde getötet, schmerzlos – hoffe ich.«
»Ganz schmerzlos, glaube ich mit Fug und Recht sagen zu können.«
»Dann ersparen Sie mir bitte abstoßende Einzelheiten.«
Unnatürlich! dachte Narracott. Zweifellos unnatürlich!
Als ob sie seine Gedanken gelesen hätte, gebrauchte sie das nämliche Wort, das ihm soeben durch den Kopf gefahren war.
»Vermutlich finden Sie das sehr unnatürlich, Inspektor, aber – ich habe genug über Greuel gehört. Mein Mann hat mir in seinen schlimmsten Krisenzuständen Dinge erzählt ...« Sie schauderte zusammen. »Wenn Sie näheren Einblick in mein Leben hätten, würden Sie mich eher verstehen.«
»Zweifellos, Mrs. Gardner. Ich bin eigentlich auch nur deshalb zu Ihnen gekommen, um zu erfahren, wie viele lebende Verwandte Ihr Bruder außer Ihnen noch hatte.«
»Nähere Verwandte? Nur die Pearsons. Die Kinder meiner Schwester Mary.«
»Und die heißen?«
»James, Sylvia und Brian.«
»James?«
»Er ist der älteste und bei einer Versicherungsgesellschaft angestellt.«
»Wie alt?«
»Achtundzwanzig.«
»Verheiratet?«
»Nein, aber verlobt. Mit einem sehr netten Mädchen, soviel ich hörte. Ich habe seine Verlobte bisher noch nicht kennengelernt.«
»Wissen Sie seine Adresse?«
»Cromwell Street 21, London SW 3.«
Narracott schrieb sie in sein Notizbuch, während Mrs. Gardner fortfuhr: »Sylvia ist mit Martin Dering verheiratet, der als Schriftsteller ziemlich erfolgreich ist.«
»Vielen Dank, Mrs. Gardner. Und ihre Adresse?«
»Wimbledon, Surrey Road 8. Der Jüngste, Brian, ist in Austra-

lien. Nach seiner Adresse müssen Sie entweder seinen Bruder oder seine Schwester fragen.«
»Besten Dank. Würden Sie es mir verübeln, wenn ich Sie bitte, mir zu sagen, wie Sie den gestrigen Nachmittag verbrachten?«
»Ich machte einige Einkäufe«, erwiderte sie, offenbar sehr verwundert. »Dann ging ich ins Kino, kam gegen sechs heim und legte mich bis zum Abendessen aufs Bett, da ich von der schlechten Luft im Kino Kopfschmerzen bekommen hatte. Möchten Sie sonst noch etwas wissen?«
»Nein, Mrs. Gardner, das genügt mir. Ich werde nun Verbindung mit Ihrem Neffen und Ihrer Nichte aufnehmen. Hat Mr. Kirkwood Sie bereits von der Tatsache in Kenntnis gesetzt, daß Captain Trevelyan Sie und die drei jungen Pearsons als Erben bestimmt hat?«
Langsam stieg das Blut in das strenge Frauengesicht.
»Oh, das ist gut«, sagte sie ruhig. »Sie ahnen nicht, wie schwer ich es oft hatte – immer sparen und haushalten und sich jeden Wunsch versagen zu müssen.« Plötzlich zuckte sie zusammen, da oben eine nörgelnde Männerstimme laut wurde.
»Jenny, Jenny, komm doch! Ich brauche dich.«
»Entschuldigen Sie mich«, sagte sie hastig.
Als sie die Tür öffnete, drang der Ruf deutlicher und noch gebieterischer an Narracotts Ohr.
»Jenny, wo steckst du? Ich brauche dich, Jenny.«
Der Inspektor war Mrs. Gardner gefolgt und stand nun in der Diele, als die hohe, dunkelgekleidete Frauengestalt zur Treppe rannte.
»Ich bin schon da, mein Lieber!«
Eine Krankenschwester, die treppabwärts kam, trat zur Seite, um sie vorbeizulassen.
»Bitte, gehen Sie zu ihm. Er ist sehr erregt, und niemand versteht ihn besser zu beruhigen als Sie, Mrs. Gardner.«
Inspektor Narracott stellte sich der Pflegerin in den Weg.
»Haben Sie einen Augenblick Zeit für mich, Schwester?«
Bereitwillig folgte sie ihm in das Wohnzimmer.
»Die Nachricht von der Ermordung seines Schwagers hat meinen Patienten in hochgradige Erregung versetzt«, erzählte sie, indem sie eine tadellos sitzende Manschette zurechtzupfte. »Wie eine

Irrsinnige kam diese Gans, die Betty, hereingestürmt und schrie ihm die Neuigkeit ins Gesicht!«
»Ich bin untröstlich«, sagte der Inspektor, »denn ich fürchte, es war meine Schuld.«
»Keineswegs«, wehrte die Pflegerin ab. »Ihnen sind schließlich die Verhältnisse hier im Haus fremd!«
»Ist Mr. Gardner sehr krank?«
»Es ist ein trauriger Fall, obwohl Mr. Gardner in gewissem Sinn gar nicht krank zu nennen ist. Infolge eines Nervenschocks büßte er gänzlich den Gebrauch seiner Gliedmaßen ein, aber eine sichtbare Verkrüppelung oder Entstellung ist nicht vorhanden.«
»Hatte er vielleicht gestern nachmittag ein aufregendes Erlebnis?«
»Gestern nachmittag?« wiederholte die Pflegerin betreten. »Nicht daß ich wüßte.«
»Waren Sie den ganzen Nachmittag bei ihm?«
»Nicht unausgesetzt. Denn Captain Gardner wollte gern zwei Bücher aus der Leihbibliothek haben und hatte vergessen, seine Frau darum zu bitten. Um ihm einen Gefallen zu tun, ging ich zur Bibliothek und besorgte gleichzeitig noch ein paar andere Kleinigkeiten für ihn – Geschenke, mit denen er seine Frau überraschen wollte. Zur Belohnung sollte ich auf seine Kosten im Café Boot Tee trinken, denn Schwestern tränken lieber einen Tee mehr als einen weniger, scherzte er. Es war schon nach vier Uhr, als ich das Haus verließ, und da die Läden kurz vor Weihnachten alle überfüllt sind, kehrte ich erst nach sechs zurück. Aber mein Patient schien mich nicht vermißt zu haben, denn er sagte, er habe die meiste Zeit geschlafen.«
»War Mrs. Gardner auch schon zurückgekommen?«
»Ja. Ich glaube, sie hatte sich hingelegt.«
»Hängt sie sehr an ihrem Gatten?«
»Sie betet ihn an. Wirklich, ich glaube, diese Frau wäre um seinetwillen zu allem fähig. Es ist rührend und das völlige Gegenteil von dem, was ich an anderen Krankenbetten erlebt habe. Vor einem Monat zum Beispiel . . .«
Aber der Inspektor entzog sich der drohenden Schilderung des Skandals vom vergangenen Monat mit bewunderungswerter

Geschicklichkeit. Er blickte auf seine Uhr und stieß einen lauten Schreckensschrei aus.
»Barmherziger Himmel, ich werde den Zug versäumen . . .! Ist es weit bis zum Bahnhof, Schwester?«
»Bis zum St. David's nur drei Minuten. Oder fahren Sie von Queen Street ab?«
»Ich muß rennen wie ein Wiesel«, sagte Narracott. »Richten Sie Mrs. Gardner aus, ich bedaure meinen unhöflichen Aufbruch unendlich. Auf Wiedersehen, Schwester, auf Wiedersehen.«
Die Pflegerin begleitete ihn bis zur Haustür.
»Stattlicher Mann!« sagte sie zu sich selbst, als die Tür ins Schloß fiel. »Stattlich und klug. Und von so einer bezaubernden Liebenswürdigkeit . . .!«
Mit einem tiefen Seufzer ging sie die Treppe hinauf, um ans Bett ihres Patienten zurückzukehren.

10

Der nächste Besuch Inspektor Narracotts galt seinem Vorgesetzten Superintendent Maxwell, dem er ausführlich Bericht erstattete.
»So, so«, meinte dieser, als Narracott geendet hatte, »wir haben es also mit einem verwickelten Fall zu tun. Nun, da werden die Zeitungen mit fettgedruckten Überschriften nicht sparen.«
»Der Meinung bin ich auch, Sir.«
»Wir müssen vorsichtig zu Werk gehen und uns vor jedem Fehler hüten. Aber ich denke, Sie sind auf der richtigen Spur, Narracott, und tun gut daran, vor allem einmal herauszufinden, wo dieser James Pearson sich gestern nachmittag herumgetrieben hat. Ich gebe Ihnen auch recht, daß der Name Pearson nicht gerade selten vorkommt, merkwürdig ist nur, daß auch der Vorname übereinstimmt. Daß der junge Herr sich mit seinem richtigen Namen ins Gästebuch eintrug, zeigt, daß wir es mit keinem vorbedachten Verbrechen zu tun haben. Sieht eher aus nach einem Streit und einem in plötzlicher Wut geführten Schlag. Wenn der Gast tatsächlich der Neffe ist, muß er von seines On-

kels Tod in Exhampton erfahren haben. Und warum reist er dann bei Nacht und Nebel, das heißt mit dem Sechs-Uhr-Morgenzug, so überstürzt ab? Nein, nein, das erscheint mir verdächtig . . .«

»Ja. Ich fahre am besten schon 1 Uhr 45 nach London. Früher oder später werde ich auch Mrs. Willett auf den Zahn fühlen, der Mieterin von Sittaford House. Da stimmt auch nicht alles. Aber im Augenblick versperren die Schneemassen den Weg nach Sittaford, und überdies kann sie nicht direkt mit dem Verbrechen zu tun haben, da sowohl sie als auch ihre Tochter sich zur fraglichen Zeit mit . . . Tischrücken befaßten. Und dabei ereignete sich etwas Sonderbares.«

Und wortgetreu wiederholte der Inspektor, was er mit viel Mühe aus Major Burnaby herausgeholt hatte.

»Nanu, das klingt ja wie ein Märchen«, rief sein Vorgesetzter.

»Und dennoch bin ich der Ansicht, daß der alte Herr nicht gelogen hat.«

»Ich glaube auch, daß es sich wirklich so zutrug«, sagte Narracott mit einem verlegenen Lachen. »Der Major wollte anfänglich gar nicht mit der Sprache heraus und ist alles andere als ein gläubiger Okkultist. Ein alter Soldat, der solche Dinge eher als reinen Unsinn betrachten würde.«

»Nun, es ist freilich seltsam – doch wir brauchen uns nicht den Kopf darüber zu zerbrechen«, entschied Superintendent Maxwell.

»Dann werde ich also jetzt nach London fahren.«

Der andere nickte.

Aber in der Cromwell Street 21 bekam Inspektor Narracott den Bescheid, daß Mr. Pearson im Büro sei und erst um sieben Uhr heimkehren würde.

Narracott tat, als hätte ihn eine höchst unwichtige Angelegenheit hergeführt.

»Vielleicht werde ich dann noch einmal vorsprechen, wenn es meine Zeit erlaubt«, meinte er leichthin und machte rasch kehrt, ohne seinen Namen genannt zu haben.

Statt zu der Versicherungsgesellschaft zu gehen, zu deren Angestellten Mr. James Pearson gehörte, schien es dem Inspektor sinnvoller, Mrs. Martin Dering, geborene Sylvia Pearson, aufzusuchen.

Ihr Haus in Wimbledon war alles andere als armselig. Neu und protzig war es, wie Inspektor Narracott mißbilligend feststellte. Mrs. Dering empfing ihn sofort, nachdem er ihr durch eine schnippische Zofe seine Karte hatte überreichen lassen.
»Ich vermute, Sie kommen wegen des armen Onkels Joseph«, begrüßte sie ihn, die Karte noch in der Hand haltend. »Nicht wahr, es ist schrecklich, so enden zu müssen . . .? Ich lebe auch in ständiger Angst vor Einbrechern und habe erst vergangene Woche noch zwei Extrariegel für die Hintertür und Patentverschlüsse für die Fenster bestellt.«
Sylvia Dering war, wie Narracott von Mrs. Gardner wußte, erst fünfundzwanzig Jahre alt, doch jeder Uneingeweihte hätte sie wohl für mindestens dreißig gehalten. Klein und semmelblond und bleichsüchtig, saß sie mit vergrämtem Gesicht ihrem Besucher gegenüber, und ihre Stimme hatte jenen verzagt-wehleidigen Ton, der auf die Dauer unerträglich wirkt.
»Wenn ich Ihnen helfen kann, will ich das gerne tun«, fuhr sie fort, ohne daß es dem Inspektor möglich gewesen wäre, ein Wort zu äußern. »Doch leider hat sich Onkel Joseph recht unnahbar verhalten. Nein, wirklich, er war kein umgänglicher Mensch – niemand könnte ihm das nachrühmen. Kein Mensch, zu dem man mit seinen Nöten und seinem Kummer hätte flüchten mögen, ein unangenehmer Krittler und Nörgler. Kein Mensch, der auch nur annähernd einen Begriff davon gehabt hätte, was Literatur ist. Erfolg – wahrer Erfolg läßt sich nicht immer mit Geld aufwiegen, Inspektor.«
Endlich machte sie eine Pause, und Narracott, dem ihr Wortschwall einige Anhaltspunkte gegeben hatte, bemerkte schnell:
»Die Nachricht vom tragischen Schicksal Ihres Onkels hat Sie verhältnismäßig rasch erreicht, Mrs. Dering.«
»Tante Jenny telegrafierte mir. Doch vermutlich werden die Abendzeitungen auch schon darüber berichten. Schrecklich, so in die Öffentlichkeit gezerrt zu werden, nicht wahr?«
»Ihren Worten darf ich wohl entnehmen, daß Sie Ihren Onkel in den letzten Jahren wenig sahen?«
»Zweimal seit meiner Heirat. Und beim letzten Zusammensein hat er sich sehr unhöflich, um nicht zu sagen ungezogen Martin gegenüber betragen. Nun ja, er war ein richtiger Spießer, in jeder

Hinsicht – für nichts Sinn als für Sport. Wie gesagt, keine Würdigung der Literatur.«

Der literarische Gatte versuchte ihn anzupumpen und wurde abgewiesen, lautete Inspektor Narracotts Urteil. Aber er behielt seine Gedanken für sich und fragte höflich: »Würden Sie mir bitte sagen – es ist natürlich nur eine Formsache –, wie Sie den gestrigen Nachmittag verbrachten, Mrs. Dering?«

»Ich . . .? Nun, Inspektor, Sie stellen etwas seltsame Fragen. Nachmittags spielte ich Bridge, und später besuchte mich eine Freundin und leistete mir den Abend über Gesellschaft, da mein Mann eingeladen war.«

»So, er war nicht zu Hause?«

»Ein literarisches Dinner«, erläuterte Mrs. Dering wichtig. »Mittags hatte er bereits mit einem amerikanischen Verleger gegessen, und abends fand dann das Dinner statt.«

»Ihr jüngerer Bruder lebt in Australien?« erkundigte sich Narracott, der sich für den Geisteshelden Dering nicht weiter interessierte. »Wo dort, bitte?«

»Ja, ja . . . wo denn nur? Mein Gott, ich kann mich im Augenblick nicht auf den Namen des Ortes besinnen, doch wenn Ihnen daran liegt, suche ich die Adresse in meinem Schreibtisch.«

»Danke, bemühen Sie sich bitte nicht. Und Ihr älterer Bruder? Ich möchte mich gern mit ihm in Verbindung setzen.«

Mrs. Dering beeilte sich, ihm die Adresse zu nennen – die gleiche, die ihm Mrs. Gardner gegeben hatte. Und da Inspektor Narracott spürte, daß eine Fortsetzung des Gesprächs mit Sylvia Dering Zeitverschwendung gewesen wäre, verabschiedete er sich mit ein paar höflichen Worten von ihr.

Ein Blick auf die Uhr belehrte ihn, daß er gegen sieben wieder in London sein würde – genau richtig, um Mr. James Pearson daheim anzutreffen.

In der Cromwell Street öffnete ihm dieselbe ältere, wortkarge Frau. Ja, Mr. Pearson sei in seinem Zimmer. Sie ließ Narracott eintreten, klopfte dann an eine Tür und sagte: »Der Herr, der Sie schon heute mittag zu sprechen wünschte, Sir.«

Ein junger Mann im Smoking stand in der Mitte des Raums – ein außerordentlich gut aussehender junger Mann, an dem nur ein weicher Mund und der merkwürdig scheue Ausdruck seiner

Augen störte. Im übrigen machte er den Eindruck, als habe es ihm letzthin an Schlaf gefehlt.
Fragend blickte er den unbekannten Besucher an.
»Ich bin Inspektor Narracott«, begann dieser – aber weiter kam er nicht.
Denn mit einem heiseren Aufschrei sank der junge Mann auf einen Stuhl, warf die Arme auf die Tischplatte und murmelte, während sich sein Kopf auf die Brust senkte:
»Oh, mein Gott! Nun ist es eingetroffen . . .!«
Nach einer Weile hob er den Kopf wieder und sagte: »Nun? Warum reden Sie denn nicht zu Ende, Mann?«
Inspektor Narracott blickte ziemlich verdutzt drein.
»Ich bin mit der Aufkärung des Mordes an Ihrem Onkel Trevelyan befaßt. Darf ich fragen, ob Sie mir irgend etwas zu sagen haben?«
Langsam erhob sich der junge Mann und stieß hervor:
»Werden Sie . . . mich verhaften?«
»Nein, Sir. Ich wollte Sie nur fragen, wo Sie sich gestern nachmittag aufhielten, und es steht Ihnen frei, die Antwort zu verweigern.«
»Und wenn ich Ihnen nicht antworte, wird mir ein Strick daraus gedreht. Oh, ich kenne Ihre kleinen Schliche. Sie haben also herausgefunden, daß ich gestern dort gewesen bin?«
»Ihr Name steht ja im Gästebuch der ›Three Crowns‹, Mr. Pearson.«
»Was würde mir Leugnen helfen . . .! Gut, ich war dort – warum auch nicht?«
»Gewiß, warum nicht«, wiederholte Narracott sanft.
»Ich fuhr hin, um mit meinem Onkel zu sprechen.«
»Sie waren mit ihm verabredet?«
»Verabredet? Wieso . . .? Ach, Sie meinen, ob mein Onkel wußte, daß ich kommen würde? Nein. Ich folgte einer plötzlichen Eingebung.«
»Das heißt, Sie hatten einen bestimmten Anlaß?«
»Anlaß? Nein . . . nein. Ich . . . wollte eben meinen Onkel sehen.«
»Sehr wohl, Sir. Und sahen Sie ihn?«
Pause – eine sehr lange Pause. Unentschlossenheit verriet jeder Zug im Gesicht des jungen Pearson, und Inspektor Narracott be-

obachtete ihn mit einem gewissen Mitleid. Verstand denn dieser Kindskopf nicht, daß sein Verhalten einem Geständnis gleichkam?

Endlich atmete James Pearson hörbar durch. »Ich ... ich glaube, daß ich besser daran tue, es nicht mit Ausflüchten zu versuchen. Ja – ich sah ihn. Am Bahnhof erkundigte ich mich, wie ich nach Sittaford kommen könnte, und alle behaupteten, daß dies unmöglich sei. Jedes Fahrzeug würde im Schnee steckenbleiben. Ich erwiderte, ich müsse hin, es sei dringend.«

»Dringend«, murmelte Inspektor Narracott.

»Ja ... es lag mir sehr viel daran, meinen Onkel zu sprechen. Und während des Gesprächs nannte ich seinen Namen, woraufhin sich das Gesicht des Gepäckträgers aufhellte. Onkel Joe habe sich ja für diesen Winter ein Häuschen in Exhampton gemietet, belehrte er mich und beschrieb mir den Weg dorthin ganz genau.«

»Um wieviel Uhr war das?«

»Kurz nach eins, denke ich. Ich ging dann in den Gasthof, nahm mir ein Zimmer und aß zu Mittag. Und später machte ich mich auf, um meinen Onkel zu besuchen.«

»Gleich nach dem Mittagessen?«

»Nein, nicht unmittelbar danach.«

»Um wieviel Uhr etwa?«

»Ich ... so genau kann ich das nicht sagen.«

»Halb vier? Halb fünf?«

»Ich ... ich ...« stotterte er schlimmer als vorher. »Ich ... meiner Meinung nach ... war es nicht so spät.«

»Mrs. Belling, die Wirtin, sagte, Sie seien um halb fünf weggegangen.«

»Wirklich ...? Nein, nein, sie muß sich irren. So spät kann es nicht gewesen sein.«

»Bitte weiter.«

»Ich fand das Häuschen ohne Schwierigkeiten, unterhielt mich mit Onkel Joseph und kehrte dann zum Gasthaus zurück.«

»Und wie gelangten Sie bei Captain Trevelyan ins Haus?«

»Nun, ich schellte, und er öffnete mir persönlich.«

»War er nicht sehr überrascht über Ihren Besuch?«

»Ja ... ziemlich.«

»Wie lange blieben Sie bei ihm, Mr. Pearson?«

»Eine Viertelstunde – zwanzig Minuten. Aber glauben Sie mir, Inspektor, er war völlig gesund und munter, als ich ihn verließ. Vollkommen. Ich schwöre es.«

»Sie kehrten aber erst um ein Viertel vor sechs ins Gasthaus zurück, wobei die Entfernung von dort bis zum Haus Ihres Onkels nur sieben oder acht Minuten beträgt.«

»Ich kehrte nicht auf dem geraden Weg zurück, Inspektor, sondern ging noch spazieren.«

»In der Kälte? In dem Schneegestöber?«

»Der Schneefall setzte erst später ein.«

»Schön. Und worum drehte es sich bei der Unterhaltung mit Ihrem Onkel?«

»Ach, nichts Besonderes. Ich wollte nur gern mal wieder mit dem alten Herrn ein bißchen plaudern . . . hören, wie es ihm ging.«

Armer, ungeschickter Lügner! dachte Inspektor Narracott. Da würde ich mir aber sehr viel besser aus der Patsche zu helfen wissen als er.

»Gut, ich verstehe schon«, meinte er laut. »Würden Sie mir nun wohl erklären, weshalb Sie, sobald Ihnen der Mord bekannt wurde, Exhampton verließen, ohne Ihre Verwandtschaft mit dem Ermordeten einzugestehen?«

»Ich war völlig verstört«, gestand der junge Mann unumwunden, »als ich hörte, daß die Tat ungefähr zu der Zeit begangen worden war, als ich mich von ihm trennte. Bei Gott, wem würde da nicht der Schreck in die Glieder gefahren sein? Ich raffte meine Habseligkeiten zusammen und machte mich mit dem ersten Zug, den ich erreichen konnte, aus dem Staub. Jetzt sehe ich ein, was für ein Idiot ich gewesen bin. Aber Sie werden ja selbst wissen, zu welchen Dummheiten man in der Aufregung fähig ist, Inspektor.«

»Und das ist alles, was Sie zu sagen haben?«

»Ja . . . ja. Natürlich.«

»Ist das wirklich alles?« wiederholte Narracott eindringlich.

»Ja.«

»Dann werden Sie wohl nichts dagegen einzuwenden haben, mit mir zu kommen, damit Ihre Aussage protokolliert wird und Sie dieselbe nach nochmaligem Durchlesen unterzeichnen können.«

»Und ... und weiter nichts?«
»Nun, möglicherweise wird man Sie bis zur ersten Verhandlung in Haft behalten, Mr. Pearson.«
»Barmherziger Himmel!« ächzte James. »Kann mir denn niemand helfen?«
In diesem Augenblick öffnete sich die Tür, und eine junge Dame trat ins Zimmer ... eine junge Dame, deren fesselndes, ungemein lebendiges Gesicht niemand, der es einmal gesehen hatte, vergessen konnte. Ihre ganze Erscheinung umgab eine Aura von gesundem Menschenverstand, unbeirrbarer Entschlossenheit und Selbstsicherheit.
»James, was ist denn los?« rief sie.
»Es ist alles vorbei, Emily«, sagte der junge Mann, »sie denken, ich hätte meinen Onkel ermordet.«
»Wer denkt das?«
James Pearson wies mit einer müden Handbewegung auf seinen Besucher.
»Inspektor Narracott«, und mit einem traurigen Versuch, die gesellschaftlichen Formen zu wahren, fügte er hinzu: »Miss Emily Trefusis.«
Die Dame musterte den Kriminalbeamten mit unerschrockenen haselnußbraunen Augen.
»Jim ist ein dummer Hasenfuß«, bemerkte sie dann. »Aber er ermordet seine Mitmenschen nicht.«
Der Inspektor schwieg.
»Ich vermute«, wandte sie sich gleichmütig an James, »daß du schrecklich unüberlegte Dinge gesagt hast. Wenn du die Zeitungen ein bißchen genauer lesen würdest, als es deine Gewohnheit ist, würdest du wissen, daß man mit jemandem von der Polizei nur spricht, wenn ein gewiefter Anwalt dabeisitzt. Was ist eigentlich geschehen? Wollen Sie ihn abführen, Inspektor?«
Narracott erklärte ihr ruhig den Sachverhalt und zu welchen Schritten dieser ihn nötige.
»Emily, du glaubst doch nicht, daß ich es getan habe?« rief James Pearson verzweifelt. »Du wirst es niemals glauben, nicht wahr?«
»Gewiß nicht, mein Lieber«, sagte Emily freundlich. »Du bist zum Raubmörder nicht geschaffen«, setzte sie sinnend hinzu, nachdem sie den völlig Gebrochenen ein Weilchen betrachtet hatte.

»Ach Gott, ich habe das Gefühl, als hätte ich nicht einen Freund auf der Welt!«
»Was soll der Unsinn! Hast du nicht mich? Kopf hoch, James! Sieh doch den Ring an meiner linken Hand. Hier, James, steht deine treue Braut. Folge dem Inspektor und überlaß alles Weitere in Gottes Namen mir!«
Gehorsam erhob James Pearson sich. Sein Mantel lag über einer Stuhllehne, und auf dem Schreibtisch lag ein Hut. Inspektor Narracott reichte ihm beides, half ihm sogar in den Mantel, und als sie zur Tür gingen, sagte er verbindlich:
»Guten Abend, Miss Trefusis.«
»*Au revoir,* Inspektor«, flötete Emily.
Und wenn er Miss Emily Trefusis besser gekannt hätte, würde er gewußt haben, daß in diesen drei Worten eine Herausforderung lag.

11

Die gerichtliche Leichenschau fand Montag morgen statt, und wer von den vielen Neugierigen auf eine Sensation gehofft hatte, erlebte insofern eine Enttäuschung, als der Vorsitzende beinahe sofort die Vertagung der Verhandlung um eine Woche verkündete.
In der Zeit von Sonnabend bis Montag erlangte der stille Ort Exhampton eine gewisse Berühmtheit. Die Kunde, daß der Neffe des Ermordeten von der Polizei in Haft genommen worden war, rückte die Angelegenheit auf die erste Seite der Zeitungen. Am Montag weilten bereits Scharen von Reportern in Exhampton, und Charles Enderby beglückwünschte sich noch einmal zu seiner bevorzugten Stellung, die er einzig und allein dem Fußballpreisausschreiben verdankte.
Es war seine unumstößliche Absicht, sich an Major Burnaby wie ein Blutegel festzusaugen und unter dem Vorwand, den Bungalow Nr. 1 fotografieren zu müssen, Auskünfte über die Bewohner Sittafords und ihre Beziehungen zu dem Ermordeten zu erhalten, wie sie keiner seiner Kollegen erlangen würde.

Mr. Enderbys scharfsichtigem Auge entging nicht, daß während des Lunchs ein kleiner Tisch unweit der Tür von einer sehr anziehenden jungen Dame besetzt war. Was suchte sie hier in Exhampton ...? Attraktiv und in einer etwas strengen, nicht alltäglichen Art gekleidet, gehörte sie offenbar weder zur Verwandtschaft des Toten, noch zu den Scharen neugieriger Müßiggänger.
»Wie lange sie wohl in diesem Nest bleiben wird?« grübelte Mr. Enderby. »Schade, daß ich heute nachmittag nach Sittaford fahre! Wirklich Pech! Aber man kann eben nicht alles haben!«
Doch kurz nach dem Essen wurde ihm eine angenehme Überraschung zuteil. Als er von der Steintreppe der »Three Crowns« aus den schnell schmelzenden Schnee beobachtete und die trägen Strahlen der winterlichen Sonne genoß, sprach ihn eine Stimme von bezauberndem Wohlklang an.
»Pardon, können Sie mir vielleicht sagen, ob Exhampton irgendwelche Sehenswürdigkeiten zu bieten hat?«
Charles Enderby zeigte sich der Sachlage durchaus gewachsen.
»Eine Burg, obwohl ich mich nicht dafür verbürgen kann, daß die Besichtigung lohnt. Wenn Sie gestatten, werde ich Ihnen den Weg dorthin zeigen.«
»Das wäre außerordentlich nett«, erwiderte das Mädchen. »Wenn Sie nicht zu beschäftigt sind ...«
Sofort leugnete Enderby, irgend etwas vorzuhaben, und so machten sie sich gemeinsam auf den Weg.
»Sie sind Mr. Enderby, nicht wahr?«
»Ja. Woher wissen Sie das?«
»Mrs. Belling verwies mich an Sie. Mein Name ist Emily Trefusis ... Ich brauche Ihre Hilfe.«
»Meine Hilfe ...?«
»Ja. Sehen Sie, ich bin mit James Pearson verlobt.«
»Oh!« sagte Charles Enderby, und tausend journalistische Möglichkeiten stiegen vor seinem inneren Auge auf.
»Und die Polizei wird ihn verhaften. Ich aber weiß, daß James nichts mit dem Verbrechen zu schaffen hat, und um das zu beweisen, bin ich hierhergekommen. Aber allein fühle ich mich meiner Aufgabe nicht gewachsen; mir fehlt die männliche Unterstützung. Männer kennen Mittel und Wege, die einer Frau nicht offenstehen, wenn es darum geht, etwas herauszufinden.«

»Ja, ja, da haben Sie wohl recht«, meinte Mr. Enderby selbstgefällig.
»Ich habe mir heute morgen nacheinander alle Journalisten genau angesehen«, erzählte Emily. »Ach, was für einfältige Gesichter haben doch die meisten! Sie erschienen mir als der einzig wirklich Gescheite.«
»Oh ... da beurteilen Sie meine Kollegen aber ein wenig hart«, wehrte Mr. Enderby pro forma ab.
»Um es kurz zu machen: Ich möchte Ihnen eine Art Partnerschaft vorschlagen, die meines Erachtens beiden Seiten zum Vorteil gereichen wird. Ich muß gewissen Dingen nachspüren, wobei Sie als Journalist mir helfen können. Ich möchte ...«
Emily zögerte. Was sie wirklich wollte, war, Mr. Charles Enderby als eine Art Privatspitzel zu ihrer ureigensten Verfügung zu engagieren, damit er hinginge, wohin sie ihn schickte, damit er Fragen stellte, deren Antwort sie zu wissen begehrte, damit er die Rolle eines gefügigen Sklaven übernähme. Aber die kluge Emily war sich der Notwendigkeit bewußt, diese Vorschläge in den Zuckerguß einer schmeichelhaften Formel zu kleiden. Sie, Emily Trefusis, wollte um jeden Preis der Meister bleiben, aber den Gesellen durfte man das möglichst nicht merken lassen.
»Ich muß das Gefühl haben, daß ich mich auf Sie verlassen kann«, verbesserte sie daher den angefangenen Satz.
Wie verführerisch ihre Stimme klang! Und als sie zu Ende gesprochen hatte, quoll in Enderbys Männerbrust die Empfindung empor, daß diese liebliche, hilflose Maid sich bis zum Äußersten auf ihn verlassen könne.
»Sie Ärmste! Welch gräßliche Stunden haben Sie durchlebt ...!« Und er nahm ihre Hand und drückte sie in heißem Mitgefühl. Doch dann meldete sich in ihm eine journalistische Gegenströmung. »Aber wissen Sie, ich bin nicht ganz Herr meiner Zeit. Ich meine, daß ich mich in bezug auf meine Schritte nach den Wünschen meiner Zeitung richten muß.«
»Das habe ich sehr wohl bedacht, und damit kommen wir zum Kernpunkt des Ganzen«, entgegnete Emily ihm. »Seien Sie versichert, daß ich für Sie das sein kann, was man eine Fundgrube nennt. Sie können mich jeden Tag interviewen. Sie können mir einen Wink geben, damit meine Aussage ganz dem Geschmack

Ihres Leserkreises entspricht: ›James Pearsons Braut‹, ›Das Mädchen, das leidenschaftlich an James' Unschuld glaubt‹, ›Erinnerungen aus seiner Kindheit, die sie uns zur Verfügung stellt‹. Zwar weiß ich nicht viel über seine Kindheit, Mr. Enderby, doch das schadet ja nichts«, fügte sie hinzu.
»Miss Trefusis, Sie sind wundervoll!« begeisterte er sich.
»Und dann«, ergriff Emily rasch wieder das Wort, um ihren Vorteil zu nutzen, »stehe ich natürlich in Verbindung mit James' Verwandten. Ich kann Sie dort als Freund von mir einführen, wo man Ihnen sonst die Tür vor der Nase zuschlagen würde.«
»Ja, dergleichen kenne ich«, versicherte Mr. Enderby eingedenk so mancher Niederlage in der Vergangenheit.
Welch herrlicher Ausblick öffnete sich ihm. Donnerwetter, wie das Glück ihm lachte! Erst dieser Zufall mit dem Fußballrätsel, und nun dies . . .!
»Abgemacht!« sagte er mit Nachdruck.
»Gut«, sagte Emily und wurde kurz und geschäftsmäßig. »Was also zuerst?«
»Heute nachmittag fahre ich nach Sittaford.« Und er weihte sie in die glücklichen Umstände ein, die ihn in so nahe Berührung mit Major Burnaby gebracht hatten. »Sie müssen nämlich wissen, daß der alte Haudegen die Presseleute haßt wie die Pest. Doch einem Mann gegenüber, der einen Scheck über 5000 Pfund Sterling bringt, sind einem doch die Hände gebunden!« lachte er schadenfroh.
»Dann werde ich Sie nach Sittaford begleiten.«
»Ausgezeichnet! Ob wir dort Quartier finden werden, weiß ich allerdings nicht. Soviel ich gehört habe, gibt es dort oben nur das Sittaford House und ein paar Cottages, wie das von Major Burnaby.«
»Pah, das kriegen wir schon irgendwie hin!« meinte sie wegwerfend. Und Mr. Enderby glaubte ihr aufs Wort.
Inzwischen hatten sie die Burgruine erreicht, doch ohne ihr Beachtung zu schenken, setzten sie sich auf ein Stück bröckeliges Gemäuer und Emily fuhr fort, Pläne zu schmieden.
»Ich betrachte die Angelegenheit völlig nüchtern und unsentimental, und Sie müssen sich mit meinem Wort begnügen, daß James den Mord nicht beging. Ich stelle diese Behauptung nicht

etwa deshalb auf, weil ich in James verliebt oder von seinem hehren Charakter beeindruckt bin oder dergleichen – nein, sondern rein verstandesmäßig. Ich bin niemals viel mit Frauen in Berührung gekommen und weiß daher sehr wenig über sie, aber ich weiß desto besser Bescheid über Männer. Und solange eine Frau die Männer nicht richtig zu beurteilen und mit ihnen umzugehen versteht, bringt sie es zu nichts. Ich aber habe es zu etwas gebracht. Ich arbeite als Mannequin bei Lucie's, und sich eine solche Position zu erobern, ist ein Meisterstück.
Nun, wie gesagt, ich kann Männer haargenau beurteilen. James hat in mancher Hinsicht einen ziemlich schwachen Charakter. Doch ich bin keineswegs sicher, ob ich ihn nicht gerade deswegen liebe«, beichtete Emily Trefusis, die vorübergehend ihre Rolle als Bewunderin starker Männer vergaß. »Mein Einfluß auf James ist nicht gering, und ich könnte, wenn ich darauf aus wäre, ihn sogar zu einer strafbaren Handlung anstiften, doch zu einem Mord – nimmermehr. Nimmermehr! James kann einfach keinen Sandsack nehmen und ihn auf den Nacken eines alten Mannes niedersausen lassen, er ist ein viel zu gütiges Geschöpf, das nicht einmal gern einer Wespe ein Leid zufügt. Wenn sich eine in sein Zimmer verflogen hat, versucht er mit rührender Geduld, sie draußen auf dem Fenstersims abzusetzen, wobei er gewöhnlich gestochen wird ... Aber ich will mich nicht in Einzelheiten verlieren. Trauen Sie meinem Urteil, Mr. Enderby: James ist unschuldig.«
»Meinen Sie, daß jemand mit Vorbedacht versucht, ihm den Mord anzuhängen?« fragte Charles Enderby in bester Journalistenmanier.
»Nein, der Ansicht bin ich nicht; es wußte ja kein Mensch von James' Absicht, seinen Onkel zu besuchen. Trotzdem darf man auch diese Möglichkeit nicht ganz ausklammern. Aber vorderhand müssen wir nach jemandem suchen, der einen Grund hatte, Captain Trevelyan zu töten. Die Polizei, das heißt Inspektor Narracott, der meiner Meinung nach ein recht klar denkender Mann ist, streckte seine Fühler nach jenen aus, denen durch Trevelyans Tod Vorteile erwachsen, und da er sich sozusagen an James festgebissen hat, wird er sich vorläufig nicht viel mit weiteren Nachforschungen plagen. Und wir haben freie Bahn.«

»Was für eine Sensation, wenn Sie und ich den wirklichen Mörder entdeckten!« rief Charles Enderby. »Der Kriminalsachverständige des *Daily Wire* – so ungefähr würde es dann heißen. Doch es ist zu schön, um wahr zu sein«, setzte er seufzend hinzu. »So etwas ereignet sich nur in Romanen.«
»Unsinn! Es wird sich mit mir als Bundesgenossin bestimmt ereignen!«
»Sie sind wirklich wundervoll!« wiederholte der Journalist.
»Nun wollen wir mal methodisch an die Sache herangehen«, bemerkte Emily und zog ein kleines Notizbuch hervor.
»James selbst, sein Bruder und seine Schwester sowie Tante Jenny profitieren in gleichem Maß durch Trevelyans Tod. Sylvia – das ist die Schwester meines Verlobten – tut, genau wie James, keiner Fliege etwas zu leide, was man von ihrem Mann nicht behaupten kann. Er ist ein widerlicher, brutaler Geselle – Weibergeschichten und ähnliches. Steckt sicherlich in einer Geldklemme. Und obwohl das Erbteil Sylvia allein gehört, wird er es bald mit Beschlag belegen und für seine Zwecke verwenden.«
»Viele lobenswerte Eigenschaften scheint dieser Herr Ihrer Schilderung nach nicht zu besitzen, Miss Trefusis.«
»Gar keine. Dreist und unverschämt im Auftreten, hockt er am liebsten mit irgendwelchen Frauen in einer Ecke und schwätzt über Erotik. Wirkliche Männer verabscheuen ihn.«
»Also das ist unser Verdächtiger Nummer eins«, sagte Enderby, ebenfalls in ein Büchlein kritzelnd. »Ich werde mich unter dem Vorwand eines Interviews dem ›bekannten Schriftsteller, den mit dem Ermordeten verwandtschaftliche Bande verknüpfen‹, nähern, um seinem Tun und Treiben am Freitag nachzuspüren. Recht so?«
»Ausgezeichnet!« lobte sie. »Weiter haben wir da Brian, James' jüngeren Bruder, der sich, wie die Familie meint, in Australien aufhält. Doch weshalb soll er nicht zurückgekommen sein? Bisweilen kommen Leute in die Heimat zurück, ohne es anzukündigen.«
»Wie wär's, wenn wir ihm ein Telegramm schickten?«
»Gute Idee. Jetzt Tante Jenny. Sie ist, nach James' Erzählungen zu urteilen, ein prächtiger Mensch, dem ich das Verbrechen ei-

gentlich nicht zutraue. Aber sehen Sie, Exeter liegt so nahe ... Sie mag hinübergefahren sein, um ihren Bruder zu sprechen, und er mag irgend etwas Häßliches über ihren Gatten gesagt haben, den sie anbetet, und sie wiederum mag in ihrem Grimm den Sandsack ergriffen und den Verleumder des über alles geliebten Mannes damit zum Schweigen gebracht haben.«

»Glauben Sie wirklich?«

»Nein. Aber man kann nie wissen. Nun kommen wir zu Trevelyans Diener. Er erntet durch das Ableben seines Herrn freilich nur hundert Pfund und macht außerdem einen anständigen Eindruck. Aber ich wiederhole auch hier: Man kann nie wissen! Seine Frau ist Mrs. Bellings, der redseligen Wirtin, Tochter. Mir scheint es angebracht, wenn ich nach meiner Rückkehr in die ›Three Crowns‹ an Mrs. Bellings Schulter ein bißchen schluchze, denn die Dicke ist offenbar eine mütterliche und romantische Seele. Sie wird mir schrecklich viel Mitgefühl entgegenbringen, weil mein Liebster im Gefängnis schmachtet, und vielleicht plappert sie dabei etwas Nützliches aus. Und dann dürfen wir natürlich Sittaford House nicht vergessen. Wissen Sie, diese Willetts, die mitten im Winter Captain Trevelyans Haus – auch noch voll möbliert! – mieten, verdienen Beachtung.«

»Ja, es ist ein seltsamer Einfall, sich bei Schnee und Eis in Dartmoor zu verkriechen. Noch seltsamer allerdings ist diese spiritistische Sitzung. Ich werde darüber einen Artikel schreiben und anschließend die Meinungen einiger Autoritäten wiedergeben.«

»Was für eine spiritistische Sitzung?«

Mr. Enderby schilderte die Szene seiner Bundesgenossin mit Begeisterung. Es gab nichts, was mit dem Mord zusammenhing, das er nicht bereits auf die eine oder andere Weise in Erfahrung gebracht hatte.

»Na, ist das etwa nicht seltsam?« schloß er. »Hokuspokus, oder tatsächlich eine Botschaft aus einer anderen Welt?«

Emily zog schaudernd die Schultern zusammen. »Ich hasse übernatürliche Dinge«, flüsterte sie. »Und doch, es sieht nicht nach Schwindel aus. Aber wie ... wie grausig!«

»Sehr zweckdienlich kann man die Botschaft nicht gerade nennen«, tadelte Mr. Enderby. »Halbheiten, Miss Trefusis. Wenn der alte Knabe durch den Mund des Geistes mitteilen konnte, daß er tot sei, warum fügte er dann nicht gleich hinzu, wer ihn ermordet hat? Nichts wäre einfacher gewesen.«

»Ich habe das Gefühl, daß hier in Sittaford der Schlüssel zum Ganzen zu finden ist«, sagte Emily nachdenklich.

»Warum nicht . . .? Jedenfalls werden wir uns dort oben gründlich umsehen. Ich habe einen Wagen gemietet und fahre in einer halben Stunde. Meinen Sie nicht, es wäre das beste, Sie kämen gleich mit?«

»Gewiß. Und Major Burnaby?«

»Ist schon auf und davon. Unmittelbar nach der Leichenschau machte er sich auf den Weg – zu Fuß. Wahrscheinlich wollte er meiner Gesellschaft entgehen, denn niemandem kann es ein Vergnügen bereiten, zehn Kilometer bergauf durch Matsch und Schnee zu stapfen.«

»Wird der Wagen denn durchkommen?«

»Ja. Obwohl heute der erste Tag ist, an dem ein Wagen sich wieder nach Sittaford traut.«

»Dann also los!« befahl Emily, schnell aufspringend. »Ich muß mein Köfferchen packen und noch ein paar Tränen an Mrs. Bellings Schulter vergießen.«

»Regen Sie sich nur nicht zu sehr auf«, mahnte Charles Enderby ziemlich einfältig. »Und überlassen Sie alles Weitere ruhig mir.«

»Ja, das will ich auch«, versicherte Emily mit einem gänzlichen Mangel an Wahrheitsliebe. »Ach, es ist ja so wunderbar, jemanden zu haben, auf den Verlaß ist!«

Tatsächlich, Emily Trefusis war eine begabte junge Dame . . .

12

Bei ihrer Rückkehr in die »Three Crowns« hatte Emily das Glück, gleich in der Diele auf Mrs. Belling zu stoßen.

»Ich fahre heute nachmittag, Mrs. Belling.«

»Ja? Mit dem Vier-Uhr-Zug nach Exeter?«

»Nein, hinauf nach Sittaford.«

»Nach Sittaford?« Mrs. Belling wurde neugierig.

»Ja. Und ich wäre Ihnen sehr dankbar, wenn Sie mir sagen würden, wo ich dort wohnen kann.«
»Wohnen, Miss?« Die Neugier wuchs noch.
»Weil ich ... Oh, liebe Mrs. Belling, kann ich Sie denn nicht einen Moment unter vier Augen sprechen?«
»Aber gewiß doch ... gewiß.«
Mit staunenswerter Behendigkeit wackelte die Dicke mit ihrem jungen Gast in das private Heiligtum, wo ein großes Feuer im Kamin brannte.
»Nicht wahr, Sie werden doch mit niemandem darüber reden?« begann Emily Trefusis, wohl wissend, daß von allen Einleitungen diese eine am unfehlbarsten Interesse und Sympathie erweckt.
»Gott bewahre, Miss!« beteuerte Mrs. Belling, deren dunkle Augen vor Erregung glitzerten.
»Sie haben gewiß keine Ahnung, daß Mr. Pearson ...«
»Was? Der junge Herr, der am Freitag bei mir wohnte und den die Polizei verhaftet hat und immer noch nicht freiläßt?«
Emily wurde schneeweiß.
»Noch immer nicht? Woher wissen Sie das, Mrs. Belling?«
»Unsere Amy hat es von dem Sergeanten erfahren.«
»O Gott!« stöhnte Emily. Sie hatte zwar derartiges erwartet, aber da es nun eintraf, erschütterte es sie doch. »Ich bin mit ihm verlobt, Mrs. Belling. Und er ist so unschuldig wie Sie und ich. Oh, Mrs. Belling, wie soll ich das nur ertragen ...!«
Und jetzt begann Emily zu schluchzen, genau ihrer Absicht gemäß, in die Charles Enderby eingeweiht worden war. Doch zu ihrem Entsetzen kamen die Tränen ganz von selbst; sie waren echt. Nein, nein, das durfte nicht sein. Daß sie die Nerven verlor – damit erwies sie James keinen Dienst. Entschlußkraft, Logik, Umsicht und Scharfsinn, solche Eigenschaften erforderte dieses Spiel.
Dessenungeachtet brachten die Tränen Erleichterung. Und warum sie nicht strömen lassen, da sie unfehlbar zu Mrs. Bellings Herzen sprechen und nebenher noch vielleicht alle Unruhe, Zweifel und geheimen Ängste hinwegschwemmen würden.
»Ruhig, ruhig Kindchen!« tröstete Mrs. Belling die herzzerreißend Schluchzende und legte mütterlich den Arm um ihre Schul-

tern. »Es wird schon nicht so schlimm werden. Ich habe es von Anfang an gesagt, daß er sich nicht an seinem Onkel vergriffen hat. So ein netter, feiner junger Herr! Schlafmützen sind die Polizeibeamten, weil sie nicht einsehen wollen, daß irgendein Herumtreiber die Tat beging. Ruhig, Kindchen, und ein wenig Geduld, denn schließlich wird die Wahrheit doch an den Tag kommen.«

»Ich hab ihn doch so furchtbar lieb«, jammerte Emily.

O lieber James! O süßer, kindischer, hilfloser, unpraktischer James, der unfehlbar das Unrichtige im unrichtigen Augenblick tat! Wie sollte er sich wehren gegen jenen festen, entschiedenen Inspektor Narracott?

»Wir müssen ihn retten«, wimmerte sie.

»Natürlich werden wir ihn retten«, tröstete Mrs. Belling.

Emily Trefusis wischte sich gründlich die Augen ab, gab ein letztes Geschluchz und Geschnüffel von sich und erkundigte sich dann – hocherhobenen Hauptes – ungestüm:

»Wo kann ich in Sittaford wohnen?«

»Oben in Sittaford? Sie bestehen also auf Ihrem Plan, Kind?«

»Jawohl.«

Mrs. Belling sann ein Weilchen über den schwierigen Fall nach.

»Auswahl haben Sie da keine«, meinte sie endlich. »Die paar Häuser von Sittaford sind ja an den Fingern abzuzählen. Da sind der Schmied und die Posthilfsstelle, aber Mary Hibbert hat sechs Kinder, und außerdem lebt noch eine Schwägerin bei ihr; die Frau des Schmiedes erwartet das achte, so daß auch bei ihr kein Eckchen frei ist. In Sittaford House, wo Platz in Hülle und Fülle wäre, wohnt die afrikanische Dame. Und sonst gibt's nur noch die sechs Cottages, die der Captain nach und nach verkaufte und von denen eins Mr. Curtis gehört, der bei Captain Trevelyan die Gärtnerstelle innehatte. Mrs. Curtis nahm mit seiner Erlaubnis im Sommer Fremde bei sich auf, und auch Ihnen wird nichts anderes übrigbleiben, als bei ihr zu wohnen. Aber wie wollen Sie überhaupt hinkommen, Miss? Haben Sie einen Wagen gemietet?«

»Mr. Enderby nimmt mich mit.«

»Soso. Und wo wird er Quartier beziehen?«

»Vermutlich ebenfalls bei Mrs. Curtis. Hat sie für jeden von uns ein Zimmer?«

»Das schickt sich aber nicht recht für eine junge Dame wie Sie«, wandte Mrs. Belling ein.
»Er ist mein Vetter«, schwindelte Emily, die um alles in der Welt vermeiden wollte, daß Mrs. Belling einen schlechten Eindruck von ihr bekam. Und augenblicklich verschwanden die Falten von der Stirn der Wirtin.
»Nun, dann mag es hingehen. Überhaupt wird Mrs. Curtis, falls sie es Ihnen nicht behaglich genug machen kann, wohl versuchen, Sie in Sittaford House unterzubringen.«
»Seien Sie nicht böse, daß ich so eine Heulsuse gewesen bin«, bat Miss Trefusis.
»Was heißt böse, mein Kind? Es ist gut, daß Sie sich Ihr Leid von der Seele heruntergeweint haben. Wahrscheinlich fühlen Sie sich jetzt viel besser.«
»Ja, viel, viel besser.«
»Über ein herzhaftes Weinen und eine gute Tasse Tee geht nichts in der Welt. Und die werden Sie auch noch trinken, ehe Sie die kalte Fahrt antreten.«
»Nein, danke vielmals. Ich glaube wirklich, ich brauche das nicht.«
»Papperlapapp!« schnitt Mrs. Belling ihr das Wort ab und bewegte sich zur Tür. »Bestellen Sie Amalia Curtis einen Gruß von mir, und sie möchte dafür sorgen, daß Sie auch ordentlich zu essen bekommen.«
»Sie sind so gut, Mrs. Belling!«
»Und im übrigen werde ich hier meine Augen und Ohren offenhalten«, versicherte die dicke Wirtin. »In einer Gaststube fällt so manches Wörtchen, das die Polizei nie zu hören bekommt, und wenn ich was Wichtiges aufschnappe, werde ich Sie umgehend davon in Kenntnis setzen, Miss. Und keine traurigen Gedanken mehr – über kurz oder lang werden wir Ihren Liebsten schon losgeeist haben.«
»Nun muß ich aber gehen und packen«, erklärte Emily, von ihrem Stuhl aufstehend.
»Und ich werde Ihnen den Tee schicken«, erwiderte Mrs. Belling.
Miss Trefusis ging nach oben, packte das Handköfferchen, kühlte ihre Augen mit kaltem Wasser und gebrauchte eine reichliche Menge Puder.

»Schön hast du dich mit dem Geheule zugerichtet!« redete sie ihr eigenes Spiegelbild an. Dann nahm sie noch mehr Puder und legte einen Hauch Rouge auf.
»Merkwürdig, wie viel besser ich mich jetzt fühle! Es ist mit dem schlechen Aussehen nicht zu teuer erkauft.«
Dann schritt sie elastisch zur Klingel, um das Zimmermädchen, die tüchtige Schwägerin von Constable Graves, herbeizurufen. Sie gab ihr eine Pfundnote und bat eindringlich, jede Nachricht, die aus den Kreisen der Polizei den Weg zu ihr finden würde, an Mrs. Curtis in Sittaford weiterzuleiten, was das Mädchen bereitwillig versprach. »Sie sind ein Engel!« beteuerte Emily.
»Ach, Miss, ich kann Ihren Kummer ja so nachfühlen. Immer denke ich: Wenn das nun dem Fred passiert wäre . . .? Vergangene Woche kaufte ich bei Woolworth einen Kriminalroman. Und wissen Sie, wodurch man darin den Mörder entdeckte? Durch ein Stückchen ganz gewöhnlichen Siegellack! Miss, Ihr junger Herr sieht so gut aus, ähnelt ganz und gar nicht den Bildern, die die Zeitungen von ihm bringen. Ach, ich werde alles tun, was ich kann – für Sie, Miss, und für ihn.«
Und als der Mittelpunkt rührseliger Aufmerksamkeit und Fürsorge verließ Emily Trefusis die »Three Crowns«, nachdem sie die von Mrs. Belling verordnete Tasse Tee erst noch pflichtgemäß hinuntergeschluckt hatte.
»Übrigens sind Sie mein Vetter«, sagte sie, als der alte Ford sich knatternd in Bewegung setzte. »Vergessen Sie das bitte nicht.«
»Warum?« erkundigte sich ihr Begleiter etwas erstaunt.
»Man ist hier noch etwas altmodisch prüde, und deshalb schien mir eine Verwandtschaft ratsam.«
»Famos! Dann nenne ich Sie aber besser Emily«, erklärte Mr. Charles Enderby erfreut.
»Richtig, Vetter – wie heißen Sie denn?«
»Charles.«
»Richtig, Charles.«
Und schon bog das vorsintflutliche Auto auf die Straße nach Sittaford ein.

13

Der erste Eindruck, den Emily von Sittaford erhielt, war sehr günstig; vielleicht trug hierzu auch der Empfang bei, der ihr von Mrs. Curtis zuteil wurde.
»Natürlich kann ich Sie beherbergen, Miss, und Ihren Vetter auch, wenn er so lange warten will, bis ich ein paar alte Sommersachen weggeräumt habe«, sagte die kleine, grauhaarige, dem Klatsch nicht abholde Frau. »Es wird Ihnen doch wohl nicht unangenehm sein, wenn Sie Ihre Mahlzeiten mit uns gemeinsam einnehmen . . .? Mein Gott, ja, wer hätte das gedacht! Captain Trevelyan ermordet! Wir sind ja seit Freitag von der Welt abgeschnitten gewesen, und als heute morgen die Nachricht endlich zu uns gelangte, wurde mir vor Schreck ganz schwach. Der Tod des Captain zeigt dir – sagte ich zu Curtis – die Gottlosigkeit, die heutzutage in der Welt herrscht. Aber warum bleiben wir denn hier auf dem Korridor stehen? Kommen Sie, Miss, und der Herr bitte auch. Das Wasser kocht gerade, so daß Sie gleich eine Tasse Tee zum Auftauen kriegen werden. Zwei und stellenweise drei Meter hoch hat der Schnee hier oben bei uns gelegen.«
Halb betäubt von diesem Wortschwall sahen sich die beiden ihre neuen Quartiere an. Emily bekam ein kleines Vorderzimmer zugewiesen, peinlich sauber, dessen Fenster auf den Feldweg hinausgingen, während Enderbys schmales Gelaß, mit einem Bett, einer Zwerg-Kommode und einem eisernen Waschständer ausgestattet, nach hinten raus lag.
»Die Hauptsache ist, daß wir hier glücklich gelandet sind«, bemerkte Charles Enderby, als der Chauffeur den Koffer abgestellt hatte und entlohnt worden war. »Und wenn wir innerhalb der nächsten Viertelstunde nicht über sämtliche weiblichen und männlichen Einwohner von Sittaford Bescheid wissen, will ich meinen Filzhut als Nachtmahl verspeisen.«
Zehn Minuten später saßen sie unten in der behaglichen Küche und wurden mit starkem Tee, Brot und Butter nebst hartgekochten Eiern gelabt. Mr. Curtis war im Gegensatz zu seiner Gattin ein wortkarger Mensch – entweder wortkarg geboren oder wortkarg geworden, weil er eingesehen hatte, daß er der Redegewandtheit Amalias doch nicht gewachsen war. Auch bei dieser

Mahlzeit bestritt vor allem sie die Unterhaltung. Zuerst erzählte sie von Miss Percehouse, die den Bungalow Nr. 4 bewohnte und vor sechs Jahren nach Sittaford gekommen sei, um in Ruhe zu sterben.
»Aber ob Sie es nun glauben oder nicht, Miss, die Luft hier ist so heilkräftig, daß die alte Jungfer vom ersten Tag an wiederauflebte. Eine unvergleichliche Luft für die Lunge! Miss Percehouse«, fuhr sie nach diesem Lob der Gegend fort, »hat einen Neffen, der sie gelegentlich besucht und auch jetzt bei ihr ist. Er ist ängstlich darum besorgt, daß das Geld in der Familie bleibt. Sehr stumpfsinnig hier um diese Jahreszeit für einen jungen, lebensfrohen Herrn. Ein Glück, daß die junge Dame in Sittaford House da ist und sie sich gegenseitig die Langeweile vertreiben können. Armes Ding, das wegen einer Laune ihrer Mutter den Winter in dem Riesenkasten verbringen muß, ohne gleichaltrige Freundinnen! Ja, die Selbstsucht steht bei manchen Müttern obenan. Übrigens eine sehr hübsche junge Dame. Und Mr. Ronald Garfield ist so oft in Sittaford House, wie es der Gesundheitszustand seiner Tante gestattet.«
Charles Enderby und Emily tauschten einen raschen Blick, denn Charles erinnerte sich, daß sich Ronald Garfield als Mrs. Willetts Gast an dem verhängnisvollen Tischrücken beteiligt hatte.
»Das Häuschen Nr. 6, dem meinen benachbart, hat erst vor kurzem einen Interessenten gefunden«, nahm Mrs. Curtis' Erzählung ihren Fortgang. »Duke heißt der Gentleman. Aber ob er wirklich ein Gentleman ist? Vielleicht – vielleicht auch nicht. Man weiß nicht so recht, was man von ihm halten soll. Ein wenig ähnelt er in seinem Auftreten einem ehemaligen Offizier, aber nicht etwa so wie Major Burnaby, bei dem man auf den ersten Blick den alten Soldaten erkennt.
Nr. 3 wird von Mr. Rycroft bewohnt, einem kleinen, älteren Herrn. Man sagt, daß er früher für das Britische Museum aus dem Ausland Vögel besorgt habe. Ein Naturwissenschaftler, verstehen Sie. Und wenn es das Wetter nur irgend erlaubt, durchstreift er das Moor. Und Bücher, Bücher . . .! Sein Häuschen ist beinahe ein einziger Bücherschrank!
Nr. 2 ist Eigentum eines Kriegsinvaliden – Captain Wyatt, der einen indischen Diener bei sich hat. Wie der Ärmste hier friert!

Den Diener meine ich natürlich, nicht den Captain. Kein Wunder, wenn man aus einem so heißen Land kommt! Bei der Backofenhitze, die in Captain Wyatts Haus herrscht, würden Sie einen Schlag kriegen, Miss.
Nr. 1 bewohnt Major Burnaby, ganz allein, und ich gehe am frühen Morgen zu ihm hinüber, räume auf und besorge alles Nötige. Zwischen ihm und Captain Trevelyan herrschte eine dicke Freundschaft. Schon seit vielen, vielen Jahren. Und beide haben an ihren Zimmerwänden fremdländische Geweihe und Tierköpfe hängen.
Was aber Mrs. Willett und ihre Tochter betrifft – na, auf die kann man sich überhaupt keinen richtigen Vers machen. Viel Geld, Miss! Amos Parker in Exhampton, von dem sie ihre Waren beziehen, sagte mir, daß sich ihre Wochenrechnung immer auf acht bis neun Pfund beläuft. Und was meinen Sie, wieviel Eier da im Haus verwirtschaftet werden . . .! Köchin und Küchenmädchen brachten sie sich von Exeter mit, aber die wollen nicht länger hierbleiben, was ich den Mädels auch nicht verdenken kann. Junges Blut, und diese Einsamkeit . . .? Mrs. Willett paßt freilich auch nicht hierher, so eine elegante, reiche Dame! So, nun will ich mal das Teegeschirr abräumen.«
Sie atmete tief durch, und Emily und Charles taten unwillkürlich dasselbe, denn in ihren kühnsten Träumen hatten sie nicht zu hoffen gewagt, daß die Auskünfte in so reichlicher Menge auf sie herniederregnen würden.
»Ist Major Burnaby schon zurückgekommen?«
Sofort hielt Mrs. Curtis in ihrer hausfraulichen Verrichtung inne, das Tablett in der Hand.
»Ja, eine halbe Stunde, bevor Sie eintrafen, stiefelte er hier vorbei. ›Mein Gott, Sir, Sie kommen doch nicht etwa zu Fuß von Exhampton?‹ rief ich ihm zu. Worauf er in seiner barschen Art sagte: ›He, warum denn nicht? Wenn ein Mensch zwei Beine sein eigen nennt, braucht er keine vier Räder. Habe ich den Weg nicht immer einmal wöchentlich gemacht, Mrs. Curtis‹ – ›Gewiß, Sir‹, erwiderte ich ihm, ›doch jetzt ist es was anderes. Daß Sie nach dem Schreck über den Mord und nach der heutigen Verhandlung noch die Kraft dazu haben – alle Achtung.‹ Doch er knurrte nur etwas Unverständliches und trabte weiter. Arg mit-

genommen sieht er aber trotzdem aus. Mein Gott, es grenzt ja an ein Wunder, daß er Freitag nicht im Schnee steckengeblieben ist! Mut und Tapferkeit gehören dazu, sich in solchen Schneesturm hinauszuwagen. Und ob Sie es mir verübeln oder nicht: Die jungen Herren heutzutage können sich mit denen der alten Schule nicht vergleichen. Jener Mr. Ronald Garfield, zum Beispiel, würde es nie getan haben; und das ist meine Meinung und die Meinung von Mrs. Hibbert, der Postverwalterin, und auch die Meinung von Mr. Pound, dem Schmied, daß der junge Mr. Garfield den alten Major niemals allein hätte gehen lassen dürfen. Wenn Major Burnaby in dem Unwetter umgekommen wäre, hätte alle Welt Mr. Garfield schwer getadelt. Ja, ja, so ist es.«

Unter dem Geklapper der Teetassen und Teller verschwand sie in der Spülküche. Ihr Mann schob seine Pfeife, die auf ein ehrwürdiges Alter zurückblicken konnte, vom linken Mundwinkel in den rechten.

»Frauen schwatzen reichlich viel«, meinte er dann, um nach einem Weilchen diese Ansicht durch den Nachsatz zu ergänzen: »Und meistens ist ihnen die Wahrheit dessen, worüber sie schwatzen, nicht bekannt.«

Emily und Charles hörten seine Weisheit in andächtigem Schweigen an, doch da sie sahen, daß ihr nichts Weiteres folgte, murmelte Enderby zustimmend:

»Das ist wahr – sehr wahr!«

»Ah!« sagte Mr. Curtis und widmete sich nunmehr stumm seiner Pfeife.

»Ich möchte jetzt mal zum alten Burnaby hinüberspringen«, verkündete der Journalist, »und ihm mitteilen, daß ich morgen früh die Kamera auf sein Häuschen zu richten gedenke.«

»Warten Sie, ich werde Sie begleiten«, rief Emily. »Ich will versuchen herauszukriegen, was er über James und über das Verbrechen im allgemeinen denkt.«

»Haben Sie Gummischuhe? Die Schneemassen haben sich in unergründlichen Matsch verwandelt.

»Ja. Ich habe mir ein Paar in Exhampton gekauft.«

»Was sind Sie doch für ein praktisches Mädchen!«

»Leider helfen Gummischuhe nicht, wenn man einen Mörder entdecken will; nützlicher sind sie bei Ausführung eines Mordes.«

»Bitte, ermorden Sie mich aber nicht, Emily.«
Seite an Seite gingen sie durch den winterlichen Vorgarten auf den Feldweg, und unmittelbar darauf stellte sich Mrs. Curtis wieder bei ihrem Mann ein.
»Zum Major 'rüber«, berichtete dieser einsilbig, aus einer Wolke von Tabaksqualm heraus.
»Nun, was hältst du von ihnen? Sind sie ein Liebespaar oder nicht? Ach, Heiraten unter Vettern und Kusinen sollen so viel Leid und Kummer im Gefolge haben. Taubheit, Stummheit, Schwachsinn und ähnliche Übel. Er ist bestimmt in sie verliebt – darüber gibt's gar keinen Zweifel. Aber sie? Weißt du, Curtis, sie ist so ein stilles, tiefes Wasser, wie es meine Tante Belinda war; bei der konnte man auch nicht hinter die Fassade gucken. Doch ich denke mir mein Teil.« Und als aus er Rauchwolke ein Grunnen quoll, geruhte sie zu erläutern:
»Meiner Meinung nach, Curtis, ist der junge Mann, den die Polizei wegen des Mordes verhaftet hat, ihr Liebster, und sie ist hier heraufgekommen, um zu schnüffeln und zu sehen, was sie ausfindig machen kann. Und denk an meine Worte, Curtis: Wenn es hier etwas ausfindig zu machen gibt, so wird sie es ans Tageslicht fördern . . .«

14

Zur gleichen Stunde, als Charles und Emily aufbrachen, um Major Burnaby einen Besuch abzustatten, saß Inspektor Narracott im Wohnzimmer von Sittaford House und bemühte sich, zu einem abschließenden Urteil über Mrs. Willett zu gelangen.
Vielleicht wäre es ihm schwer geworden zu sagen, mit welchen Erwartungen er hergekommen war; bestimmt aber wich die Wirklichkeit beträchtlich von ihnen ab.
Es war nämlich Mrs. Willett, die die Führung des Gesprächs an sich riß, und nicht er. Durchaus kühl und kampfeslustig war sie ins Zimmer getreten – eine große Frau mit schmalem Gesicht und klugen, scharfen Augen. Sie trug ein kunstvoll besticktes seidenes Jumperkleid, das sich gerade noch an der Grenze des-

sen hielt, was man auf dem Land tragen darf, sofern man nicht als geschmacklos gelten will. Die dünnen Seidenstrümpfe waren von bester Qualität, desgleichen die zierlichen Schuhe mit den hohen Absätzen.

»Inspektor Narracott?« sagte Mrs. Willett. »Natürlich wollen Sie das Haus besichtigen. Was für eine entsetzliche Tragödie! Wir haben davon erst heute morgen erfahren und den Schreck noch immer nicht ganz überwunden. Aber bitte, nehmen Sie doch Platz, Inspektor. Das ist meine Tochter Violet«, fügte sie mit einer Handbewegung hinzu, bei der mehrere kostbare Ringe aufblitzten.

Narracott hatte die junge Dame, die der Mutter auf dem Fuße folgte, kaum beachtet, obwohl sie ein sehr hübsches, schlankes, blondhaariges Mädchen mit großen blauen Augen war.

Mrs. Willett wählte für sich einen bequemen Sessel und fuhr dann fort: »Kann ich Ihnen irgendwie helfen, Inspektor? Freilich kannte ich den armen Captain Trevelyan so gut wie gar nicht, jedoch ...«

»Ich danke Ihnen, Madam«, erwiderte der Inspektor langsam. »Obgleich es vorläufig schwer zu sagen ist, was nützlich sein kann und was nicht.«

»Möglicherweise enthält das Haus irgend etwas, das Licht auf das Dunkel wirft, aber ich bezweifle es. Denn Captain Trevelyan entfernte all seine persönlichen Habseligkeiten. Er fürchtete sogar, ich könnte mich an seinen Angelruten vergreifen, der arme, gute Mann!« Sie lachte ein wenig.

»Waren Sie nicht mit ihm bekannt?«

»Bevor ich das Haus mietete, meinen Sie? Oh, nein. Und seither habe ich ihn verschiedentlich eingeladen, ohne daß er sich ein einziges Mal hätte blicken lassen. Unsagbar scheu, der Ärmste! Ich habe Dutzende solcher Männer im Laufe meines Lebens kennengelernt. Man schilt sie Frauenhasser und ähnliches, und dabei ist an allem nur ihre Scheu schuld. Wenn ich mir hätte Zugang zu ihm verschaffen können, wäre er bald geheilt worden. Solche Männer muß man mit Gewalt ihrem Einsiedlertum entreißen.«

Inspektor Narracott begann Trevelyans scharf ablehnende Haltung gegenüber seiner Mieterin zu verstehen.

»Wir beide luden ihn ein«, berichtete Mrs. Willett weiter. »Nicht wahr, Violet?«
»Ja, Mama.«
»Ein ganz schlichter, unverdorbener Seemann – und Frauen haben ja alle eine kleine Schwäche für Seeleute, Inspektor.«
Hier kam es Narracott zum Bewußtsein, daß bislang einzig und allein Mrs. Willett die Richtung des Gesprächs bestimmt hatte. Oh, sie war entschieden eine sehr geschickte Frau – ob unschuldig oder nicht, das mußte die Zukunft lehren.
»Es gibt da einen bestimmten Punkt, über den ich gern Ihre Aussage hören möchte«, begann er.
»Ja?«
»Wie Ihnen fraglos bekannt ist, entdeckte Major Burnaby die Leiche seines toten Freundes, und zwar infolge eines seltsamen Zwischenfalls, der in diesem Haus stattfand.«
»Sie meinen?«
»Ich meine das Tischrücken. Ich bitte um Verzeihung . . .«
Rasch wandte er den Kopf, denn von der Seite, wo das junge Mädchen saß, hatte ein schwacher Laut sein scharfes Ohr erreicht.
»Arme Violet«, bedauerte ihre Mutter. »Sie hat sich furchtbar aufgeregt – aber eigentlich wir anderen nicht minder. Ich bin nicht abergläubisch, Inspektor, trotzdem muß ich zugeben, daß sich die Sache nicht rational erklären läßt.«
»Es hat sich also zugetragen?«
»Zugetragen? Selbstverständlich hat es sich zugetragen. Zuerst dachte ich, es sei ein Scherz – ein sehr geschmackloser, plumper Scherz, und ich hatte den jungen Ronald Garfield im Verdacht?«
»Nein, Mama. Ich bin sicher, er hat es nicht getan.«
»Kind, ich sage doch nur, was ich im ersten Augenblick dachte. Mußte man es nicht für einen Scherz halten?«
»Es ist höchst eigenartig«, meinte der Inspektor kopfschüttelnd. »Waren Sie sehr aufgeregt, Mrs. Willett?«
»Ich und sämtliche Gäste. Bis dahin hatten wir unsern Spaß gehabt. – Sie verstehen: ein lustiger Zeitvertreib an einem langen Winterabend. Und dann plötzlich dies! Ich war sehr ärgerlich.«
»Ärgerlich?«
»Gewiß. Weil ich glaubte, jemand hätte es mit Absicht getan.«

»Und jetzt?«
»Jetzt?«
»Ja. Was denken Sie jetzt?«
Mrs. Willett machte eine ausdrucksvolle Gebärde.
»Ich weiß nicht, was ich denken soll. Es ... es ist unheimlich.«
»Und Sie, Miss Willett?«
»Ich ...?« Wie bei einem Unrecht ertappt, fuhr das Mädchen zusammen. »Ich werde es nie vergessen, träume jede Nacht davon. Nein, niemals wieder wird mich jemand zum Tischrücken überreden können.«
»Mr. Rycroft würde vermutlich behaupten, es sei tatsächlich eine Geisterbotschaft gewesen, denn er glaubt an solche Dinge. Und schließlich bin ich versucht, es selbst zu glauben, weil eben keine andere Erklärung möglich ist.«
Inspektor Narracott zuckte unwirsch die Achseln. Tischrücken und dergleichen »Firlefanz« waren ein rotes Tuch für ihn.
»Finden Sie es nicht recht freudlos hier im Winter, Mrs. Willett?« steuerte er in ein anderes Fahrwasser.
»Nein, es gefällt uns sehr. Der Wechsel macht den Reiz im Leben aus, Inspektor. Wir sind Südafrikaner.« Sie sagte es munter und völlig unbefangen.
»Wirklich? Aus welchem Teil Südafrikas?«
»Kapland. Violet sieht England zum erstenmal und ist begeistert – vom Schnee hauptsächlich.«
»Aber wie verfielen Sie gerade auf diesen entlegenen Winkel Englands?« fragte er neugierig.
»Wir hatten verschiedene Bücher über Devonshire und besonders über Dartmoor gelesen, so daß ich Lust bekam, es kennenzulernen.«
»Doch Exhampton ist eine so unbekannte kleine Stadt.«
»Eins der Bücher lasen wir auf der Überfahrt, und da war ein junger Passagier an Bord, der von Exhampton sprach und es sehr rühmte.«
»Wie hieß er? Stammte er von hier?«
»Cullen hieß er, glaube ich. Nein, doch nicht – Smythe ... Sie wissen ja, Inspektor, wie es an Bord eines Dampfers zugeht: Man freundet sich mit Leuten an, plant ein baldiges Wiedersehen, und eine Woche nach der Landung sind einem schon die

Namen entfallen! Aber er war ein netter kleiner Kerl, von der Natur ein wenig stiefmütterlich behandelt; aber seine roten Haare und die vorstehenden Augen machte ein gewinnendes Lächeln wett.«

»Und er verfügte über eine solche Überzeugungskraft, daß Sie sich zu einem Winteraufenthalt in dieser Gegend entschlossen?« fragte der Inspektor belustigt.

»Ja. Nicht wahr, Sie lachen uns wegen dieser Marotte aus?«

Geschickt! dachte Narracott. Ungemein geschickt! Und er begann sich zu vergegenwärtigen, daß Mrs. Willett die Taktik verfolgte, den Krieg in des Gegners Land zu tragen.

»Dann schrieben Sie an den Häusermakler und baten um entsprechende Vorschläge?«

»Ja. Er riet uns zu Sittaford, weil es unseren Wünschen am ehesten entspräche.«

»Nun, mein Geschmack wäre es nicht zur grimmigen Winterzeit!« lachte Narracott.

»Wahrscheinlich auch der unsrige nicht, wenn wir ständig in England lebten.«

»Wie erfuhren Sie denn die Adresse eines Häusermaklers in Exhampton? Ich stelle mir das für einen Fremden ziemlich schwer vor.«

Jetzt entstand eine Pause – die erste im Verlauf der Unterhaltung. Narracott meinte, eine gewisse Unruhe oder eher noch Zorn in Mrs. Willetts Augen zu lesen. Auf diese Frage war sie nicht gefaßt gewesen und hatte daher auch keine Antwort vorbereitet.

»Wie erfuhren wir sie eigentlich, Violet?« wandte sie sich an ihre Tochter. »Ich kann mich im Augenblick nicht erinnern.«

Und die jungen blauen Augen blickten verstört zu der Fragenden empor. Erschrocken und verstört.

»Ah, ich weiß!« rief Mrs. Willett. »Delfridges – das Auskunftsbüro, das mir schon öfter geholfen hat. Ich erkundigte mich nach dem Namen eines hiesigen Agenten und wurde von ihnen an die Williamsons verwiesen.«

Schnell ... dachte der Inspektor. Sehr schnell! Aber doch nicht schnell genug. Ha! hab ich sie endlich erwischt ...

Er erhob sich und nahm eine flüchtige Durchsuchung des Hauses vor, die sich nicht lohnte. Keine Papiere, keine verschlossenen Schränke oder Schubladen.

Als er sich mit höflichen Dankesworten von Mrs. Willett verabschiedete, streifte sein Blick – über die Schultern der Dame hinweg – Violet, die sich unbeobachtet glaubte. Unverkennbar wurde sie von Furcht gequält.

Mrs. Willett plauderte inzwischen weiter.

»Ach, leider machen sich auch Schattenseiten hier bemerkbar, Inspektor. Das Dienstbotenproblem. Es gefällt den Mädchen nicht auf dem Land, weil ihnen die Stadt mehr Zerstreuung an ihren freien Tagen bietet; meine haben bereits vor einiger Zeit sämtlich mit Kündigung gedroht, und die Nachricht von dem Mord hat ihnen die letzte Lust zum Bleiben genommen. Ich weiß nicht, was ich tun soll. Vielleicht würde ich mit männlichem Personal besser fahren – so behauptet wenigstens die Stellenvermittlung in Exeter.«

Der Inspektor antwortete geistesabwesend. Er hatte nicht auf ihren Redefluß geachtet, sondern grübelte über den Gesichtsausdruck nach, der ihm bei Violet Willett aufgefallen war. Wenn Mutter und Tochter nichts mit Captain Trevelyans Tod zu schaffen hatten, was fürchtete das junge Mädchen dann? Und während er mit einem Fuß schon auf der Haustürschwelle stand, feuerte er den letzten Schuß ab.

»Kennen Sie übrigens den jungen Pearson?«

Diesmal wäre auch einem weniger gewieften Beobachter die Pause nicht entgangen. Eine Totenstille, die weit über eine Sekunde währte. Dann endlich kam eine Antwort:

»Pearson?« sagte sie. »Ich glaube nicht ...«

Hier hielt sie inne. Denn aus dem Zimmer hinter ihr drang ein seltsam ächzender Laut und darauf ein dumpfer Fall. Wie ein Blitz sauste Narracott zurück in das Zimmer, das er soeben verlassen hatte, und sah Violet Willett ohnmächtig am Boden liegen.

»Armes Kind!« rief die Mutter. »Das sind die Folgen der unausgesetzten Aufregungen; erst der unheimliche Ausgang des Tischrückens und dann noch der Mord! Violet ist nicht die Kräftigste. Vielen Dank, Inspektor. Ja, aufs Sofa, bitte. Und wenn Sie jetzt noch die Güte hätten zu klingeln. Danke. Nein, weiteren Beistand brauche ich nicht. Nochmals vielen Dank!«

Ein grimmiges Lächeln spielte um die Lippen des Inspektors, als er die Auffahrt hinabging. James Pearson war, das wußte er, mit dem ungewöhnlich reizvollen jungen Mädchen in London verlobt. Aus welchem Grund verlor also Violet Willett bei Erwähnung seines Namens das Bewußtsein? Welche geheime Verbindung bestand zwischen dem jungen Mann und den Willetts?
Unentschlossen blieb Narracott an dem großen schmiedeeisernen Tor stehen, um nach kurzem Grübeln sein Notizbuch hervorzuziehen, das eine Liste der Bewohner der sechs Cottages enthielt.
»Ja«, murmelte er, »es ist besser, wenn ich bei ihm beginne.«
Rasch bog er auf den Feldweg ein und hämmerte mit dem Klopfer energisch an die Tür von Nr. 6, dem Häuschen, das Mr. Duke gehörte.

15

Mit rotem Kopf und sichtlich verärgert über die Störung öffnete Major Burnaby persönlich dem jungen Journalisten die Tür.
»Na, sind Sie glücklich da!« begrüßte er ihn ziemlich unfreundlich und würde bei dieser Tonart wohl geblieben sein, wenn er nicht Emily erblickt hätte.
»Miss Trefusis«, sagte Charles Enderby mit der Miene eines Menschen, der sein Trumpfas ausspielt. »Es liegt ihr sehr viel daran, Sie zu sprechen.«
»Darf ich eintreten?« fragte die junge Dame mit ihrem süßesten Lächeln.
»Aber selbstverständlich. Ja, ja . . . gewiß. Bin sehr erfreut . . .«
Stammelnd ging der Major wieder in sein Wohnzimmer, wo er Stühle zurechtrückte und Tischchen zur Seite schob.
Emily kam, wie es ihre Art war, ohne Umschweife auf den Kern der Sache zu sprechen.
»Sie müssen nämlich wissen, Major Burnaby, daß ich mit James verlobt bin – James Pearson. Und natürlich läßt mir die Sorge um ihn keine Ruhe.«
Der alte Soldat hörte diese Eröffnung mit offenem Mund und

vergaß darüber, dem letzten Tischchen einen passenderen Platz zu geben.

»Oh, das ist eine betrübliche Sache. Mein liebes junges Fräulein, Sie ahnen nicht, wie sehr mich das bekümmert!«

»Major Burnaby, sagen Sie mir offen und ehrlich, ob Sie ihn für schuldig halten!« forderte sie. »Sie können es unumwunden gestehen, denn die schlimmste Wahrheit ist mir hundertmal lieber als eine gutgemeinte Lüge.«

»Nein, ich halte ihn nicht für schuldig«, erklärte der ehemalige Offizier in lautem, zuversichtlichem Ton. Er ergriff ein Kissen, schüttelte es heftig auf und nahm dann Emily gegenüber Platz. »Der Junge gefällt mir, nur scheint er ein bißchen weich zu sein. Seien Sie bitte nicht beleidigt, wenn ich das sage, daß er, wenn die Versuchung sehr stark an ihn heranträte, leicht auf Abwege geraten könnte. Aber Mord – nein, das nicht! Sie dürfen sich auf meine Menschenkenntnis verlassen, Miss Trefusis, die ich mir im Laufe einer langen Dienstzeit, als Hunderte von Untergebenen durch meine Hände gingen, erwarb. Und wenn man heutzutage auch gern den alten Offizieren am Zeug flickt – die Tatsache läßt sich nicht leugnen, daß wir in manchen Dingen doch bewandert sind.«

»Zweifellos. Und ich weiß, daß Sie James richtig beurteilen.«

»Ein Whiskysoda? Was Besseres habe ich nicht anzubieten«, fügte der Major entschuldigend hinzu.

»Nein. Danke.«

»Vielleicht ein Glas Selterswasser?«

»Danke vielmals.«

»Ob es mir gelingen wird, einen trinkbaren Tee zuzubereiten . . .?« meinte der alte Herr trübselig.

»Wir haben bereits bei Mrs. Curtis Tee getrunken«, gab Charles Enderby zur Antwort.

»Major Burnaby, wer hat Ihrer Meinung nach das Verbrechen begangen?«

»Der Teufel soll mich holen, wenn ich die geringste Ahnung habe«, erwiderte Burnaby. »Ich nahm als sicher an, daß irgendein Strolch bei Trevelyan eingedrungen sei, aber die Polizei behauptet, daß verschiedene Anzeichen diese Theorie widerlegten. Nun, und sie muß ja ihr Handwerk verstehen. Für mich allerdings wird

die Sache dadurch noch verworrener, da Trevelyan keine Feinde hatte.«
»Und sonst, Major?«
»Ich weiß, was Sie denken.« Major Burnaby zupfte an seinem kurzgeschnittenen Schnurrbart. »Wie in den Büchern soll irgendein kleines Ereignis aus der Vergangenheit hinüberspielen in das Heute. Aber es tut mir leid – so ein Ereignis gibt es nicht. Mein Freund Trevelyan hat ein sehr alltägliches Leben geführt. Nichts von Verwicklungen, nichts von einer Herzensaffäre.«
Alle drei blickten eine Weile schweigend vor sich hin.
»Und der Diener?« fragte endlich Enderby.
»Durch Jahre erprobt. Durchaus treu und zuverlässig.«
»Major Burnaby« – mit einem plötzlichen Entschluß hob Emily den Kopf –, »verzeihen Sie, wenn ich mich jetzt einer etwas derben Redeweise bediene: Haben Sie nicht von dem Unheil auf etwas merkwürdige Art Wind bekommen?«
Der Major rieb seinen Nasenrücken, um die Verlegenheit zu verbergen, deren Opfer er jedesmal wurde, wenn man das Tischrükken erwähnte.
»Ja, ich kann's nicht abstreiten. Und obwohl ich wußte, daß das Ganze Unsinn war . . .«
». . . sagte Ihnen ein Gefühl, daß doch etwas dahintersteckte«, ergänzte Emily, als er ungeschickt nach Worten suchte.
Burnaby nickte.
»Und deshalb überlege ich, ob . . .« Doch auch Emily Trefusis vollendete ihren Satz nicht, so daß beide Männer sie fragend anblickten. »Es ist nicht so leicht, meinen Gedankengang wiederzugeben«, entschuldigte sie sich. »Sie sagen, Major Burnaby, daß Sie dieses Tischrücken als Unsinn betrachten; und trotzdem sind Sie, ungeachtet des schrecklichen Wetters und ungeachtet Ihres Unglaubens an Geisterbotschaften, aufgebrochen, um sich mit eigenen Augen von Captain Trevelyans Wohlergehen zu überzeugen. Warum, Major? Meinen Sie nicht, daß der tiefere Grund darin zu suchen ist, daß . . . daß ein gewisses Etwas in der Atmosphäre lag . . .? Ich will damit sagen«, fuhr sie verzweifelt fort, da sie auch nicht eine Spur von Verständnis auf dem Gesicht Burnabys entdeckte, »daß noch ein anderes Hirn in dieser Richtung arbeitete und daß Sie es fühlten.«

»Das ist mir zu hoch!« knurrte der Major und rieb sich von neuem die Nase. »Freilich, Frauen nehmen solche Dinge ernst.«
»Frauen . . .«, wiederholte Emily gedehnt. Und jählings überfiel sie den Hausherrn mit der Frage: »Was sind das für Menschen, diese Willetts?«
»Oh . . . hm . . . sehr liebenswürdig. Sehr . . . ja, wie soll ich sagen?« wand er sich. »Sehr entgegenkommend – na ja, Sie wissen schon.«
»Warum mieten sie zu dieser Jahreszeit ein Haus in Sittaford?«
»Warum? Weiberlaune.«
»Finden Sie es nicht merkwürdig?« beharrte Emily.
»Natürlich. Jedoch läßt sich – wie Inspektor Narracott meinte – über Geschmack nicht streiten.«
»Wie verhielt sich diese Mrs. Willett Captain Trevelyan gegenüber? Mied sie ihn?«
»Weiß Gott, das kann man ihr nicht vorwerfen!« entgegnete der Major mit einem leisen Schmunzeln. »Nein, wirklich nicht. Geplagt hat sie ihn durch ihr fortgesetztes Drängen, sie zu besuchen.«
»So . . .« Grübelnd spielte die hartnäckige Fragerin mit ihren Handschuhen. »Dann hat sie möglicherweise das Haus eigens zu dem Zweck gemietet, eine Bekanntschaft mit Ihrem toten Freund anzuknüpfen.«
»Hm . . .« Der Major schien reiflich das Für und Wider dieser Theorie zu erwägen. »Ausgeschlossen ist es nicht. Nur ein reichlich kostspieliges Verfahren.«
»Gewiß. Aber wenn es nur diese Möglichkeit gab, mit dem Captain in Verbindung zu treten?«
»Inspektor Narracott hat sich bereits ähnlich geäußert«, bemerkte der alte Offizier.
Emily Trefusis fühlte eine plötzliche Erbitterung gegen den Inspektor. Alles, was sie sich überlegte, schien auch er sich schon überlegt zu haben. Und das ärgerte die junge Dame, die glaubte, scharfsinniger zu sein als ihre Mitmenschen.
»Jetzt möchte ich Sie nicht länger stören«, sagte sie und reichte Burnaby ihre wohlgepflegte Hand. »Danke für Ihre Auskünfte.«
»Wenn ich Ihnen doch mehr helfen könnte!« seufzte der alte Herr. »Aber dafür muß man hinterhältiger und gewitzter sein –

Eigenschaften, die mir zeitlebens gefehlt haben. Bei meiner tapsigen Ehrlichkeit würde es jeder gleich merken, wenn ich ihn ausholen wollte. Trotzdem, Miss Trefusis, können Sie jederzeit auf mich zählen.«

»Auf Wiedersehen, Sir«, ließ sich Charles Enderby vernehmen, der so lange als stummer Zuhörer dagesessen hatte. »Morgen früh werde ich mich mit meinem Fotoapparat einstellen.«

Burnaby grunzte, und der Journalist konnte dieses Grunzen nach Gutdünken auslegen.

»Kommen Sie mit in mein Zimmer«, verlangte Emily, als sie mit Charles wieder bei Mrs. Curtis angelangt war. »Ich habe etwas mit Ihnen zu besprechen.«

Sie riß sich den Hut vom Kopf, warf ihn in eine Ecke des Zimmerchens und setzte sich auf den einzigen Stuhl, während der angebliche Vetter auf dem Bett Platz nahm.

»Hören Sie zu«, begann sie. »Ich glaube, wir haben einen Ausgangspunkt gewonnen. Ob ich auf der richtigen oder falschen Spur bin, wird sich erst nach und nach erweisen – jedenfalls verdient dieses mysteriöse Tischrücken mehr Beachtung, als man ihm bisher zukommen ließ. Haben Sie sich schon mal mit Tischrücken beschäftigt?«

»Dann und wann. Nicht ernstlich, allerdings.«

»Nein, natürlich nicht. Dergleichen betreibt man an einem regnerischen Nachmittag, und jeder klagt den anderen an, zu drükken und zu schieben. Nun, wenn Sie mitgespielt haben, wissen Sie ja, wie's geht. Der Tisch fängt an, einen Namen zu buchstabieren – gewöhnlich ein Name, der irgendeinem der Beteiligten bekannt ist. Sehr oft erraten Sie ihn schon bei den ersten Zeichen, hoffen jedoch im stillen, daß er anders lauten wird, und während der ganzen Zeit tun Sie unbewußt das, was man Schieben oder Drücken nennt. Ich meine, infolge dieses Erratens durchfährt einen, sobald ein neuer Buchstabe fällig ist, unfreiwillig ein Ruck, der auf den Tisch überspringt. Und je weniger man dergleichen Beeinflussung beabsichtigt, desto öfter findet sie statt.«

»Ja, das ist wohl wahr«, pflichtete Mr. Enderby ihr bei.

»Ich glaube nicht eine Sekunde an Geister und dergleichen. Doch nehmen wir einmal an, einer aus jener Runde hätte ge-

wußt, daß Captain Trevelyan zu der nämlichen Stunde ermordet werden würde . . .«
»Nein«, unterbrach der Journalist sie, »nein – das ist zu weit hergeholt.«
»Mein Gott, es braucht ja nicht ganz so kraß gewesen zu sein. Wir stellen Mutmaßungen an – weiter nichts; wir verfechten die These, daß irgend jemand wußte, daß Captain Trevelyan tot war und daß dieser Jemand sein Wissen nicht zu verbergen vermochte. Der Tisch verriet ihn.«
Doch Charles Enderby verhielt sich weiter ablehnend.
»Es ist sehr klug und findig ersonnen, doch Sie werden mich nie zu dem Glauben bekehren, daß es wahr ist.«
»Wir wollen aber einmal annehmen, daß es wahr ist«, erwiderte Emily fest. »Ich bin sicher, daß man bei der Aufklärung eines Verbrechens nicht davor zurückschrecken darf, auch nicht bewiesene Dinge anzunehmen.«
»Also meinetwegen.«
»Von dieser Voraussetzung ausgehend, lohnt es sich, die einzelnen Teilnehmer zu betrachten. Fangen wir bei Major Burnaby und Mr. Rycroft an, die beide schwerlich mit einem Mörder unter einer Decke stecken. Weiter kommen wir zu diesem Mr. Duke, von dem wir bis jetzt nichts wissen. Er hat sich erst vor kurzem hier angesiedelt und könnte sehr wohl ein böser Geselle sein – Mitglied einer Verbrecherbande. Und die Willetts? Charles, mein lieber Vetter, diese Willetts sind von einem Geheimnis umwittert.«
»Geheimnis hin, Geheimnis her – jedenfalls haben sie keinerlei Vorteile durch den Tod Trevelyans.«
»Dem Anschein nach nicht. Jedoch . . .«
»Halt!« rief Charles plötzlich und hob warnend die Hand. Er rannte zum Fenster, riß es auf, und herein drang das ferne Dröhnen einer großen Glocke. Von unten herauf schrie aufgeregt Mrs. Curtis:
»Hören Sie es, Miss? Hören Sie es?«
Emily öffnete die Tür.
»Was bedeutet das Läuten denn?«
»Es ist die Glocke vom Princetown-Zuchthaus – zwanzig Kilometer von hier. Ihr Läuten zeigt an, daß ein Sträfling geflohen ist.

Mein Gott, mein Gott, auch das noch ...! George, George! Wo steckst du denn, Mann? Hörst du nicht die Glocke? Ein Sträfling ist entkommen.«

Die Stimme der aufgeregten Frau wurde schwächer, da sie, auf der Suche nach ihrem Mann, sich in Richtung Küche entfernte.

Charles Enderby schloß das Fenster und kehrte zu seinem Bettplatz zurück.

»Zu dumm, daß alles immer zur Unzeit geschieht«, sagte er gelassen. »Wenn dieser Sträfling am Freitag das Weite gesucht hätte, so wären wir jetzt um eine Erklärung des Mordes nicht verlegen: Ein hungriger, verzweifelter Verbrecher versucht bei Trevelyan einzubrechen; dieser aber verteidigt seine Trutzburg, woraufhin der verzweifelte Verbrecher ihm eins über den Schädel haut. Fertig – Schluß! Schlicht und einfach.«

»Ja«, sagte Emily mit einem Seufzer.

»Statt dessen? Entwischt er drei Tage zu spät. Es ist ... es ist trostlos stümperhaft.«

Traurig schüttelte er den Kopf.

16

Am nächsten Morgen erwachte Emily schon frühzeitig, und da sie ein sehr vernünftiges Wesen war, sagte sie sich, daß für die nächsten zwei oder drei Stunden sicherlich noch nicht auf Mr. Enderbys Mitarbeit zu zählen sein würde.

Unfähig jedoch, noch länger liegenzubleiben, entschloß sie sich zu einem kleinen Spaziergang.

Sie ging in entgegengesetzter Richtung wie gestern an den schmiedeeisernen Einfahrtstoren von Sittaford House vorbei. Bald darauf bog der Feldweg scharf nach rechts ab, stieg einen steilen Hügel empor und mündete oben in unüberschaubares Heidegelände, wo er sich zu einem unscheinbaren Pfad verengte und bald überhaupt aufhörte. Emily kletterte bis zur Spitze des Sittafordfelsens hinauf, eines grauen Granitungetüms von phantastischer Form. Von dieser Höhe blickte sie hinab auf die endlose Heide, bar jeder menschlichen Behausung und bar jeden Wegs.

Nachdem Emily dieses Bild einige Minuten auf sich hatte wirken lassen, wandte sie sich Richtung Norden, woher sie gekommen war. Gerade unter ihr schmiegte sich Sittaford an die Flanke des Hügels, der viereckige Block von Sittaford House und jenseits davon die Cottages.

Tief unten im Tal lagen die Häuser von Exhampton. »Man sieht alles besser, wenn man über den Dingen steht«, murmelte Emily. »Als ob man das Dach eines Puppenhauses abhebt und hineinschaut . . .«

Nichts wünschte sie sich sehnlicher, als daß sie dem Ermordeten bereits früher begegnet wäre – wenn auch nur ein einziges Mal. Es war so schwer, sich von einem gänzlich Unbekannten ein Bild zu machen. Man war angewiesen auf das Urteil anderer, und bisher hatte Emily noch niemals anerkannt, daß das Urteil anderer treffender sein könnte als ihr eigenes. Jedenfalls vermochte man mit den Eindrücken der lieben Nächsten nichts anzufangen, weil der Blickwinkel der anderen nicht für die eigene Person taugte.

Ganz und gar in ihre Gedanken versunken, hatte Emily Trefusis ihrer unmittelbaren Umgebung keine Aufmerksamkeit geschenkt, und so zuckte sie ein wenig erschrocken zusammen, als sie den kleinen, älteren Herrn gewahrte, der – den Hut höflich in der Hand haltend – wenige Schritte von ihr entfernt stand.

»Entschuldigen Sie«, sagte er, »Miss Trefusis, nicht wahr?«

»Ja.«

»Mein Name ist Rycroft«, fuhr er, ein bißchen außer Atem, fort. »Ich hoffe, Sie verzeihen mir, daß ich Sie anspreche; aber in unserer kleinen Gemeinde wurde Ihre gestrige Ankunft schnell allgemein bekannt. Ich kann Ihnen versichern, Miss Trefusis, daß jeder von uns Ihnen wärmstes Mitgefühl entgegenbringt und Ihnen nach Kräften beistehen möchte.«

»Das ist sehr freundlich.«

»Keineswegs«, wehrte Mr. Rycroft ab. »Die Schönheit, von Kummer heimgesucht . . . Sie werden mir nicht zürnen, wenn ich es in dieser altmodischen Weise ausdrücke. Aber ernsthaft gesprochen, mein liebes, junges Fräulein, verfügen Sie ganz über mich . . . Prächtiger Blick von hier oben, nicht wahr?«

»Ja, wundervoll. Ich hätte nicht gedacht, daß Dartmoor so schön sein könnte.«

»Wissen Sie, daß aus Princetown ein Gefangener geflüchtet ist?« fragte er.
»Hat man ihn noch nicht wieder eingefangen?«
»Nein, noch nicht. Armer Kerl, lange wird er sich seiner Freiheit nicht erfreuen können! Ohne Übertreibung: In den letzten zwanzig Jahren ist noch keinem die Flucht aus Princetown geglückt.«
»In welcher Richtung liegt Princetown?«
Mr. Rycroft wies mit seiner mageren Hand südwärts über die Heide.
»Dort hinüber; zwanzig Kilometer Luftlinie, über unberührte Heide. Fünfundzwanzig Kilometer, wenn man der Straße folgt.«
Emily überlief ein kalter Schauer. Fürchterlich, so ein gehetzter Mensch!
Der neue Bekannte, dem dies fröstelnde Zusammenzucken nicht entgangen war, nickte:
»Ja, ich empfinde genau wie Sie. Merkwürdig, wie man sich empört bei der Vorstellung, daß ein Mensch gejagt und von Häschern verfolgt wird! Und dennoch sind die Insassen von Princetown samt und sonders gefährliche, gewalttätige Verbrecher, deren Bestrafung durch die Obrigkeit Sie und ich unbedingt befürworten würden.« Er lachte ein wenig verlegen und gleichsam entschuldigend. »Ich befasse mich viel mit kriminalistischen Studien, Miss Trefusis. Vogelkunde und Verbrecherkunde – das sind meine beiden Interessengebiete. Und deshalb würde ich, wenn Sie gestatten, gern mit Ihnen Hand in Hand arbeiten. Ein Verbrechen in der Wirklichkeit und von Anbeginn studieren zu können, ist ein bisher unerfüllter Traum von mir. Wollen Sie mir erlauben, Ihnen meine durch emsige Arbeit errungene Erfahrung zur Verfügung zu stellen?«
Emily antwortete nicht sofort. »Blickwinkel!« hallte es in ihr nach – das Wort, das ihr kurz zuvor durch den Kopf geschossen war. Major Burnabys Blickwinkel war ihr nicht mehr fremd: nüchtern, einfach, geradeaus, nur Tatsachen zur Kenntnis nehmend und der Feinheiten nicht achtend. Nun bot sich ihr ein anderer Blickwinkel, der ein völlig neues Gesichtsfeld eröffnen konnte. Dieser kleine, verhutzelte Mann hatte viel gelesen und viel studiert, kannte sich aus in der menschlichen Natur, wurde von dieser verzehrenden Wißbegier in bezug auf die Irrungen und Wir-

rungen des Lebens geplagt, die nur dem Grübler eigen ist und die der Mann der Tat nicht kennt.
»Bitte, helfen Sie mir«, sagte sie schlicht. »Ich bin so unglücklich und traurig.«
»Ich sehe es, mein Kind, ich sehe es. Nun hören Sie, wie ich die Sachlage beurteile: Trevelyans ältester Neffe ist verhaftet worden – auf Grund einleuchtenden Beweismaterials. Ich aber lasse mir den Blick dadurch nach keiner Richtung hin trüben. Nehmen wir einmal an, der junge James – nicht wahr, so heißt er doch? –, also der junge James hätte dringend Geld gebraucht, sei zu seinem Onkel gefahren, der seine Bitte abschlägig beschied, und hätte in einem Anfall sinnloser Wut Captain Trevelyan niedergeschlagen. Also ein nicht vorbedachtes Verbrechen, eine höchst unvernünftig und bedauernswert plump ausgeführte Tat. Nun, das alles mag sich so verhalten. Andererseits besteht auch die Möglichkeit, daß, kurz nachdem er sich im Zorn von seinem Onkel getrennt hatte, eine andere Person in das Zimmer trat und das Verbrechen beging. Diese Möglichkeit ist das, Miss Trefusis, was Sie glauben und was ich – um eine kleine Unterscheidung zu machen – hoffe. Ich möchte Ihren Verlobten nicht mit dem Mord belasten, denn von meinem Gesichtspunkt aus wäre dann alles so uninteressant. Und deshalb besteige ich das andere Pferd und behaupte: Das Verbrechen beging ein noch Unbekannter. Hiermit drängt sich uns unweigerlich die Frage auf, ob dieser Betreffende von dem vorhergegangenen Zwist zwischen Onkel und Neffen wußte? Beschleunigte dieser Zwist etwa den Mord? Sie verstehen wohl, worauf ich hinaus will, Miss Trefusis, nämlich: Irgend jemand sinnt auf Mittel und Wege, Captain Trevelyan aus dem Weg zu räumen, und nimmt schleunigst diese Gelegenheit wahr, da er erkennt, daß der Verdacht nur auf den jungen James fallen wird.«
Emily starrte sinnend in die Weite.
»In diesem Fall . . .«, sagte sie langsam.
Aber Mr. Rycroft ließ sie nicht zu Wort kommen.
»In diesem Fall hätten wir den Mörder in der nächsten Umgebung des Captain zu suchen«, führte er eifrig aus. »Er muß in Exhampton ansässig sein, und aller Wahrscheinlichkeit nach ist er während oder nach dem Streit im Haus gewesen. Und da wir

uns nicht vor einem Gerichtshof befinden und unbesorgt Namen nennen dürfen, drängt sich unbedingt der Name Evans auf unsere Lippen, als eine Person, die unseren Bedingungen genügt. Was hat dieser Evans für Vorteile durch den Tod seines Herrn?«

»Ein kleines Legat, soviel ich gehört habe«, berichtete Emily.

»Ein kleines Legat nur? Hm ... Dann ist uns die Aufgabe gestellt herauszufinden, ob er sich in Geldverlegenheit befand. Auch Mrs. Evans dürfen wir nicht übergehen. Wenn Sie Kriminologie studiert hätten, Miss Trefusis, würden Ihnen die seltsamen Folgeerscheinungen der Inzucht, besonders in den ländlichen Distrikten, bekannt sein. In Broadmoor zum Beispiel gibt es wenigstens vier junge Frauen, nett und bescheiden sonst, die jedoch ein Menschenleben für nichts achten. Nein, die junge Mrs. Evans dürfen wir nicht ausscheiden.«

»Was halten Sie von diesem Tischrücken, Mr. Rycroft?«

»Ich gestehe offen, Miss Trefusis, daß es einen gewaltigen Eindruck auf mich gemacht hat. Bis zu einem gewissen Grad bin ich ein Verfechter des Spiritismus und habe bereits eine genaue Schilderung des Vorfalls an die Society for Psychical Research geschickt. Denn er verdient stärkste Beachtung. Stellen Sie sich vor – fünf Personen sind anwesend, von denen nicht eine die leiseste Ahnung haben konnte, daß Captain Trevelyan ermordet worden war.«

»Sie meinen also nicht ...«

Verwirrt brach Emily ab. Es war nicht so leicht, Mr. Rycroft, der selbst zu den Gästen Mrs. Willetts gehört hatte, ihre Vermutungen anzudeuten, daß unter den fünf sich ein Mitwisser des Mörders befunden habe. Und um nicht taktlos zu erscheinen, versuchte sie, auf Umwegen zum eigentlichen Kern der Sache zu kommen.

»Auch mich interessiert dieser Vorfall außerordentlich, Mr. Rycroft, denn ich habe noch nie etwas derartig Erstaunliches gehört. Glauben Sie nicht, daß einer der Anwesenden mediale Fähigkeiten besitzt?«

»Mein liebes Fräulein, ich selbst besitze sie jedenfalls nicht. Meine Rolle beschränkt sich auf die eines wißbegierigen Beobachters.«

»Mr. Garfield?«

»Ein liebenswürdiger Junge, doch platter Durchschnitt.«
»Vermögend?«
»Völlig abgebrannt, glaube ich. Er verirrte sich nach hier um einer Tante willen, von der er sich etwas verspricht. Miss Percehouse, die eine kluge Frau ist, wird ihn längst durchschaut haben, läßt ihn jedoch mit einem gewissen sardonischen Humor weiter um sich herumtanzen.«
»Ich möchte sie gern kennenlernen.«
»Sie wird denselben Wunsch hegen«, gab Mr. Rycroft seiner Vermutung Ausdruck. »Neugier, Miss Trefusis, Neugier.«
»Erzählen Sie mir ein wenig von den Willetts.«
»Reizende Menschen, freilich mit einem kolonialen Anstrich. Keine wirkliche Ausgeglichenheit, verstehen Sie. Ein wenig zu verschwenderisch, alles eine Spur zu aufwendig. Miss Violet ist ein entzückendes Mädchen.«
»Und was halten Sie von dieser Schrulle, sich im Winter in Sittaford einzumieten?«
»Gott, sie entbehrt nicht ganz der Logik. Wir Menschen des rauhen Nordens sehnen uns nach Sonnenschein, heißem Klima, schlanken Palmen, während Leute, die in Australien oder Südafrika leben, sich für ein altmodisches Weihnachten mit Schnee begeistern.«
Welche von den beiden Willetts ihm das wohl eingeredet hat? schoß es Emily durch den Sinn. Um sich ein Weihnachten mit Schnee und Eis zu verschaffen, brauchte man sich nicht in einem gottverlassenen Heidedorf zu vergraben. Gewiß, Mr. Rycroft kam diese Wahl nicht verdächtig vor, weil für ihn, den Ornithologen und Kriminologen, Sittaford ein idealer Wohnsitz war.
Inzwischen hügelabwärts gestiegen, folgten sie jetzt den vielfachen Windungen des Feldweges.
»Wer wohnt in diesem Cottage?« fragte Emily ganz unvermittelt.
»Captain Wyatt, Kriegsinvalide und ein recht ungeselliger Kauz.«
»War er mit Captain Trevelyan befreundet?«
»Befreundet nicht. Trevelyan stattete ihm hin und wieder einen Höflichkeitsbesuch ab; doch Wyatts Wesen ist nicht dazu angetan, seine Besucher zu baldiger Wiederkehr zu ermutigen. Ein stachliger Igel!«
Miss Trefusis schritt schweigend neben ihrem Begleiter her. Wie

sollte sie es anfangen, in dieses Igelnest einzudringen? Kein Cottage und kein Bewohner Sittafords durfte unerforscht bleiben! Und plötzlich fiel ihr ein anderer Einwohner und Teilnehmer an jener spiritistischen Sitzung ein.
»Was ist mit Mr. Duke los?«
»Ja, das weiß niemand so recht«, mußte Mr. Rycroft eingestehen. »Und dabei macht er keinerlei rätselhaften Eindruck. Das einzige Rätsel an ihm wäre vielleicht seine soziale Herkunft. Nicht ... nicht ganz – nun, Sie sind klug genug, um mich zu verstehen, Miss Trefusis. Nichtsdestoweniger ist er ein sehr rechtschaffener Knabe«, beeilte sich Mr. Rycroft hinzuzufügen.
Wieder ging Emily schweigend neben ihm her.
»So, hier sind wir bei meinem Cottage angelangt. Wollen Sie ihm die Ehre einer Besichtigung erweisen?«
»Gern.«
Das Lob, das sie gleich darauf seiner Behausung zollte, kam aus ehrlichem Herzen. Bücherregale an allen Wänden. Langsam wanderte Emily von einem zum anderen, um die Titel auf den Bücherrücken zu lesen. Eine ganze Abteilung nahmen der Okkultismus und die ihm verwandten Gebiete in Anspruch, eine andere moderne Detektivromane; doch den weitaus größten Teil der Fächer füllten Bände, die sich mit Kriminologie und den berühmtesten Gerichtsfällen aus aller Welt beschäftigten. Bücher über Vogelkunde waren in verhältnismäßig kleiner Anzahl vertreten.
»Ein Heim, in dem man sich wohl fühlt, Mr. Rycroft«, versicherte Emily. »Doch nun muß ich fort. Mr. Enderby wird wohl inzwischen aufgestanden sein und mich erwarten. Ich habe nämlich noch nicht gefrühstückt. O weh, schon zehn Uhr! Wie konnte ich mich nur so festschwatzen! Sie sind schuld daran, Mr. Rycroft – durch Ihre fesselnden Ausführungen und Ihre Hilfsbereitschaft.«
»Auf die Sie jederzeit rechnen könen«, stammelte das runzlige Männlein, als Emily ihm einen bezaubernden Blick zuwarf. »Von heute ab sind wir Kollegen.«
Sie gab ihm die Hand und schüttelte sie herzlich.

17

Als Emily heimkehrte, wartete außer Charles Enderby auch ein leckeres Frühstück mit Schinken und Spiegeleiern auf sie. Mrs. Curtis, die ihre Gäste bediente, bebte noch immer vor Erregung über die Flucht des Sträflings.
»Zwei Jahre ist es her, seit der letzte ausriß«, plapperte sie, »und drei Tage später saß er bereits wieder hinter Schloß und Riegel. Nahe bei Moretonhampstead haben sie ihn erwischt.«
»Meinen Sie, er wird den Weg zu uns herüber einschlagen?« erkundigte sich der Journalist.
Aber die Ortskundige wies diese Vermutung energisch zurück.
»Unsinn! Niemals wenden sie sich nach dieser Seite, wo sie erst durch endlose Strecken von Heide und Moor müssen und schließlich nur auf kleine Orte treffen. Er wird versuchen, nach Plymouth durchzukommen – freilich ohne Erfolg.«
»Ich habe aber gesehen, daß jenseits des Sittafordfelsens große Granitblöcke lagern, dazwischen Gestrüpp und Buschwerk«, wandte Emily ein. »Und dieser Dschungel böte ihm einen ganz guten Schlupfwinkel.«
»Oh, Miss, da ist sogar ein ausgezeichneter Schlupfwinkel. Die Pixiehöhle nennen sie ihn. Ein ganz, ganz enger Spalt zwischen zwei Felsen, der sich aber drinnen zu einem Hohlraum erweitert. Die Sage erzählt, daß einer von König Charles' Mannen sich einst vierzehn Tage dort versteckt gehalten und eine Hütemagd von einem Bauernhof ihm nachts Nahrung gebracht habe.«
»Was, so etwas gibt es hier? Das muß ich mir ansehen!« rief der junge Reporter.
»Da werden Sie lange suchen müssen, Sir«, lachte Mr. Curtis. »Im Sommer hat manche Picknickgesellschaft den ganzen Nachmittag nach dem Eingang gesucht und ihn nicht finden können. Wenn es Ihnen aber gelingt, Sir, dann vergessen Sie nur nicht, eine Nadel in der Höhle zurückzulassen, weil das Glück bringt.«
Nach beendigtem Frühstück schlenderten Emily und ihr Bundesgenosse hinaus in den kleinen Garten.
»Soll ich nach Princetown fahren oder nicht?« meinte Enderby

unschlüssig. »Toll, wie sich die Ereignisse überstürzen, wenn man ein bißchen Glück hat! Ich fahre von London los, um einen dummen Rätselpreis auszuhändigen, renne schnurstracks in einen Mord hinein und stolpere bald darauf über einen entsprungenen Zuchthäusler. Prachtvoll!«
»Wollten Sie denn nicht heute Major Burnabys Häuschen nebst Garten, Stall und Besitzer fotografieren?«
Charles betrachtete forschend den Winterhimmel.
»Hm ... ich glaube, ich werde ihm vorschwindeln, das Wetter sei dafür nicht günstig. Ich muß mich doch so lange wie irgend möglich an den vorgeschützten Grund meines Hierseins klammern, und mir scheint, es liegt Nebel in der Luft ... Übrigens zürnen Sie mir hoffentlich nicht, weil ich gerade ein langes Interview mit Ihnen abgeschickt habe?«
»Meinetwegen schicken Sie gleich noch ein zweites ab, wenn Sie wollen«, sagte Emily gleichgültig. »Was für schöne Worte haben Sie mir denn in den Mund gelegt?«
»Nun, so das Übliche, was die Leute gern hören. Und ich habe dann meine eigenen Eindrücke von Ihnen hinzugefügt: ein hochbegabtes, schönes Mädchen.«
»Vielen Dank«, sagte Miss Trefusis.
»Onduliert«, führte Charles weiter aus.
»Was meinen Sie damit? Onduliert?«
»Na, Sie sind doch onduliert!«
»Gewiß. Doch weshalb es erwähnen?«
»Mit Rücksicht auf die weiblichen Leser, die für dergleichen Einzelheiten schwärmen«, erklärte Charles fachmännisch. »Ah, es war ein herrliches Interview! Sie haben keine Ahnung, welch ergreifende Worte Sie mir sagten – über die Treue, die man in Zeiten schwerer Prüfung erst recht wahren müsse; über Ihre Entschlossenheit, fest zu Ihrem Verlobten zu stehen, wenn auch die ganze Welt sich gegen ihn verbündete.«
»Haben Sie das wirklich geschrieben?« fragte Emily, nun doch etwas betroffen.
»Ja. Sind Sie böse?«
»Nein. Unterhalte dich gut, Darling!«
Mr. Charles Enderby war ein wenig bestürzt, doch Emily fuhr bereits fort:

»Nichts für ungut – ich zitiere nur ein Motto, das auf mein Kinderlätzchen gestickt war. Das Sonntagslätzchen, versteht sich! Auf dem Alltagslätzchen stand zu lesen: Sei nicht gefräßig!«

»Oh, so haben Sie es gemeint?« sagte Enderby enttäuscht und gleichzeitig erleichtert. »Und was das Interview angeht, so habe ich sehr geschickt ein paar Sätze über Captain Trevelyans Jahre zur See und einen kaum greifbaren Hinweis auf ein entführtes asiatisches Götzenbild und die Möglichkeit eines Racheaktes seitens einer fanatischen Priesterkaste eingeflochten ... Nur eine Andeutung, einen Hauch, verstehen Sie?«

»Sie scheinen ja schon ein gutes Tagewerk vollbracht zu haben!« lachte das junge Mädchen.

»Und Sie? Wo haben Sie gesteckt? Ungefähr bei Morgengrauen haben Sie sich ja von dannen geschlichen!«

Emily schilderte offen und ausführlich ihre Begegnung mit Mr. Rycroft, um mitten drin plötzlich abzubrechen. Was hatte sie ...? Mißtrauisch spähte Charles Enderby nach rechts und links und entdeckte einen Jüngling, der – weit über einen Zaun gelehnt – allerhand seltsame Gebärden vollführte, um ihre Aufmerksamkeit auf sich zu lenken.

»Bedaure die Störung unendlich«, stieß er hervor, als ihm sein Vorhaben endlich geglückt war. »Es ist gräßlich unhöflich, in eine Unterhaltung hineinzuplatzen – aber meine Tante schickt mich.«

»Oh!« riefen Charles und Emily wie aus einem Mund, ohne durch die Erklärung des jungen Mannes klüger geworden zu sein. »Um der Wahrheit die Ehre zu geben: Meine Tante ist ein ziemlicher Drachen. Was sie befiehlt, muß ausgeführt werden – sofort! Ach, wenn Sie sie kennen würden ...! Und wenn Sie jetzt tun, was sie will, so werden Sie sie in wenigen Minuten kennenlernen.«

»Ist Ihre Tante etwa Miss Percehouse?« unterbrach Emily schroff diese gewundene Rede.

»Jawohl!« seufzte der junge Mann. »Sie wissen also schon Bescheid? Vermutlich hat Mutter Curtis ihren Schnabel nicht halten können ... Jedenfalls hat sich meine Tante in den Kopf gesetzt, Sie zu sehen. Eine Empfehlung soll ich von ihr ausrichten, und wenn es der Dame nicht allzuviel Ungelegenheiten bereite ...

sie selbst sei zu leidend, um auszugehen, und daher wage sie, um diese Gefälligkeit zu bitten – ach, wozu soll ich all das dumme Zeug wiederholen? Wenn Sie keine Lust haben, Miss, so sagen Sie doch, Sie hätten Kopfschmerzen oder hätten Briefe zu schreiben, und der Fall ist erledigt.«

»Aber im Gegenteil! Mit dem größten Vergnügen werde ich die Bitte Ihrer Tante erfüllen und sofort mit Ihnen kommen. Mr. Enderby muß ohnehin Major Burnaby aufsuchen.«

»Muß ich?« raunte Charles ihr zu.

»Sie müssen«, klang es befehlend zurück.

Und mit einem flüchtigen Nicken verabschiedete Emily Trefusis ihren Vasallen und trat zu dem neuen Bekannten.

»Mr. Garfield, nicht wahr?«

»Jawohl. Verzeihung, daß ich versäumte mich vorzustellen!«

»Macht nichts. Sie sehen, ich habe es auch so erraten. Sie leben nicht ständig hier, Mr. Garfield?«

»Nein ... dem Himmel sei Dank! Haben Sie jemals ein so gottverlassenes Nest gesehen? Noch nicht mal ein Kino gibt es hier! Sollte mich nicht wundern, wenn jemand einen Mord begeht, nur ...« Erschrocken schlug er sich auf den Mund. »Oh, Verzeihung, Miss Trefusis, es war nicht böse gemeint.«

»Das glaube ich«, beruhigte Emily ihn und trat über die Schwelle des kleinen Hauses, das in Bauart und Größe genau den anderen Cottages entsprach. Im Wohnzimmer stand eine bequeme Couch, auf der eine ältere Dame lag, mit einem gelblichblassen Gesicht und der spitzesten und neugierigsten Nase, die Emily je gesehen hatte.

»Hast du sie also hergebracht«, sagte die Leidende, indem sie sich auf den Ellbogen stützte. »Sehr freundlich von Ihnen, meine Liebe, sich zu einer alten Frau zu bemühen. Es geschah nicht nur aus Neugierde, daß ich Sie zu mir bat. Ronnie, geh hinaus und streiche hinten im Schuppen die Gartenmöbel. Zwei Korbstühle und eine Bank. Pinsel und Farbe liegen schon bereit.«

»Gut, Tante Caroline.« Und der gehorsame Neffe verschwand.

»Nehmen Sie bitte dort Platz«, forderte Miss Percehouse ihre junge Besucherin auf.

Emily tat wie geheißen. Seltsam, daß sie sich sofort zu dieser gewiß nicht milden alten Jungfer hingezogen fühlte! Das ist ein

Mensch – dachte sie –, der sein Ziel nicht eine Sekunde aus den Augen verliert, seinen eigenen Weg geht und jeden, der gefügig genug ist, beherrscht; genau wie ich ... nur daß mir die Natur ein hübsches Gesicht mitgab, während sie allein ihre Willenskraft hat.

»Nicht wahr, Sie sind die Verlobte von Captain Trevelyans Neffen?« begann Miss Percehouse. »Man hat mir alles über Sie erzählt, und nun, da Sie von Angesicht zu Angesicht vor mir sitzen, weiß ich genau, wozu Sie fähig sind. Und ich wünsche Ihnen Erfolg.«

»Ich danke Ihnen.«

»Winselnde, klagende Frauenzimmer hasse ich. Frisch ans Werk – das ist das richtige!« Sie sah Emily scharf an. »Vermutlich bemitleiden Sie mich, weil ich hier liege und zur Untätigkeit verdammt bin.«

»Nein«, meinte Emily nachdenklich. »Ich glaube, man braucht Sie nicht zu bemitleiden. Wenn man die nötige Entschlossenheit hat, kann man aus jedem Leben etwas machen. Wenn nicht auf die eine Weise, dann auf die andere.«

»Sehr richtig. Man muß es nur von einer anderen Seite betrachten und angehen, das ist alles.«

»Blickwinkel«, murmelte Miss Trefusis.

»Was haben Sie gesagt?«

So gut sie es vermochte, gab Emily die Theorie wieder, die sie am frühen Morgen für sich allein entwickelt hatte.

»Nicht schlecht«, urteilte Miss Percehouse. »Und nun, meine Liebe, wollen wir keine Zeit vergeuden. Da ich nicht als Dummkopf auf diese Welt gekommen bin, vermute ich, daß Sie sich in unserem Dörfchen einstellten, um sich über seine Bewohner zu unterrichten und sich zu vergewissern, ob nicht einer von ihnen seine Hand bei dem Mord im Spiel gehabt hat. Wenn Sie also etwas wissen wollen, so fragen Sie mich ohne Scheu.«

Emily Trefusis war nicht die Frau, die von diesem Angebot nicht umgehend Gebrauch gemacht hätte.

»Major Burnaby?« kam es kurz und bündig.

»Der mustergültige pensionierte Armeeoffizier, engstirnig und mit beschränktem Gesichtskreis, dabei eifersüchtig veranlagt. Leichtgläubig in Geldangelegenheiten. Ein Mann, der Geld in irgendeinen Südseeschwindel steckt, weil er nicht einen Meter über seine Nasenspitze hinaussehen kann. Liebt es, seine Schulden pünktlich zu bezahlen, und hegt einen Widerwillen gegen Leute, die ihre Füße nicht auf der Matte abputzen.«

»Mr. Rycroft?«

»Komisches Männchen, krasser Egoist. Grillenhaft. Hält sich für einen Prachtkerl. Ich vermute, daß er Ihnen seine Hilfe angeboten hat im Hinblick auf seine einzigartigen Kenntnisse auf dem Gebiet der Kriminologie.«

Emily Trefusis bestätigte dies.

»Mr. Duke?«

»Nichts weiß ich von diesem Mann – und müßte doch eigentlich etwas wissen. Sehr gewöhnlicher Typ. Sonderbar, daß man nichts von ihm weiß, wie? Es kommt mir genauso vor, als wenn einem ein Name auf der Zunge liegt und man sich dennoch um keinen Preis auf ihn besinnen kann.«

»Die Willetts?«

»Ah ja, die Willetts!« Von einer gewissen Erregung ergriffen, stützte sich Miss Percehouse wieder auf den Ellbogen. »Ja, wie steht es tatsächlich mit den Willetts . . .? Nun, von denen will ich Ihnen etwas erzählen, meine Liebe, das für Sie nützlich sein kann – oder auch nicht. Gehen Sie bitte zum Schreibtisch da drüben und ziehen Sie die linke kleine Schublade auf. Richtig. Und nun reichen Sie mir mal den weißen Umschlag.«

Emily legte ihn in die leicht zitternde Hand.

»Ich behaupte nicht im mindesten, daß es besonders wichtig sei«, beteuerte Miss Percehouse. »Und da jedermann bisweilen eine kleine Lüge erzählt, so darf man Mrs. Willett dies Recht nicht streitig machen . . . Als also die Willetts hier ihren Einzug hielten mit ihren schicken Kleidern, ihrem Bediententroß und den Bergen teurer Lederkoffer, kamen Violet und ihre Mutter mit Forders Wagen herauf und die Mädchen samt dem Gepäck per Bus. Ich guckte aus dem Fenster, als sie vorbeifuhren, denn Sie können sich wohl vorstellen, was für ein Ereignis dies für unser Dörfchen war; und da sah ich, wie sich von einem der Koffer auf dem Busdach ein bunter Zettel löste und in meinen Garten flatterte. Nun, wenn ich irgend etwas hasse, dann sind es herumliegende Papierfetzen. Infolgedessen schickte ich Ronnie hinaus, um den Zettel aufzuheben, und war schon im Begriff, ihn fortzuwerfen, als mir einfiel, daß ich das leuchtende, farbenfrohe Ding für die Bilderbücher, die ich für die Kinderhospitäler zusammenklebe, gebrauchen könnte ... Ganz gewiß würde ich nicht weiter darüber nachgedacht haben, wenn Mrs. Willett nicht bei verschiedenen Gelegenheiten ausdrücklich erwähnt hätte, daß Violet nur Südafrika kenne und sie selbst nichts weiter als Südafrika, England und die Riviera.«

»Ja, und?« drängte Emily.

»Jetzt sehen Sie sich das hier bitte an.«

Miss Percehouse zog aus dem Briefumschlag ein buntes Etikett, wie es die internationalen Hotels auf das Gepäck ihrer Gäste zu kleben pflegen.

»Mendle's Hotel, Melbourne«, las ihre junge Besucherin.

»Liegt Melbourne neuerdings in Südafrika?« spöttelte die Kranke. »In meiner Jugend lag es in Australien! Warum wollen diese Willetts vertuschen, daß sie aus Australien kommen?«

»Das ist merkwürdig, beinahe so merkwürdig wie dieser Winteraufenthalt in Sittaford.«

»Haben Sie die Damen schon kennengelernt, meine Liebe?«

»Nein. Ich beabsichtigte, heute vormittag zu ihnen zu gehen, nur weiß ich nicht, welchen Grund ich vorschützen soll.«

»Den werde ich Ihnen liefern«, meinte Miss Percehouse munter. »Bitte meinen Füllfederhalter, einen Briefbogen und ein Kuvert. Danke schön. Nun wollen wir mal überlegen!« Sie starrte nachdenklich zur Zimmerdecke empor, um dann ohne vorherige Warnung gellend loszukreischen:

»Ronnie! Ronnie! Ronnie ...! Ist der Junge taub geworden? Weshalb kommt er nicht, wenn er gerufen wird? Ronnie! Ronnie!«

In scharfem Trab kam Ronnie herbeigeeilt.

»Fehlt dir etwas, Tante Caroline?«

»Was soll mir fehlen ...? Ich habe dich gerufen, das ist alles. Hast du gestern nachmittag, als du wieder mal bei den Willetts zum Tee warst, einen besonderen Kuchen vorgesetzt bekommen?«

»Kuchen?«

»Kuchen, Torte, Sandwiches – irgendwas. Wie schwerfällig du doch bist, Junge. Was hast du drüben zum Tee gegessen?«

»Es gab eine Mokkatorte«, sagte Ronnie ganz verdutzt, »und ...«

»Mokkatorte, das genügt.« Eifrig begann Miss Percehouse zu schreiben. »Geh zurück zu deinen Gartenmöbeln, Ronnie. Steh nicht so blöde mit offenem Mund herum; die Polypen hat man dir entfernt, als du acht Jahre alt warst – das kannst du also nicht als Entschuldigung anführen.« Und schon schrieb sie weiter:

Liebe Mrs. Willett!
Ich höre eben von Ronnie, daß Sie gestern zum Tee eine so köstliche Mokkatorte hatten. Ist es unbescheiden, Sie um das Rezept zu bitten? Miss Trefusis hat sich liebenswürdigerweise bereit erklärt, diesen Brief zu überbringen, da Ronnie anderweitig beschäftigt ist. Haben Sie sich über die Nachricht von der Flucht des Sträflings auch so aufgeregt?
Ihre aufrichtig ergebene
Caroline Percehouse

Sie verschloß den Brief und schrieb die Adresse darauf.
»So, mein Kind, nun haben Sie einen Grund! Übrigens werden Sie Sittaford House von Reportern belagert finden – ich sah einen ganzen Haufen vorbeifahren. Aber wenn Sie nach Mrs. Willett fragen und hinzufügen, daß ich Sie schicke, brauchen Sie keine Abweisung zu befürchten. Daß Sie die Augen aufsperren und möglichst viel Nutzen aus diesem Besuch ziehen sollten, muß ich Ihnen ja nicht erst sagen.«
»Wie soll ich Ihnen nur danken!« rief Emily.
»Ich helfe denen, die sich selbst helfen können«, erwiderte Miss Percehouse. »Nebenbei bemerkt, haben Sie mich noch nicht über Ronnie befragt, der doch auch auf Ihrer Einwohnerliste stehen muß. Er ist gar kein schlechter Kerl, doch vor dem Geld liegt er auf den Knien. Sehen Sie sich bloß an, was er sich von mir gefallen läßt! Und dabei hat er nicht Grips genug, um sich zu sagen, daß ich ihn zehnmal lieber haben würde, wenn er hin und wieder aufbegehrte und mir riete, zum Teufel zu gehen.
Sonst wohnt im Dorf nur noch Captain Wyatt. Raucht Opium, glaube ich. Und kann, was Gereiztheit und schlechte Laune angeht, von keinem Menschen unseres Vaterlandes übertroffen werden. Wünschen Sie außerdem noch etwas zu wissen, meine Liebe?«

»Nein«, meinte Emily Trefusis, »was Sie mir gesagt haben, war alles sehr aufschlußreich.«

18

Als die junge Dame abermals den Windungen des Feldweges folgte, merkte auch sie, daß das klare Wetter sich änderte und sich überall Nebelschwaden zusammenballten.
»Es ist eine Strafe, in England zu leben«, murmelte sie. »Wenn es nicht regnet oder schneit oder stürmt, zieht Nebel auf. Und wenn die Sonne wirklich mal scheint, ist es so kalt, daß einem Finger und Zehen absterben.«
Diesen Betrachtungen wurde sie durch eine heisere Stimme entrissen, die von rechts an ihr Ohr drang.
»Entschuldigen Sie«, krächzte diese Stimme, »haben Sie vielleicht einen Bullterrier gesehen?«
Emily schreckte zusammen. Am Gattertürchen, das zum Bungalow Nr. 3 gehörte, stand ein großer, hagerer Mann mit dunkelbrauner Gesichtsfarbe, blutunterlaufenen Augen und grauem Haar. Mit der einen Hand auf eine Krücke gestützt, betrachtete er Emily, die ihn sofort als Captain Wyatt erkannte, mit ungeheurem Interesse.
»Nein, ich habe keinen gesehen.«
»Sie ist ausgerissen, die Bestie. Ein anhängliches Geschöpf sonst, aber vollkommen verrückt. Mit all diesen Autos und Wagen ...«
»Ist denn der Verkehr so gewaltig auf diesem Feldweg?« wagte Emily einzuwenden.
»Im Sommer jagt ein Ausflüglerwagen den anderen«, erzählte Wyatt ingrimmig. »Von der Sittafordbucht geht's über Exhampton, und dann werden wir hier oben beglückt.«
»Jetzt ist doch aber nicht Sommer.«
»Trotzdem kam vor kurzem ein großer Autosbus durch, voll mit Reportern, die wahrscheinlich Sittaford House beschnüffeln wollen.«
»Haben Sie Captain Trevelyan gut gekannt?« fragte Emily, fest

überzeugt, daß die Suche nach dem Bullterrier nur eine Finte Captain Wyatts gewesen war.
»Er hat mir das Cottage verkauft«, erwiderte der Captain.
»Ja?« flötete Emily ermutigend.
»Ein Geizkragen war er! Wir hatten vereinbart, daß das Haus dem Geschmack des Käufers entsprechend hergerichtet würde, und weil ich die Fensterrahmen gelb und nicht braun - wie die anderen hier – gestrichen haben wollte, verlangte er unter dem Vorwand, daß die Abmachung nur für eine einheitliche Farbe gelte, einen Zuschuß für die Malerarbeiten.«
»Dann haben Sie ihn nicht besonders gern gemocht?«
»Ich habe immer Streit mit ihm gehabt«, gestand Captain Wyatt. »Freilich mit all den anderen auch«, fügte er, als sei dies ein nachträglicher Einfall, hinzu. »In einem Nest wie Sittaford muß man die Leute lehren, einen Menschen ungeschoren zu lassen. Immer anklopfen und hereinschneien und schnattern! Ich habe nichts dagegen, Menschen zu sehen, wenn ich Lust dazu verspüre – doch ich muß die Lust dazu haben, nicht sie. Da haben dem Trevelyan auch alle seine stolzen Großgrundbesitzer-Manieren nichts geholfen. Und jetzt kommt nicht ein einziger meiner Nachbarn mehr zu mir.«
»Oh!«
»Ja, ich lebe mit meinem indischen Diener, wie's mir paßt. Nichts geht über so einen gelben Boy – der gehorcht aufs Wort. Abdul!« brüllte er.
Ein Inder, auf dem Kopf einen Turban, erschien in der Haustür und wartete auf die Befehle seines Gebieters.
»Wollen Sie nicht näher treten und mein Reich besichtigen?« lud Wyatt die junge Dame ein. »Vielleicht auch etwas trinken?«
»Es tut mir außerordentlich leid, nein sagen zu müssen, aber ich habe es sehr eilig.«
»Ach was, eilig!«
»Ja, wirklich. Ich muß eine Verabredung einhalten.«
»Niemand versteht heutzutage mehr die Kunst zu leben«, tadelte Captain Wyatt. »Die Züge erwischen, Termine treffen, für all und jedes eine Zeit festsetzen – alles Unsinn. Stehen Sie lieber mit der Sonne auf, nehmen Sie Ihre Mahlzeiten dann ein, wenn sich Ihr Magen meldet, und legen Sie sich niemals auf eine Stunde

oder ein Datum fest. Ich könnte die Leute lehren, was wahres Leben heißt – wenn sie nur auf mich hören wollten.«
Captain Wyatt selber waren seine Lebensregeln jedenfalls nicht besonders gut bekommen, überlegte Emily, denn ein beschädigteres und zerschlageneres menschliches Wrack als ihn hatte sie noch nicht gesehen. Doch da sie spürte, daß Wyatts Neugier hinlänglich gestillt worden war, erinnerte sie nochmals an ihre Verabredung und verabschiedete sich.

Sittaford House besaß eine massiv eichene Haustür, einen hübschen, zierlichen Klingelzug, eine riesige Drahtmatte und einen blitzblank geputzten messingnen Briefkasten. Es atmete Wohlhabenheit und Gepflegtheit. Emily bat das adrette Hausmädchen, sie bei Mrs. Willett zu melden, und erhielt den Bescheid, daß Madame heute vormittag niemanden empfange.
»Ich bringe einen Brief von Miss Percehouse«, erklärte Emily.
Jetzt bekam die Sache ein anderes Gesicht. Das Mädchen wurde unschlüssig, sagte zaudernd: »Wollen Sie bitte hereinkommen!« und führte den Besuch durch eine hohe getäfelte Halle in ein großes Wohnzimmer, das Spuren weiblicher Bewohner aufwies: ein Nähkästchen, einen liegengebliebenen Mädchenhut und eine Pierrotpuppe mit unnatürlich langen, spinnengleichen Beinen.
Als Emily all dies mit einem schnellen Blick registriert hatte und vor dem Feuer ihre kalten Hände wärmte, öffnete sich die Tür. Eine hübsche junge Dame trat ein, sehr fesch und teuer gekleidet, und offenbar unter großer Nervosität leidend.
»Guten Morgen«, sagte sie. »Meine Mutter fühlt sich nicht wohl und liegt noch im Bett; Sie müssen mit mir vorliebnehmen.«
»Oh, da bin ich zu recht ungelegener Zeit gekommen!«
»Nein, nein. Die Köchin schreibt das Rezept eben ab. Wohnen Sie bei Miss Percehouse?«
Emily dachte, innerlich lächelnd, daß dies bestimmt das einzige Haus in Sittaford war, dessen Bewohner nicht ganz genau wußten, wer sie war und weshalb sie sich hier oben aufhielt.
»Nein, ich wohne bei Mrs. Curtis.«
»Natürlich, da Ronnie Garfield bei seiner Tante zu Besuch ist, wäre nicht genug Platz für Sie da. Miss Percehouse ist ein prachtvoller Mensch, nicht wahr? Eine unglaubliche Willenskraft in

einem siechen Körper – aber ich habe ein klein bißchen Angst vor ihr.«
»Sie ist ein Drache, behauptet Ronnie«, lachte Emily fröhlich. »Aber man gerät leicht in die Versuchung, ein Drache zu sein, wenn niemand sich dagegen zur Wehr setzt.«
Miss Willett seufzte.
»Ach, ich wollte, ich könnte mich auch besser zur Wehr setzen«, klagte sie. »Dann hätte ich mich nicht so lange von den Reportern quälen lassen. Man konnte sie heute nicht loswerden.«
»Ah, richtig, Sie wohnen ja in Captain Trevelyans Haus – der Mann, der in Exhampton ermordet wurde.«
Emily hoffte, mit dieser Gesprächswendung Violet Willetts Nervosität auf den Grund zu kommen. Irgendeine Angst quälte das Mädchen – doch ob sie mit dem Mord zusammenhing?
»Ein furchtbares Ende, nicht wahr?«
»Miss Willett, erzählen Sie mir doch – das heißt, wenn es Ihnen nicht widerstrebt, darüber zu sprechen . . .«
»Nein . . . nein . . . durchaus nicht . . . weshalb sollte es das?«
Mein Gott, sie weiß ja gar nicht mehr, was sie sagt! stellte Emily Trefusis fest. ». . . von dem Tischrücken«, vollendete sie dann laut ihren Satz. »Irgend jemand erwähnte den seltsamen Vorfall, und ich finde ihn so herrlich gruselig.«
»Herrlich? Nein, es war grauenhaft, als wir die Lichter andrehten und alle Anwesenden so verstört dreinschauten. Nur Mr. Duke und Major Burnaby bewahrten die Ruhe. Aber Major Burnaby doch nur scheinbar, denn sonst hätte er sich nicht nach Exhampton aufgemacht, und als er fortgegangen war, wurde bei uns Zurückgebliebenen die Beklemmung noch größer. Und dann erreichte uns gestern abend, nein, gestern morgen, die Nachricht von dem Mord.«
»Es muß richtig spukhaft gewesen sein«, wisperte Emily, als sei auch sie jetzt von Grauen gepackt worden. »Meinen Sie, daß Captain Trevelyans Geist zu Ihnen gesprochen hat? Oder meinen Sie, es ist Hellsehen oder Telepathie gewesen?«
»Ich weiß es nicht. Oh, nie, nie wieder werde ich über solche Dinge spotten! Nie . . .!«
Das Hausmädchen brachte ein zusammengefaltetes Papier auf einem Silbertablett.

»So, da ist das Rezept«, sagte Violet, indem sie das Blatt ihrem Besuch reichte. »Übrigens sind Sie insofern noch gerade zur rechten Zeit gekommen, als die Köchin mit den anderen Mädchen uns heute verläßt. Gemurrt haben sie schon früher, daß es zu einsam sei, aber der Mord hat sie ganz verrückt gemacht, so daß Mama gestern abend der Geduldsfaden riß und sie ihnen befahl, ihre Habseligkeiten zu packen. Statt ihrer werden wir uns mit zwei Dienern behelfen, die sich hoffentlich nicht vor diesem Haus graulen.«
»Finden Sie das Leben hier nicht auch bisweilen langweilig und trostlos?«
»Ganz und gar nicht. Ich liebe das Land«, beteuerte Violet, wobei sie Emilys Augen auswich.
»Jetzt will ich Sie nicht länger stören, Miss Willett. Im Namen von Miss Percehouse danke ich Ihnen für Ihre Liebenswürdigkeit und wünsche Ihrer Frau Mutter gute Besserung.«
»Oh, sie ist nicht ernstlich krank. Nur die Aufregung wegen der Dienstboten und dann das tragische Ende Captain Trevelyans.«
»Durchaus verständlich.«
Geschickt und ohne daß es die andere bemerkte, legte Emily ihre Handschuhe auf einen kleinen Tisch, ließ sich zur Haustür begleiten und verabschiedete sich mit ein paar weiteren höflichen Redensarten. Violet schloß die Tür, versäumte jedoch, den Schlüssel im Schloß herumzudrehen.
Und daher ging Miss Trefusis, als sie das Eisentor erreicht hatte, langsam den Weg, den sie gekommen war, wieder zurück. Durch ihren Besuch war sie in dem Mißtrauen, das sie gegen die Willetts hegte, bestärkt worden. Violet machte zwar nicht den Eindruck einer Verbrecherin, doch irgend etwas stimmte nicht. Jenes Etwas aber mußte das Bindeglied zwischen den beiden Frauen und Captain Trevelyan sein, und darin wiederum konnte der Schlüssel zu dem ganzen Rätsel liegen.
An der Haustür angelangt, drückte Miss Trefusis behutsam die Klinke herunter und ging hinein. Die Halle war menschenleer. Was nun? Während sie noch unschlüssig dastand, drang vom oberen Stockwerk ein schwaches Stimmengemurmel herab. Lautlos schlich sie zur Treppe. Wieder ein forschender Blick nach allen Seiten ... Gewiß, die Handschuhe waren ein triftiger

Grund für die Rückkehr, doch unmöglich konnte man behaupten, daß sie aus eigener Kraft plötzlich treppauf gewandert waren.
Abermals das Stimmengemurmel. Da wurden alle Überlegungen von dem brennenden Wunsch in den Hintergrund gedrängt, etwas von der oben geführten Unterhaltung zu erlauschen. Vorsichtig eine Stufe ... noch eine ... und noch eine ... Zwei Frauenstimmen. Violet und – zweifellos – ihre Mutter.
Dann Schweigen. Schritte wurden hörbar. Blitzschnell jagte Emily Trefusis wieder treppab, und als Violet die Schlafzimmertür öffnete und hinabkam, war sie überrascht, den Besuch, den sie kurz zuvor an die Tür begleitet hatte, in der Halle stehen zu sehen.
»Meine Handschuhe«, erklärte Emily, wie ein verlaufener Hund hin und her spähend. »Ich muß sie irgendwo liegengelassen haben.«
»Vermutlich im Wohnzimmer«, meinte Violet.
Wirklich lagen sie dort, ganz verwaist auf einem kleinen Tischchen.
»Ich bin gräßlich vergeßlich, Miss Willett.«
»Und bei dem Wetter braucht man seine Handschuhe.«
Wieder gingen sie gemeinsam bis zur Haustür, und diesmal hörte Emily, wie sich der Schlüssel zweimal im Schloß drehte. Nachdenklich schritt sie den Fahrweg hinab. Wie hatten doch die Worte gelautet, die – gequält und klagend – an ihr Ohr gedrungen waren? »Mein Gott, ich kann es nicht ertragen! Wird es denn nie Nacht werden ...?«

19

Als Emily in ihr Quartier zurückkehrte, wo sie Enderby zu finden hoffte, wurde ihr von Mrs. Curtis mitgeteilt, daß er mit mehreren anderen jungen Herren fortgegangen sei und daß man von der Poststelle zwei Telegramme für sie herübergeschickt habe. Emily nahm sie in Empfang, öffnete sie und steckte sie wortlos in ihre Tasche.

»Nichts Schlechtes hoffentlich?« fragte Mrs. Curtis, zitternd vor Neugier.
»Nein.«
»Ein Telegramm jagt mir immer einen Schrecken ein. Ihnen nicht?«
Doch Miss Trefusis war im Augenblick jeder Unterhaltung abgeneigt. Sie brauchte Ruhe und Einsamkeit, um ihre Gedanken zu ordnen, und ging hinauf in ihr kleines Zimmer. Dort begann sie mittels Bleistift und Papier ein eigenes System auszuarbeiten. Nach zwanzig Minuten wurde sie dabei jedoch von Mr. Charles Enderby unterbrochen.
»Hallo, hallo, da sind Sie ja! Die gesamte Londoner Presse jagt hinter Ihnen her – bislang allerdings erfolglos. Außerdem habe ich meinen lieben Kollegen klargemacht, daß man Sie nicht belästigen darf. Ja, verehrte Kusine, an Ihre Person lasse ich keinen 'ran.« Er nahm, da Emily das Bett mit Beschlag belegt hatte, mit dem Stuhl vorlieb. »Haben Sie übrigens den Nebel bemerkt?«
»Ja. Doch werde ich mich durch ihn nicht abhalten lassen, nach Exeter zu fahren.«
»Was wollen Sie dort?«
»Mein Rechtsanwalt, Mr. Dacres, wünscht mich zu sprechen. Und wenn ich schon einmal da bin, möchte ich James' Tante Jenny aufsuchen. Schließlich braucht man von dort nach Exhampton nur eine halbe Stunde.«
»Das heißt: Diese Tante Jenny könnte mit der Bahn rasch herübergefahren sein und ihrem Bruder den Schädel eingeschlagen haben, ohne daß jemand von dieser Reise erfuhr.«
»Ich weiß, es klingt sehr unwahrscheinlich, Charles. Überdies wünsche ich mir auch gar nicht, daß Tante Jenny das Verbrechen begangen hätte – weit eher Martin Dering. Ich hasse diesen Typ Mann, ganz abgesehen davon, daß er einen Mörder abgäbe – fortwährend bei Buchmachern rumhängend, fortwährend Geld verlierend. Es ist ein Jammer, daß er ein so gutes Alibi hat. Mr. Dacres erzählte es mir. Ein Verleger und ein literarisches Dinner – kann man sich etwas Vertrauenswürdigeres denken?«
»Ein literarisches Dinner«, wiederholte Enderby. »Freitag abend.

Martin Dering – halt, mal nachdenken ... Martin Dering ... Ja, ich bin meiner Sache beinahe sicher, aber um jeden Zweifel auszuräumen, könnte ich doch Carruther telegrafieren.«

»Wovon faseln Sie eigentlich?« erkundigte sich Emily.

»Hören Sie! Sie wissen, daß ich Freitag abend in Exhampton eintraf. Vorher wollte ich gern noch eine kleine Auskunft von einem Kollegen haben, und wir verabredeten, daß er, der zu irgendeinem literarischen Dinner mußte, mich, wenn möglich, zuvor aufsuchen sollte. Nun, er schaffte es nicht mehr und schrieb mir deshalb nach Exhampton.«

»Was hat denn das mit Dering zu tun?«

»Nur ein wenig Geduld! Der gute Junge war ziemlich voll des süßen Weines, als er mir schrieb, und nachdem er mir die erbetene Mitteilung gemacht hatte, bedachte er mich mit einer saftigen Beschreibung des Dinners. Über die Tischreden, und was für Esel ein berühmter Romanschriftsteller und ein noch berühmterer Dramendichter im Grunde eigentlich wären und dergleichen mehr. Außerdem schimpfte er wie ein Rohrspatz, daß er einen abscheulichen Platz bei Tisch erwischt hätte. Rechts neben ihm, wo Ruby MacAlmott, die bekannte Journalistin, hätte sitzen sollen, wäre der Platz frei geblieben, und gleichfalls zu seiner Linken, wo Martin Dering gefehlt hätte. So wäre Carruther schließlich neben einen sehr beliebten Lyriker gerückt, um sich unterhalten zu können. Begreifen Sie nun, worauf ich hinaus will?«

»Charles! Sie lieber Kerl!« Emily wurde zärtlich vor Erregung. »Wie herrlich! Dann hat das Scheusal an dem Dinner gar nicht teilgenommen?«

»Nein. Aber um ganz sicher zu gehen, kann ich jederzeit Carruther telegrafieren, obwohl ich beinahe beschwören möchte, daß ich mich nicht im Namen irre.«

»Dann bliebe allerdings immer noch der Verleger, mit dem Dering den Nachmittag verbrachte. Aber ich vermute, es wird ein Verleger gewesen sein, dessen Abreise nach Amerika kurz bevorstand. Verstehen Sie mich, Charles? Einen Amerikaner, der auf dem Ozean schwimmt, kann man nicht so leicht befragen!«

»Sie glauben, wir sind auf der richtigen Fährte?«

»So sieht's aus. Mir scheint es das beste, schnurstracks zu jenem netten Inspektor Narracott zu gehen, um ihm diese neuesten Tatsachen zu unterbreiten. Einen amerikanischen Verleger unter den Passagieren der Mauretania oder Berengaria herauszuangeln – mein Lieber, das ist Sache der Polizei!«

»Mein Wort, wenn sich das bewahrheiten sollte, kann der *Daily Wire* mir nicht weniger anbieten als . . .«

Doch grausam riß Emily ihn aus seinen Träumen von Beförderung und Ruhm.

»Auf keinen Fall dürfen wir darüber den Kopf verlieren und alles andere vernachlässigen«, sagte sie. »Ich muß nach Exeter fahren, von wo ich kaum vor morgen zurückkehren werde. Inzwischen habe ich aber eine Aufgabe für Sie.«

»Was für eine Aufgabe?«

Sie beschrieb ihm ihren Besuch bei den Willetts und den seltsamen Satz, den sie mitbekommen hatte.

»Wir müssen unbedingt herausfinden, was sich heute nacht ereignen wird«, setzte sie energisch hinzu, »unbedingt, Charles! Es liegt etwas in der Luft.«

»Donnerwetter, wie aufregend!«

»Nicht wahr? Natürlich kann es auch ein Zufall sein – doch beachten Sie eins: Man hat sämtliche Dienstboten aus dem Weg geschafft. Irgend etwas bringt diese heutige Nacht, und daher werden Sie Posten stehen, um auszukundschaften, was es ist.«

»Was? Soll ich die ganze Nacht vor Kälte bibbernd unter einem Busch im Garten kauern?«

»Schreckt Sie das ab? Journalisten pflegen doch um einer guten Story willen derartige Unbequemlichkeiten gering zu achten!«

»Wer hat Ihnen denn das gesagt?«

»Wer – das tut nichts zur Sache. Also – wollen Sie?«

»Meine liebe Kusine, mir wird heute nacht nichts entgehen«, versetzte Charles Enderby feierlich. »Wenn etwas in Sittaford House passiert, ist der tüchtige Korrespondent des *Daily Wire* dabei.«

Nun hielt Emily ihn für würdig, auch noch den seltsamen Widerspruch zu erfahren, der zwischen Mrs. Willetts Erzählungen und dem Zeugnis klaffte, das der bunte Kofferzettel ablegte.

»Donnerwetter!« stieß Charles Enderby abermals hervor. Und dann nach einer Weile: »Australien? Da lebt doch auch der dritte

Pearson, der Jüngste. Hm ... gewiß, Australien ist groß – trotzdem ...«
»So, nun habe ich alles berichtet«, fiel Emily ein. »Und Sie?«
»Ich habe nichts zu berichten, nur – einen Gedanken. Aber vielleicht verletze ich Sie damit.«
»Wirke ich so zimperlich ...?«
»Es handelt sich um folgendes«, begann der Journalist, sie mißtrauisch beobachtend. »Meinen Sie, daß man auf das Wort Ihres Verlobten blindlings bauen kann?«
»Worauf wollen Sie hinaus? Daß er den Mord doch beging? Es steht Ihnen natürlich frei, Ihre eigene Meinung zu haben.«
»Nein, nein, Sie verstehen mich falsch«, erwiderte Charles Enderby heftig. »Ich meinte nur, wie weit seine Schilderung mit der Wahrheit übereinstimmt? Er hat angegeben, daß er hinging, mit dem Alten sprach und ihn gesund und wohlauf verließ.«
»Ja.«
»Wäre es nun nicht möglich, daß er bei seinem Eintreffen den Onkel schon erschlagen vorfand? Und dann vor Schreck das Weite suchte und das nicht eingestehen mochte?«
Unsicher und zögernd hatte Enderby seine Hypothese dargelegt, und er atmete erleichtert auf, als Emily sich nicht empört zeigte. Mit zusammengezogenen Brauen starrte sie grübelnd vor sich hin.
»Es ist möglich«, sagte sie schließlich. »Ich weiß ganz genau, daß James nie einen Menschen ermorden würde, aber er könnte sehr wohl den Kopf verlieren und eine dumme Lüge erzählen, an der er nachher natürlich festhalten müßte. Ja, das ist ganz gut möglich.«
»Was tun? Man läßt Sie ja nicht zu ihm. Zumindest läßt man Sie nicht unter vier Augen mit ihm sprechen.«
»Ich werde Mr. Dacres beauftragen, ihn auszufragen – der Verteidiger darf ja seinen Mandanten allein sprechen. Schlimm ist allerdings, daß James immer mit einer unglaublichen Bockbeinigkeit bei etwas einmal Gesagtem bleibt, so sehr man ihm auch zusetzen mag.«
»Das ist meine Auffassung der Geschichte, und ich bleibe ebenfalls dabei«, erklärte Mr. Enderby.
»Ich bin froh, Charles, daß Sie diese Möglichkeit erwähnten, die

mir selber noch nicht eingefallen war. Wir haben bislang Ausschau gehalten nach einer Person, die nach James' Weggang kam – doch wenn sie vorher dagewesen wäre . . .«
Sie brach ab – gedankenverloren. Zwei gänzlich verschiedene Theorien hatte sie innerhalb weniger Stunden kennengelernt. In der einen, von Mr. Rycroft aufgestellt, bildete James' Streit mit seinem Onkel einen sehr entscheidenden Punkt, während James in der anderen überhaupt keine Rolle spielte. Wenn nun der Arzt, der die Leiche Trevelyans zuerst untersucht hatte, einräumte, daß der Tod bereits früher, etwa um vier Uhr erfolgt sein könnte, warf das alle bisher als lückenlos gewerteten Alibis über den Haufen.
»Mein Lieber, jetzt werden Sie irgendein Fahrzeug für mich auftreiben, das mich nach Exhampton bringt«, sagte Miss Trefusis und stand tatendurstig von ihrem Bett auf. »Der Schmied hat, glaube ich, einen Wagen. Würden Sie sich wohl mit dem Mann in Verbindung setzen? Ich möchte gleich nach dem Lunch aufbrechen, damit ich, ehe ich um drei Uhr zehn nach Exeter fahre, vorher noch den Arzt aufsuchen kann. Wieviel Uhr ist es jetzt?«
»Halb eins.«
»Dann werden wir beide zum Schmied gehen und wegen des Wagens verhandeln. Außerdem muß ich, bevor ich Sittaford verlasse, den einzigen Einwohner sprechen, den ich noch nicht gesehen habe – Mr. Duke.«
»Bei ihm kommen wir vorbei, wenn wir zur Schmiede gehen.«

Mr. Dukes Bungalow war der allerletzte in der Reihe. Emily und Charles machten das Gattertürchen auf und folgten dem Gartenpfad, der zur Haustür führte. Und dann erlebten sie eine große Überraschung. Denn die grüngestrichene Haustür öffnete sich, und ein Mann trat heraus . . . und jener Mann war niemand anders als Inspektor Narracott.
Auch ihm merkte man die Überraschung und – wie Emily fand – die Verlegenheit an.
Miss Trefusis gab ihre ursprüngliche Absicht auf.
»Ich freue mich, Sie zu treffen, Inspektor Narracott!« versicherte sie. »Wenn Sie gestatten, möchte ich gern über einige Punkte mit Ihnen reden.«
»Mit Vergnügen, Miss Trefusis.« Er zog seine Uhr hervor. »Aller-

dings müssen Sie sich kurz fassen, da der Wagen wartet, der mich nach Exhampton zurückbringen soll.«
»Nein, was für ein Glück!« jubelte Emily. »Würden Sie mir ein Plätzchen darin einräumen?«
Der Inspektor sagte ziemlich hölzern, daß er auch dieses mit Vergnügen tun wolle.
»Los, Charles! Holen Sie meinen Handkoffer; er ist schon fertig gepackt.«
Und Enderby machte ohne Widerrede kehrt.
»Daß ich Sie hier treffen würde, hätte ich nicht erwartet«, begann Narracott das Gespräch.
»Nein? Ich sagte in London doch *au revoir*!«
»Damals achtete ich nicht darauf.«
»Unsere Wege werden sich wohl noch öfter kreuzen«, erklärte Emily unumwunden. »Denn sehen Sie, Inspektor, Sie haben den Falschen verhaftet – James ist nicht der Mörder.«
»Meinen Sie?«
»Ich meine sogar noch mehr, nämlich daß Sie mir innerlich beipflichten.«
»Was veranlaßt Sie zu dieser Meinung, Miss Trefusis?«
»Was veranlaßte Sie, Mr. Duke zu besuchen?« stellte Emily eine Gegenfrage.
Wieder glitt eine leichte Verlegenheit über Narracotts Züge, was Emily mit einer gewissen Schadenfreude bemerkte.
»Sie hegen Zweifel, Inspektor. Jawohl, Zweifel«, bekräftigte sie, als er kopfschüttelnd zu leugnen suchte. »Anfänglich haben Sie geglaubt, Sie hätten den richtigen Mann beim Wickel, und jetzt sind Sie keineswegs sicher und beginnen mit neuen Untersuchungen. Nun, ich weiß etwas, was Ihnen vielleicht helfen kann, und werde es Ihnen unterwegs erzählen.«
Eilige Schritte erklangen hinter ihnen, und gleich darauf stürmte Ronnie Garfield, schuldbewußt und atemlos wie ein Junge, der sich vom Unterricht gedrückt hat, an Emilys Seite.
»Miss Trefusis, wie wär's heute nachmittag mit einem kleinen Spaziergang? Wenn Tante Caroline ihr Mittagsschläfchen hält?«
»Unmöglich«, sagte Emily. »Ich fahre nach Exeter.«
»Wie? Doch nicht im Ernst? Ich meine, nicht für immer.«
»Nein, morgen werde ich wieder hier sein.«

»Ah, das ist herrlich!«
Miss Trefusis zog ein Papier aus der Tasche. »Hier, geben Sie das Ihrer Tante. Es ist das Rezept für die Mokkatorte, das sie gerade noch rechtzeitig erbeten hat, da sowohl die Köchin als auch die anderen Mädchen heute Sittaford House verlassen. Bestellen Sie Ihr das! Es wird Ihre Tante interessieren.«
Von weit her trug der Winterwind einen schrillen Ton zu ihnen herüber. »Ronnie! Ronnie . . .!«
»O weh, Tante Caroline!« stieß Ronald Garfield erschrocken hervor. »Da geh ich lieber!«
»Ja, das ist wohl besser. Außerdem haben Sie einen Farbklecks auf der Wange!« rief sie dem Davoneilenden nach. Aber Ronnie Garfield war schon außer Hörweite.

20

Gegen halb drei Uhr sprach Emily Trefusis bei Dr. Warren vor, dem das gewandte, sachliche und schöne Mädchen außerordentlich gefiel.
»Ja, Miss Trefusis, ich verstehe genau, worauf es Ihnen ankommt«, sagte er, als Emily den Zweck ihres Besuchs auseinandergesetzt hatte. »Ich kann Ihnen aber nicht verhehlen, daß es – im Gegensatz zu der allgemein verbreiteten Ansicht – ungemein schwierig ist, die Todesstunde genau zu bestimmen. Um acht habe ich den Leichnam gesehen; daß Captain Trevelyan da wenigstens zwei Stunden schon tot war, vermag ich zu beeiden. Aber wie viel länger – da wird's schwierig. Wenn Sie mir eröffnen würden, er sei um vier Uhr getötet worden, so müßte ich die Möglichkeit zugeben, obwohl ich selbst auf eine spätere Zeit tippen würde. Aber wie gesagt, auf eine genaue Uhrzeit kann ich mich nicht festlegen.«
»Ich danke Ihnen. Mehr brauche ich nicht zu wissen.«
In Exeter suchte Miss Trefusis als erstes Mr. Dacres in dem Hotel auf, das er ihr angegeben hatte. Er kannte sie seit ihrer frühesten Kindheit und hatte ihr schon oft mit Rat und Tat zur Seite gestanden.

»Machen Sie sich auf eine böse Nachricht gefaßt, Emily«, erklärte er gleich nach der Begrüßung. »Die Dinge stehen für James Pearson viel schlimmer, als wir ahnten.«
»Schlimmer?«
»Ja. Es sind gewisse Tatsachen bekannt geworden, die ein sehr ungünstiges Licht auf ihn werfen, und ich erwiese Ihnen einen schlechten Dienst, wenn ich sie Ihnen verheimlichen würde.«
»Erzählen Sie, bitte«, forderte Emily.
Ihre Stimme war vollkommen ruhig und gefaßt. Wie es drinnen aussah ... sie hatte nicht die Absicht, diese Gefühle zur Schau zu tragen. Nicht Gefühle konnten James Pearson befreien, sondern nur nüchterne Überlegung.
»Es besteht kein Zweifel, daß er dringend Geld brauchte«, erklärte der Anwalt. »Pearson hat offenbar auch früher schon hier und da ohne Wissen seiner Firma von ihr ... hm, sagen wir mal, Geld geborgt. Sie verstehen, Emily, daß dies sehr milde ausgedrückt ist. Er hatte sich in Spekulationen eingelassen und für den Kauf von Aktien, die seines Erachtens in den nächsten Tagen steigen mußten, Geld aus der Kasse genommen. Nun, das Glück lächelte ihm: Die Aktien stiegen tatsächlich, das Geld wurde heimlich wieder in die Kasse zurückgelegt, und Pearson schien die Fragwürdigkeit seiner Handlungsweise gar nicht zu empfinden. Eine Woche später wiederholte er das Ganze, doch diesmal hatte er Pech, daß eine unerwartete Kassenrevision anberaumt wurde. James Pearson sah den Abgrund, der sich vor ihm auftat, und nachdem er verschiedene Bittgänge umsonst gemacht hatte, suchte er als letzten Rettungsanker seinen Onkel in Exhampton auf. Doch Captain Trevelyan weigerte sich, ihm aus der Patsche zu helfen. Sie sind klug genug, Emily, um einzusehen, daß die Polizei nach Bekanntwerden dieser Tatsachen erst recht Grund hat, ihn für den Täter zu halten, denn in dem Augenblick, da Captain Trevelyan tot war, konnte Pearson leicht von Mr. Kirkwood die nötige Summe als Vorschuß aus dem Erbteil erbitten, sie rechtzeitig genug in die Kasse zurücklegen und so die Gefahr, wegen Unterschlagung angezeigt zu werden, abwenden.«
»Oh, dieser Idiot!« schluchzte Emily hilflos auf.
»Richtig«, versetzte Mr. Dacres trocken. »Infolgedessen bleibt uns nichts anderes übrig, als glaubhaft zu machen, daß James

Pearson von dem Vorteil, der ihm aus Trevelyans Tod erwuchs, nichts gewußt hat.«

»Das wird uns nicht gelingen, Mr. Dacres«, entgegnete Emily nach kurzem Nachdenken. »Alle drei haben es gewußt – Sylvia, Jim und Brian; sie haben oft darüber gesprochen und über den reichen Erbonkel in Devonshire gelacht und gescherzt.«

»Kind, Kind, das ist ja trostlos!«

»Sie halten ihn für schuldig, Mr. Dacres?« forschte sie.

»Seltsamerweise, nein«, erwiderte der Anwalt. »In gewisser Hinsicht muß man James Pearson als einen sehr durchsichtigen jungen Mann bezeichnen. Er hat – entschuldigen Sie das freimütige Urteil, Emily – keinen sehr hohen Begriff von kaufmännischer Ethik, aber ich glaube nicht eine Sekunde, daß seine Hand den Captain niederschlug.«

»Nun, das ist doch wenigstens etwas«, warf Emily hin. »Ich wünschte, die Polizei hegte dieselbe Meinung.«

»Das wünschte ich auch, denn unsere Eindrücke und Urteile sind so gut wie nutzlos. Das Belastungsmaterial ist erdrückend, mein Kind, und daher möchte ich Ihnen vorschlagen, die Sache dem gerissensten Strafverteidiger, den wir haben, anzuvertrauen. Lorimer heißt er – aber ebenso bekannt ist er unter seinem Spitznamen ›der Mann der verlorenen Hoffnungen‹.«

»Sie haben James doch gesprochen, nicht wahr?«

»Gewiß.«

»Haben Sie das Gefühl, daß er Ihnen in jeder Beziehung die Wahrheit gesagt hat?« Und in ihrer klaren, bündigen Art legte Emily Trefusis die Ansicht dar, die etliche Stunden zuvor Charles Enderby geäußert hatte.

Der Anwalt überlegte lange und reiflich, ehe er sich zu einer Entgegnung entschloß.

»Ja, Emily, ich habe den Eindruck, daß er die Wahrheit sagt – trotzdem werde ich ihm ins Gewissen reden. Und nun hören Sie, warum ich die Idee Ihres jungen Journalisten für falsch halte: Etwa gegen acht Uhr dreißig machte die Nachricht von Trevelyans Ermordung in Exhampton die Runde. Um diese Zeit war der letzte Zug nach Exeter bereits abgefahren, aber James Pearson wählte den allerersten Morgenzug – ein durchaus unkluges Vorgehen nebenbei, da diese Abreise bei Morgengrauen die Auf-

merksamkeit auf ihn lenkte, was fraglos nicht geschehen sein würde, hätte er eine üblichere Stunde gewählt. Wenn er nun, wie Sie mutmaßen, kurz nach halb fünf den Leichnam seines Onkels entdeckt hätte, so wäre er sicher sofort abgereist, anstatt in Exhampton zu übernachten – es gibt nämlich einen Zug gegen sechs und einen späteren um ein Viertel vor acht.«
»Ja, das leuchtet mir ein«, gestand Emily.
»Ich habe ihn genau ausgefragt, wie er in Captain Trevelyans Haus gelangt sei«, fuhr der Anwalt fort, »und er sagt, daß sein Onkel ihn angewiesen habe, die Schuhe auszuziehen und sie auf der Schwelle stehen zu lassen. Das erklärt übrigens, daß keine feuchten Spuren in der Diele entdeckt wurden.«
»Und hat er nicht vielleicht erwähnt, daß er irgendeinen Ton oder Laut hörte, der auf die Anwesenheit eines Dritten im Haus hinweisen würde?«
»Nein. Aber ich werde ihn danach fragen.«
»Ich danke Ihnen, Mr. Dacres. Können Sie ihm ein paar Zeilen von mir übermitteln?«
»Sofern die Behörden sie lesen dürfen, ja.«
»Oh, ich werde sie sehr diskret abfassen«, versicherte Emily und ging mit ihrem leichten, federnden Schritt zum Schreibtisch.

Mein lieber James,
alles wird gut werden, verlier nur nicht den Mut. Ich schufte schlimmer als ein Nigger, um die Wahrheit herauszufinden. Was für ein heilloser Idiot bist Du doch gewesen, Darling!

Immer
Deine Emily

»So, das genügt«, sagte sie und reichte Mr. Dacres den Brief.
Der Anwalt las ihn, doch enthielt er sich jeder Bemerkung.
»Ich habe mir mit meiner Handschrift alle Mühe gegeben, damit die Gefängnisverwaltung sie leicht entziffern kann. Und nun muß ich fort.«
»Wollen Sie nicht noch eine Tasse Tee trinken, Kind?«
»Keine Zeit, Mr. Dacres. Ich gehe jetzt zu Tante Jenny.«
Aber das plumpe Mädchen, das Miss Trefusis die Tür von Mrs.

Gardners verwahrlostem Haus öffnete, erklärte, daß die Herrin nicht daheim sei, aber bald zurückkehren würde.
Emily spendete ein gönnerhaftes und gewinnendes Lächeln.
»Dann möchte ich drinnen warten«, sagte sie.
»Wollen Sie die Schwester sprechen?«
Miss Trefusis war gewillt, jedweden zu sprechen, und verkündete ihre Absicht durch ein lautes Ja. Ein paar Minuten später erschien Schwester Anna, steif und zurückhaltend.
»Ich bin Emily Trefusis – eine künftige Nichte von Mrs. Gardner«, stellte Emily sich vor. »Leider ist mein Verlobter, James Pearson, wie Sie sicher inzwischen erfahren haben, verhaftet worden.«
»Ja, wir haben es in den Morgenzeitungen gelesen. Wie schrecklich!« klagte die Schwester. »Sie scheinen Ihr hartes Geschick bewundernswert tapfer zu tragen, Miss Trefusis – wirklich bewundernswert!« Eine versteckte Mißbilligung schwang in ihrer Stimme.
»Was nützte es, wenn mir die Knie einknickten?« gab Emily zurück. »Hoffentlich ist es Ihnen nicht peinlich, in einer Familie zu arbeiten, die einen Mörder zu den ihren zählt?«
»Natürlich ist es sehr unerfreulich«, erwiderte die Pflegerin. »Aber die Pflicht gegenüber dem Patienten geht allem vor.«
»Wie großzügig gedacht . . .! Für Tante Jenny muß es ein gutes Gefühl sein, jemanden um sich zu haben, dem sie vertrauen kann.«
»Sie sind zu liebenswürdig, Miss Trefusis. Doch selbstverständlich bleiben einem seltsame Erfahrungen nicht erspart. Auf meiner letzten Stelle . . .«
Geduldig lauschte Emily einem langen und anstößigen Bericht, in dem eine verwickelte Scheidung und eine angezweifelte Vaterschaft die Hauptrolle spielten, und lenkte dann, nachdem sie die Schwester wegen ihres Taktes und ihrer Verschwiegenheit gelobt hatte, geschickt wieder auf das Thema Gardner zurück.
»Tante Jennys Gatten kenne ich gar nicht. Er geht wohl nie aus?«
»Nein. Der Ärmste!«
»Was fehlt ihm eigentlich?«
Schwester Anna erörterte den Fall mit berufsmäßiger Gründlichkeit.

»Ah! Dann könnte Mr. Gardner also von einer Minute zur anderen wieder völlig gesund werden?« murmelte Emily nachdenklich.
»Er würde immerhin sehr schwach sein.«
»Gewiß. Dennoch ist es kein hoffnungsloses Siechtum.«
Aber die Schwester schüttelte traurig den Kopf.
»Ich glaube nicht an eine Heilung.« Und plötzlich warf sie einen Blick auf ihre Uhr. »Oh, ich muß wieder zu ihm, er bat um eine neue Wärmflasche. Entschuldigen Sie mich, Miss Trefusis.«
Emily entschuldigte sie gern, ging hinüber zum Kamin und zog ihr Büchlein aus der Tasche, in dem auch Tante Jennys Alibi verzeichnet war. Dann drückte sie auf den Klingelknopf.
»Wie heißen Sie?« erkundigte sie sich, als das Mädchen hereingeschlurft kam.
»Betty, Miss.«
»Ich kann nicht länger auf meine Tante warten, Betty; schließlich wollte ich sie ja auch nur etwas wegen des Einkaufs am Freitag fragen. Wissen Sie zufällig, ob sie ein großes Paket mitbrachte?«
»Nein, Miss, denn ich sah sie nicht zurückkommen.«
»Ich dachte, Sie hätten gesagt, daß sie gegen sechs Uhr heimgekehrt sei.«
»Ja, Miss. Doch ich sah sie nicht kommen. Aber als ich gegen sieben heißes Wasser in ihr Zimmer stellen wollte, bin ich furchtbar erschrocken, weil sie im Dunkeln auf dem Bett lag. ›Mein Gott, Madam, hab ich mich erschrocken‹, habe ich zu ihr gesagt, und sie hat geantwortet: ›Ich bin schon seit sechs Uhr zurück.‹ Aber ein großes Paket habe ich wirklich nirgends gesehen«, versicherte Betty, die sich so gern hilfreich erweisen wollte.
»Nun, es ist nicht so wichtig«, meinte Emily, während sie im stillen über all die Notlügen seufzte, zu denen man gezwungen war. »Ich will noch ein wenig warten, vielleicht kommt Mrs. Gardner innerhalb der nächsten zehn Minuten zurück.«
Betty schlurfte davon, und Emily setzte sich, in ihr Büchlein starrend, ans Feuer.
»Drei Uhr zehn ab Exeter, an Exhampton drei Uhr zweiundvierzig«, murmelte sie. »Gerade die richtige Zeit, um zu des Bruders Wohnung zu gehen und ihn zu ermorden ... Pfui, wie gemein

und kaltblütig das klingt... und Unsinn ist es außerdem. Nichtsdestoweniger... Welche Züge kämen dann für die Rückfahrt in Betracht? Hm, da ist einer um vier Uhr fünfundzwanzig, und außerdem noch die beiden Abendzüge, die Mr. Dacres erwähnte. Hallo, da klappt die Haustür!«
Gleich darauf erklangen Stimmen in der Diele; dann ging die Tür auf, und Jenny Gardner trat über die Schwelle.
»Ich bin Emily Trefusis, die Verlobte von James Pearson.«
»Also Sie sind Emily!« sagte Mrs. Gardner herzlich, ihr beide Hände entgegenstreckend. »Nun, das nenne ich eine Überraschung.«
Plötzlich fühlte sich die selbstbewußte junge Dame ganz schwach. Richtig wie ein kleines Mädchen, das im Begriff ist, eine Dummheit zu begehen. Ein außergewöhnlicher Mensch, diese Tante Jenny. Ihre Willenskraft reichte für mindestens zwei Personen aus.
»Haben Sie schon Tee getrunken, mein Kind? Nein? Dann werden wir zusammen trinken. Nur einen Augenblick, ich muß zuvor schnell mal nach Robert sehen.«
Ein seltsamer Ausdruck flog über das energische Gesicht, als Mrs. Gardner ihren Mann erwähnte. Die volle, harte Stimme wurde weich. Es war wie ein Lichtschimmer, der über dunkles Wellengekräusel glitt.
Ja, sie betete ihn an, dachte Emily, allein im Wohnzimmer zurückbleibend. Trotzdem geht etwas Einschüchterndes von Tante Jenny aus, und ich möchte wissen, ob Onkel Robert sich angesichts dieser maßlosen Anbetung wohl fühlt.
Als Jenny Gardner das Zimmer wieder betrat, hatte sie ihren Hut abgenommen, so daß die hohe Stirn mit dem glatt zurückgekämmten Haar sichtbar war.
»Möchten Sie über das Vorgefallene sprechen, Emily, oder nicht? Ich kann verstehen, wenn Sie es nicht möchten.«
»Es wird durch Reden nicht besser, nicht wahr?«
»Wir wollen hoffen, daß man den wirklichen Mörder schnellstens findet«, sagte Mrs. Gardner. »Bitte, klingeln Sie, Emily. Ich will der Schwester den Tee nach oben schicken, damit sie uns mit ihrem Geschwätz verschont. Ach, wie ich diese Krankenpflegerinnen hasse!«

»Ist sie tüchtig?«
»Ich denke ja, wenigstens behauptet Robert es. Mir mißfällt sie, hat mir von Anfang an mißfallen. Doch Robert meint, sie sei von allen Pflegerinnen, die er bisher gehabt habe, bei weitem die beste.«
»Sie sieht ganz gut aus«, warf Miss Trefusis ein.
»Unsinn. Mit ihren häßlichen, feisten Händen?«
Unwillkürlich haftete Emilys Blick an den langen, weißen Fingern ihrer Tante, als sie das Milchkännchen und die Zuckerzange anfaßten.
Jetzt erschien Betty, nahm die Teetasse und einen Teller mit Gebäck und trabte nach oben.
»Robert haben die Aufregungen sehr geschadet«, erzählte Mrs. Gardner. »Er steigert sich in ganz merkwürdige Zustände hinein.«
»Er hat Captain Trevelyan nicht näher gekannt, soviel ich weiß.«
»Nein. Und er schätzte ihn auch nicht besonders. Ich selbst kann – um ganz ehrlich zu sein – auch nicht allzugroßen Schmerz über seinen Tod empfinden. Joe war ein grausamer, habgieriger Mensch, Emily. Er wußte, wie wir uns durchschlugen, wußte, daß ein Darlehen zur rechten Zeit Robert vielleicht die Gesundheit wiedergegeben hätte. Nun hat das Schicksal Vergeltung geübt.«
Schön und schrecklich ist sie – schoß es Emily durch den Kopf. Eine Gestalt aus einer griechischen Tragödie ...
»Doch vielleicht kann eine umfassende Behandlung auch jetzt noch Erfolg haben«, fuhr Mrs. Gardner fort. »Ich schrieb heute an den Notar in Exhampton, ob ich eine gewisse Summe im voraus erhalten könne. Emily – das Glück wäre nicht auszudenken, wenn Robert wieder imstande sein würde zu gehen.«
Emily Trefusis fühlte sich müde und abgespannt. Ein langer Tag lag hinter ihr; sie hatte wenig oder gar nichts gegessen, war zermürbt durch die gewaltsam unterdrückten Gemütsbewegungen, und plötzlich begann sich das Zimmer zu drehen, die Gegenstände zu schwanken.
»Fühlen Sie sich nicht wohl?«
»Doch ...« japste Emily, und zu ihrer eigenen Überraschung, Wut und Demütigung brach sie in Tränen aus.

Mrs. Gardner machte keine Antalten, aufzustehen und sie zu trösten, wofür das junge Mädchen ihr dankbar war. Sie saß stumm auf ihrem Platz, bis Emilys Tränenstrom langsam versiegte.

21

Sich selbst überlassen, verfiel Charles Enderby keineswegs in Müßiggang. Um mit dem alltäglichen Tun und Treiben von Sittaford vertraut zu werden, brauchte er bei Mrs. Curtis nur anzutippen, und schon flossen die Informationen. Und während er leicht betäubt der Flut von Anekdoten, Erinnerungen, Gerüchten, Mutmaßungen und spitzfindigsten Einzelheiten lauschte, mühte er sich, die Spreu vom Weizen zu sondern. Er hörte alles über Captain Wyatt, über seinen Tropenkoller, seine Grobheit, seine Streiterein mit den Nachbarn, seine gelegentliche überraschende Huld, der sich aber nur junge, ansehnliche Frauen erfreuen durften, über die Gewohnheiten seines indischen Dieners, über die Mahlzeiten und ihre absonderliche Zubereitung. Er hörte von Mr. Rycrofts stattlicher Bibliothek, seinem Haarwasser, seinem Bestehen auf peinlichster Sauberkeit und Pünktlichkeit, seiner Neigung, sich mit anderer Leute Angelegenheiten zu befassen, dem kürzlichen Verkauf einiger wertvoller Sachen, seiner unerklärlichen Vorliebe für Vögel und der allgemein herrschenden Ansicht, daß Mrs. Willett ein Auge auf ihn geworfen habe. Er hörte von Miss Percehouses böser Zunge, von der bissigen Art, mit der sie den Neffen behandelte, und von dem lustigen Leben, das besagter Neffe in London führen sollte. Noch einmal hörte er alles über Major Burnabys Freundschaft mit Trevelyan, ihre gemeinsamen Jugenderinnerungen und ihre Leidenschaft für das Schach. Er hörte alles, was man von den Willetts wußte, einschließlich der Meinung, daß Miss Violet den jungen Ronald Garfield an der Nase herumführte und sich in Wirklichkeit gar nichts aus ihm machte, hingegen rätselhafte Ausflüge in die Einsamkeit der Heide unternahm und dort auch in Begleitung eines unbekannten jungen Herrn gesehen worden sei. Wer weiß, was das bedeutete! Über Mr. Duke jedoch gab es wenig zu hören –

nur, daß er erst kurze Zeit in Sittaford wohnte und sich ausschließlich gärtnerisch betätigte.
Es war halb vier, als Mr. Enderby, schwindlig von der Wirkung der mit Mrs. Curtis geführten Unterhaltung, zu einem Spaziergang aufbrach. Er ging mit der Absicht, die Bekanntschaft mit Miss Percehouses Neffen zu vertiefen. Er hatte das Glück, gerade auf den jungen Mann zu stoßen, als dieser, merklich betrübt, aus dem Tor von Sittaford House trat. Ronnie Garfield machte ganz den Eindruck, als sei er, mit einem Floh im Ohr, fortgeschickt worden.
»Nicht wahr, das ist doch Captain Trevelyans Besitz?« redete Charles ihn an.
»Ja«, sagte Ronnie.
»Ich wollte meiner Zeitung gern ein Bild davon schicken, aber das Wetter ist ja hoffnungslos zum Fotografieren.«
Ronnie nahm diese Feststellung in gutem Glauben hin, ohne zu bedenken, daß es, wenn der Fotograf sein Handwerk nur bei strahlendem Sonnenschein ausüben könnte, um den Bilderdienst der Zeitungen kläglich bestellt sein würde.
»Ihr Beruf muß sehr interessant sein«, meinte er.
»Ein Hundeleben!« wehrte Charles Enderby ab, getreu der Gepflogenheit, niemals Begeisterung für das eigene Wirken zu zeigen. Dann blickte er über seine Schulter auf Sittaford House. »Ein ziemlich düsterer Kasten, finde ich.«
»Ah, seit die beiden Damen drin wohnen, hat es sehr gewonnen. Viel Blumen, viel Kissen, die Möbel anders gerückt . . . Aber Sittaford ist überhaupt ein trostloses Nest, zum Sterben trostlos. Wie meine Tante hier so lange am Leben bleibt, ist mir unverständlich. Haben Sie schon das Katzengezücht gesehen? Ich mußte eins der Tiere heute morgen kämmen, und schauen Sie nur, wie es mich zugerichtet hat.« Er streckte einen Arm zur Besichtigung aus.
»O weh, das nenne ich Pech!«
»Nicht wahr? Wohin wollen Sie übrigens? Wenn Sie Sherlock Holmes spielen, möchte ich helfen.«
»Ließ Captain Trevelyan eigentlich seine Habseligkeiten hier, als er nach Exhampton übersiedelte?« fragte Charles Enderby möglichst beiläufig.

»Nein, meine Tante sagt, daß er alles, was nicht niet- und nagelfest war, weggeschleppt hätte. Angefangen bei den Elefantenfüßen und Nilpferdzähnen bis hin zu den Büchsen und Angelruten.«
»Beinahe, als ob er beabsichtigte, nicht zurückzukommen!«
»Wie, was? Meinen Sie, es läge ein Selbstmord vor?«
»Ein Mann, der sich mit einem Sandsack einen derartig wirkungsvollen Schlag auf den Hinterkopf beibringt, wäre ein Artist auf dem Gebiet des Selbstmords«, bemerkte Charles trokken.
»Freilich, das hatte ich nicht bedacht. Aber vielleicht haben ihn doch böse Vorahnungen heimgesucht«, grübelte Ronnie. Und plötzlich erhellte sich sein Gesicht. »Mr. Enderby, was meinen Sie? Ob ihm vielleicht Feinde auf den Fersen waren? Also schnürte er sein Bündel und machte sich aus dem Staub, den Willetts die Sorge für sein Haus anvertrauend?«
»Die Willetts sind selber ein bißchen verdächtig.«
»Ja, ich werde auch nicht ganz klug aus ihnen. Violet scheint allerdings das Leben in dieser Einöde zu gefallen; sie sagt, sie sei sehr glücklich hier. Nur heute ist sie ganz verdreht, aber vermutlich ist der Ärger mit dem Dienstpersonal daran schuld. Verstehen Sie, daß die Frauen sich deshalb so aufregen? Ist doch ganz einfach: Wer aufmuckt, fliegt!«
»Diese Regel haben ja wohl auch die Willetts befolgt, nicht wahr?«
»Ja, ich weiß. Trotzdem sind sie ganz aus dem Häuschen deshalb. Die Mutter hat sich hingelegt und stößt hysterische Schreie aus, und die Tochter beißt um sich wie eine Schildkröte.«
»Die Damen haben wohl von der Polizei Besuch gehabt?«
»Polizei?« Ronald Garfield riß die Augen auf. »Was haben die mit der Polizei zu schaffen?«
»Nun, es könnte doch sein. Ich hab jedenfalls heute morgen Inspektor Narracott in Sittaford gesehen.«
Jetzt ließ Mr. Garfield vor Bestürzung seinen Stock fallen und bückte sich, um ihn wieder aufzuheben.
»Wer, sagen Sie, war heute morgen in Sittaford? Inspektor Narracott?«

»Ja.«
»Ist das der Mann, der die Untersuchung in der Mordsache führt?«
»Ja.«
»Um Gottes willen, was will er denn hier? Wo haben Sie ihn gesehen?«
»Meines Erachtens schnüffelt er überall herum, um sich über Captain Trevelyans vergangenes Leben Klarheit zu verschaffen.«
»Soso. Er argwöhnt also nicht, daß einer der hier Ansässigen mit dem Verbrechen zu tun haben könnte?«
»Das kommt mir unwahrscheinlich vor.«
»Na? Die Polizei steuert meist in die falsche Richtung – wenigstens in Detektivromanen.«
»In Wirklichkeit beweist sie erstaunlich viel Klugheit und Scharfsinn. Natürlich, die Presse ist eine große Unterstützung für sie«, beeilte sich Enderby hinzuzufügen. »Aber wenn man einen Fall sorgfältig nachliest, muß man alle Hochachtung haben, wie sie ohne nennenswerte Anhaltspunkte die Mörder zur Strecke bringt.«
»Ja, ja . . . gewiß. Auch der Pearson ist rasch gefaßt worden. Der Fall scheint ja ziemlich klar zu sein.«
»Kristallklar!« sagte Charles Enderby. »Gut, daß man nicht auf Sie oder mich verfiel, he . . .? Jetzt muß ich einige Telegramme absenden. Mr. Garfield. Hier im Dorf wird offenbar nicht viel telegrafiert, denn wenn man ein Telegramm aufsetzt, das die Gebühr von einer halben Krone übersteigt, gerät man in Gefahr, für einen Irren gehalten zu werden.«
Der Korrespondent des *Daily Wire* schickte seine Telegramme ab, kaufte eine Schachtel Zigaretten, einige fragwürdig aussehende Schokoladenkekse und zwei sehr betagte Novellenbändchen. Hierauf kehrte er zu Mrs. Curtis' Häuschen zurück, warf sich auf sein Bett und schlief friedlich ein – in beneidenswerter Ahnungslosigkeit, daß er und seine Angelegenheiten, besonders Miss Emily Trefusis, ringsum erörtert wurden.
Man darf ohne Übertreibung sagen, daß es gegenwärtig in Sittaford nur drei Gesprächsstoffe gab. Einer war der Mord, ein anderer die Flucht des Zuchthäuslers, und der dritte Miss Tre-

fusis und ihr Vetter. Und tatsächlich bildeten sie in diesem Augenblick bei vier verschiedenen Unterhaltungen den Hauptgegenstand.

Die Unterhaltung Nr. 1 fand in Sittaford House zwischen Violet und ihrer Mutter statt, die infolge des fehlenden Personals gerade eigenhändig ihr Teegeschirr abgespült hatten.

»Mrs. Curtis erzählte es mir«, bemerkte Violet, noch immer blaß und matt.

»Die Geschwätzigkeit dieser Frau ist beinahe krankhaft«, seufzte ihre Mutter.

»Ich weiß, Mama. Miss Trefusis erwähnte heute vormittag zwar, daß sie bei Mrs. Curtis wohne, doch ich dachte nur deshalb, weil Miss Percehouse in ihren Räumlichkeiten beschränkt ist. Statt dessen scheint sie Miss Percehouse erst heute kennengelernt zu haben.«

»Mir ist diese Frau im höchsten Grade unangenehm!«

»Mrs. Curtis?«

»Nein, nein, die Percehouse. Ein gefährlicher Typ Mensch – sie lebt nur zu dem Zweck, möglichst viel über andere Leute auszukundschaften. Dieses wildfremde Mädchen hierherzuschikken wegen eines Tortenrezepts! Ich hätte ihr liebend gern eine vergiftete Torte zurückgesandt.«

»Vielleicht hätte ich Verdacht schöpfen müssen ...« begann Violet. Doch ihre Mutter unterbrach sie.

»Wieso, mein Kind? Es war sehr geschickt eingefädelt. Außerdem ist durch ihren Besuch kein Schaden angerichtet worden.«

»Aber weshalb kam sie?«

»Wahrscheinlich ohne einen bestimmten Grund. Sie wird überall herumspionieren. Weiß Mrs. Curtis genau, daß sie und James Pearson verlobt sind?«

»Miss Trefusis soll es Mr. Rycroft erzählt haben, aber Mrs. Curtis sagt, sie hätte es auch gleich vermutet.«

»Nun, dann ist das Ganze natürlich genug. Das arme Ding späht ziellos nach etwas aus, das helfen könnte.«

»Du hast sie nicht gesehen, Mama, sie ist nicht ziellos.«

»Ja, ich wünschte, ich hätte sie gesehen. Meine Nerven ließen mich aber heute vormittag völlig im Stich. Eine Nachwirkung von dem Verhör, das der Inspektor gestern anstellte.«

»Ach, Mama, du hast dich bewunderungswürdig benommen! Wenn ich nur nicht so eine Gans gewesen wäre. Ich schäme mich, daß ich mich unterkriegen ließ und ohnmächtig wurde. Und du so besonnen und ruhig ...«
»Mein Kind, ich habe es gelernt, mich im Griff zu haben«, sagte Mrs. Willett hart. »Hättest du dasselbe durchgemacht wie ich – aber Gott verhüte es! Ich vertraue fest darauf, daß vor dir ein glückliches, friedliches Leben liegt.«
Violet schüttelte den Kopf. »Ich habe Angst, Mama ...«
»Unsinn! Und was deine Ohnmacht angeht, so wird sie auch keine schlimmen Folgen haben, Violet.«
»Aber der Inspektor ... muß er nicht denken ...«
»Daß du bei der Erwähnung von James Pearson ohnmächtig wurdest? Ja, der wird sich allerdings seinen Teil denken, denn er ist kein Trottel. Doch was tut's? Er wird einen Zusammenhang argwöhnen ... und suchen ... und ihn nicht finden.«
»Meinst du wirklich?«
»Ausgeschlossen! Vertraue mir nur! Vielleicht war deine Ohnmacht eine glückliche Fügung; so wollen wir es jedenfalls betrachten.«
Die Unterhaltung Nr. 2 wurde in Major Burnabys Wohnung geführt und war insofern etwas einseitig, als Mrs. Curtis einen schweren Stand hatte, da der Major sie verschiedentlich innerhalb der letzten halben Stunde an die ihrer harrende Wäsche erinnerte.
»Genau wie meine Tante Belinda – hab ich heute morgen noch zu Curtis gesagt«, erläuterte Mrs. Curtis triumphierend. »Eine ganz Unergründliche und eine, die alle Männer um den kleinen Finger wickeln kann.«
Ein langes Grunzen kam als Antwort von Major Burnaby.
»Mit dem einen jungen Mann verlobt sein und mit einem anderen in der Welt herumziehen! Oh, die ist meiner Tante Belinda noch über. Und nicht aus Spaß treibt sie's so, o nein ... Wie gesagt, die ist ein tiefes Wasser. Und nun auch noch den jungen Mr. Garfield! Ihn wird sie eingewickelt haben, ehe Sie Halt sagen können. Niemals hat ein junger Mann ein dämlicheres Gesicht gemacht als er heute morgen –und das ist ein sicheres Zeichen.«

Sie holte tief Atem. »Gut, gut«, nutzte der Major schnell die Pause, »lassen Sie sich bitte nicht länger aufhalten, Mrs. Curtis.«
»Ja, Curtis wird auch seinen Tee haben wollen«, erwiderte sie, ohne sich vom Fleck zu rühren. »Ich habe zeitlebens nicht zu denen gehört, die herumstehen und schwatzen. Immer fix bei der Arbeit, das ist mein Wahlspruch. Übrigens, da wir gerade von der Arbeit reden, wie wär's, Sir, wenn ich Ihre Wohnung mal wieder gründlich sauber machte?«
»Nein!« rief Burnaby.
»Es ist aber schon einen Monat her.«
»Nein! Ich liebe es, meinen Kram auch im Dunkeln zu finden. Und nach so einem verdammten Hausputz liegt nichts mehr an seinem alten Fleck!«
Mrs. Curtis seufzte. Sie putzte, scheuerte und klopfte mit Leidenschaft.
»Captain Wyatts Haus vertrüge zum Frühjahr auch eine Generalreinigung«, meinte sie tadelnd. »Was versteht dieser kleine Inder schon von Sauberkeit?«
»Nichts geht über einen indischen Boy«, knurrte Major Burnaby. »Der kennt seinen Dienst und hält keine Reden.«
Aber diese bestimmt nicht verblümte Anspielung prallte an Mrs. Curtis ab, da sie in Gedanken inzwischen zu einem früheren Gespräch zurückgekehrt war.
»Zwei Telegramme hat sie bekommen – zwei innerhalb einer halben Stunde. Doch während mir der Schreck in alle Glieder fuhr, war sie beim Lesen so kühl wie ein Eiszapfen. Und dann sagte sie mir, daß sie nach Exeter fahren und nicht vor morgen zurück sein würde.«
»Hat sie den jungen Mann mitgenommen?« erkundigte sich der Major hoffnungsvoll.
»Nein, der ist noch da. So ein geselliger junger Herr! Er und sie gäben ein hübsches Paar ab.«
Grunzen von seiten des Majors.
»Nun will ich aber machen, daß ich fortkomme«, sagte Mrs. Curtis.
Der Hausherr wagte kaum zu atmen aus Angst, daß sie ihrem Vorsatz untreu werden könnte. Diesmal aber hielt Mrs. Amalia Curtis Wort, und die Tür schloß sich hinter ihr. Mit einem Seuf-

zer der Erleichterung zog Burnaby kräftig an seiner Pfeife, um hierauf einen Prospekt eines gewissen Bergwerksunternehmens zu studieren, der in derart schreiend optimistischer Art abgefaßt war, daß außer einer hilflosen Witwe und einem verabschiedeten Offizier jedermann mißtrauisch geworden wäre.
»Zwölf Prozent«, murmelte Major Burnaby, »das klingt recht gut . . .«
Im Nachbarhaus führte Captain Wyatt das große Wort.
»Männer, wie Sie einer sind, wissen nichts von der Welt«, sagte er zu Mr. Rycroft. »Sie haben nie gelebt; Sie haben sich niemals durchschlagen müssen.«
Mr. Rycroft erwiderte nichts. Es war so ungemein schwierig, dem Captain nicht das Falsche zu erwidern, daß es gewöhnlich sicherer war, sich jeder Entgegnung zu enthalten. Jetzt beugte sich Wyatt weit aus seinem Krankenstuhl.
»Wo ist die verteufelte Hündin geblieben . . .? Auffallend hübsche junge Dame, was?« fügte er hinzu.
Die Verknüpfung verschiedener Gedankengänge in seinem Gehirn war für ihn ganz natürlich, nicht aber für Mr. Rycroft, der ihn daher auch mit einem empörten Blick maß.
»Was treibt sie hier? Haben Sie eine Ahnung?« fragte der Captain. »Abdul . . .!«
»Sahib?«
»Wo ist Bully? Ist sie schon wieder ausgekniffen?«
»Bully ist in der Küche, Sahib.«
»Schön. Füttere sie nicht.« Er sank in seinen Stuhl zurück. »Was will sie hier? Mit wem soll sie sich hier überhaupt unterhalten? In Gesellschaft von euch alten Käuzen muß sie sich ja zu Tode langweilen. Zufällig habe ich heute morgen ein paar Worte mit ihr gewechselt und ich denke, daß sie angenehm überrascht war, einen Mann wie mich in dieser Umgebung zu finden.«
Selbstgefällig zwirbelte er seinen Schnurrbart.
»Sie ist die Verlobte James Pearsons«, erklärte Mr. Rycroft. »Pearson, Sie wissen, den man wegen Mordverdachts verhaftet hat.«
Das Glas Whisky, das Wyatt gerade an die Lippen führte, klirrte auf die Holzdielen. Sofort brüllte er nach Abdul und verfluchte ihn in allen Tonarten, weil er das Tischchen nicht in Reichweite gerückt hatte. Danach nahm die Unterhaltung ihren Fortgang.

»Also deshalb ist sie hier? Pah, viel zu gut für einen solchen Ladenschwengel! Ein Mädchen wie sie braucht einen wirklichen Mann.«
»Der junge Pearson sieht sehr gut aus«, wagte Mr. Rycroft einzuwenden.
»Sieht gut aus ... sieht gut aus – ein Mädchen braucht keinen geschniegelten Affen. Was weiß so ein junger Dachs, der jeden Tag, den Gott werden läßt, auf einem Büroschemel hockt, vom Leben? Welche Erfahrungen hat er in bezug auf die Wirklichkeit?«
»Vielleicht wird ihm die Erfahrung, des Mordes beschuldigt zu werden, vorläufig genügend Wirklichkeit sein«, kam es trocken zurück.
»Die Polizei ist sicher, daß er das Verbrechen begangen hat?«
»Sie muß doch ziemlich sicher sein, sonst hätte sie ihn nicht verhaftet.«
»Was heißt in diesem Winkel der Welt Polizei? Ein Haufen blöder Bauernlümmel!« meinte Wyatt verächtlich.
»Nicht ganz«, widersprach sein Besucher mutig. »Inspektor Narracott machte heute morgen auf mich den Eindruck eines sehr fähigen und tüchtigen Mannes.«
»Wo haben Sie ihn denn heute morgen gesehen?«
»Er suchte mich in meiner Wohnung auf.«
»Und mich suchte er nicht auf?« wütete Wyatt.
»Nun, Sie waren ja alles andere als ein Freund von Trevelyan.«
»Ich weiß nicht, was Sie meinen. Trevelyan war ein elender Geizhals, und das habe ich ihm ins Gesicht gesagt. Ich katzbuckelte nicht vor ihm wie all die übrigen Leute hier. Immer hereinplatzen ... hereinplatzen ... hereinplatzen! Zum Donnerwetter, wenn ich eine Woche, einen Monat oder ein Jahr keinen Menschen sehen will, so ist das meine Sache!«
»Sie haben auch jetzt eine Woche lang niemanden gesehen?«
»Nein. Und weshalb auch?« Der erzürnte Captain schlug mit der Faust auf die Tischplatte, so daß Mr. Rycroft merkte, daß er wie gewöhnlich etwas Falsches geäußert hatte.
»Dessenungeachtet hat die Polizei, wenn sie etwas über Trevelyan erfahren möchte, sich an mich zu wenden«, grollte Wyatt. »Ich habe mich in der Welt umgesehen und bin imstande, Men-

schen und Dinge vernünftig zu beurteilen. Was kann die Polizei schon erfahren, wenn sie sich an Zittergreise und alte Weiber wendet? Das Urteil eines Mannes – das ist's, worauf es ankommt.« Wieder sauste die Faust herab.
»Nun, ich denke, Inspektor Narracott und seine Beamten werden selbst wissen, worauf es ankommt.«
»Haben sie sich nach mir erkundigt?« begehrte Captain Wyatt zu wissen.
»Hm . . . ich . . . ich kann mich nicht genau erinnern.«
»Warum können Sie sich nicht erinnern? Sie leiden doch noch nicht an Altersschwachsinn.«
»Ich war vermutlich ein bißchen aufgeregt«, versuchte Mr. Rycroft den Erzürnten zu beschwichtigen.
»Aufgeregt waren Sie? Angst vor der Polizei . . .? Ich habe keine Angst vor ihr. Lassen Sie die nur herkommen, dann werde ich ihnen heimleuchten! Sie wissen wohl, daß ich vorgestern nacht eine Katze auf neunzig Meter Entfernung traf?«
»Wirklich?«
Die Angewohnheit des Captain, seinen Revolver auf tatsächlich vorhandene oder eingebildete Katzen abzufeuern, war eine böse Heimsuchung für die Nachbarschaft.
»Ich bin müde«, sagte Wyatt ohne jegliche Überleitung. »Noch einen guten Trunk, bevor Sie gehen?«
Als wohlerzogener Mann erhob sich Mr. Rycroft bei diesem Wink sofort, während der Captain ihn weiter zum Trinken nötigte. »Sie würden ein ganz anderer Kerl sein, wenn Sie tüchtig tränken. Ein Mann, der darin keinen Gefallen findet, ist überhaupt kein Mann.«
Aber der kleine Mr. Rycroft beharrte auf seiner Weigerung, da er schon einen Whiskysoda zu sich genommen hatte.
»Was für eine Teesorte können Sie mir empfehlen?« fragte Wyatt. »Ich verstehe von dem labbrigen Zeug nichts. Habe Abdul aufgetragen, Tee zu kaufen, weil ich vermute, daß das Mädel gern mal nachmittags bei mir Tee trinken möchte. Verdammt hübsches Küken! Ich muß mich ihrer ein bißchen annehmen, damit sie sich in dieser Einöde nicht zu Tode langweilt.«
»Unnötig, sie hat sich einen jungen Mann zur Gesellschaft mitgebracht«, sagte Mr. Rycroft.

»Von den jungen Männern heutzutage wird mir übel. Zu nichts nütze.«
Was sollte man darauf erwidern? Mr. Rycroft wußte es nicht und hielt es für richtiger, sich schleunigst zu verabschieden. Die Bullterrierhündin begleitete ihn unter tückischem Knurren bis zum Tor und bereitete ihm neue Sekunden voll Aufregung und Angst.
In Nr. 4 sprach Miss Percehouse mit ihrem Neffen Ronald.
»Wenn es dir Spaß macht, um ein Mädchen herumzuscharwenzeln, das keine Verwendung für dich hat, so will ich dir nicht dreinreden, Ronald. Besser tätest du allerdings daran, bei der kleinen Willett zu bleiben. Vielleicht hast du dort etwas mehr Aussichten, obwohl es mich gleichfalls unwahrscheinlich dünkt.«
»Oh, Tante Caroline!« widersprach Ronnie.
»Ferner möchte ich dir sagen, daß es deine Pflicht gewesen wäre, mich von der Anwesenheit des Inspektors in Sittaford zu benachrichtigen. Wer weiß, ob ich ihm nicht wertvolle Fingerzeige hätte geben können!«
»Liebe Tante, ich erfuhr es selbst erst, nachdem er schon wieder fort war.«
»Das sieht dir ähnlich, Ronnie, kennzeichnet dich voll und ganz.«
»Es tut mir leid, Tante Caroline.«
»Und wenn du Gartenmöbel anstreichst, so brauchst du dein Gesicht nicht auch mit Farbe zu beschmieren; es wird dadurch nicht veredelt. Du vergeudest nur Farbe.«
»Es tut mir leid, Tante Caroline.«
»Und jetzt belästige mich nicht länger«, sagte Miss Percehouse, die Augen schließend. »Ich fühle mich abgespannt.«
Ronnie malte mit der Fußspitze Figuren auf den Teppich und schaute sehr unbehaglich drein.
»Nun?« fragte das alte Fräulein scharf.
»Oh ... nichts ... nur ... ich überlegte, ob du mir wohl böse sein würdest, wenn ich morgen mal einen kleinen Ausflug nach Exeter machte?«
»Wozu?«
»Ich möchte dort einen Freund treffen.«
»Was für einen Freund?«

»Oh . . . einen Freund, den ich kürzlich kennenlernte.«
»Wenn ein junger Mann Lügen auftischen will, so soll er das wenigstens verstehen!« erwiderte Miss Percehouse.
»Aber . . . aber . . .«
»Nichts von Entschuldigungen.«
»Dann ist also alles okay? Ich darf gehen?«
»Was meinst du mit ›ich darf‹? Als ob du ein kleines Kind wärst! Du bist über einundzwanzig.«
»Gewiß. Ich meinte auch . . .«
Miss Percehouse schloß von neuem die Augen.
»Nicht wahr, ich habe dich schon einmal gebeten, mich nicht länger zu belästigen? Ich bin abgespannt und brauche Ruhe. Wenn aber der Freund, den du in Exeter treffen willst, Röcke trägt und Emily Trefusis heißt, so bist du ein noch größerer Esel, als ich dachte – das ist alles, was ich dir zu sagen habe.«
»Aber Tante Caroline . . .«
»Ich bin abgespannt, Ronald. Schluß jetzt!«

22

Charles Enderby dachte ohne jede Begeisterung an die ihm bevorstehende Nachtwache, von der er sich keinen Erfolg versprach. Emily – mit ihrer allzu lebhaften Phantasie – hatte den wenigen erlauschten Worten zweifellos eine Deutung beigelegt, die ihnen gar nicht zukam. Wenn ein Mensch müde ist, ersehnt er den Anbruch der Nacht, und wahrscheinlich war auch Mrs. Willett müde gewesen.
Verdrossen blickte er zum Fenster hinaus und erschauerte. Es war eine rauhe, neblige, naßkalte Nacht, die nicht im mindesten dazu einlud, im Freien herumzulungern und zu warten, ob sich wohl irgend etwas ereignete.
Trotzdem wagte er nicht, seinem heftigen Verlangen, im warmen Zimmer zu bleiben, nachzugeben. Er erinnerte sich der schmelzenden Stimme Emilys, als sie gesagt hatte: Ich muß das Gefühl haben, daß ich mich auf Sie verlassen kann! Und jetzt verließ sie sich auf ihn. Und er? Sollte er sich ihres Vertrauens unwürdig

erweisen? Wie? Jenes schöne, hilflose Mädchen im Stich lassen? Niemals!
Außerdem, überlegte er, während er mehrere Schichten Unterwäsche, Pullover und schließlich noch einen Mantel anzog, würden sich die Dinge verteufelt ungemütlich gestalten, wenn Emily bei ihrer Rückkehr herausfand, daß er seinem Versprechen untreu geworden war. Sie würde ihn abkanzeln, vielleicht auch ganz mit ihm brechen. Nein, dieser Gefahr durfte er sich nicht aussetzen! Was aber das erwartete nächtliche Ereignis anging – ja, wann und wo sollte es sich eigentlich zutragen? Er konnte doch nicht überall gleichzeitig sein! Und wenn es nun innerhalb der Mauern von Mrs. Willetts Residenz geschah? Nichts würde er dann davon hören und sehen!
»Das ist so richtig Weiberart«, nörgelte der junge Mann. »Zum Vergnügen nach Exeter fahren und mir die Dreckarbeit überlassen!«
Doch dann erinnerte er sich abermals der schmelzenden Stimme und schämte sich seines Zorns. Schnell stülpte er die Mütze auf und schlich sich, ohne daß es Mrs. Curtis' scharfes Ohr hörte, zum Haus hinaus.
Die Nacht war noch kälter und unfreundlicher, als er gedacht hatte. Ob Emily sich wohl vergegenwärtigte, welche Leiden er ihretwegen auf sich nahm? Hoffentlich! Seine Hand tastete nach der rückwärtigen Tasche und streichelte zärtlich eine dort verborgene Flasche.
»Des Mannes bester Freund!« murmelte er.
Mit geziemender Vorsicht pirschte er sich auf das feindliche Gebiet. Da die Willetts keinen Hund hielten, brauchte er in dieser Hinsicht wenigstens keine Sorge zu haben. Dunkel lag das Haus des ermordeten Captain da, mit Ausnahme eines erleuchteten Fensters im ersten Stock.
»Diese beiden Frauen mutterseelenallein in dem großen Kasten! Na, angenehm kann das auch nicht gerade sein . . .«
Er ging, einen gewissen Abstand innehaltend, rund um das Haus herum, doch soweit er sehen konnte, deutete nichts auf irgend etwas Ungewöhnliches hin. Hierauf stattete er der Garage, dem Geräteschuppen und sonstigen Nebengebäuden einen Besuch ab und überzeugte sich, daß sie sämtlich verschlossen waren.

»Gott gebe, daß sich etwas ereignet!« seufzte Charles, als die Stunden dahinschlichen, und nahm einen tüchtigen Schluck aus der Flasche. »So eine Kälte habe ich noch nie erlebt. Armer, lieber Vater, was mußt du an der Front durchgemacht haben!«
Er blickte auf seine Uhr. Was, erst Viertel vor zwölf? Und er hatte die Morgendämmerung schon nahe gewähnt!
Ein unerwarteter Laut ließ ihn die Ohren spitzen, ein Laut, als ob jemand vorsichtig einen Riegel zurückzöge. Behende von Busch zu Busch springend, wagte Charles sich näher ans Haus heran. Ja, sein Gehör hatte ihn nicht getäuscht: Die kleine Seitentür wurde langsam geöffnet. Eine dunkle Gestalt stand auf der Schwelle und spähte offenbar besorgt in das Dunkel hinaus.
»Mrs. oder Miss Willett«, sagte der nächtliche Kundschafter zu sich selbst. »Aber ich vermute, es ist die blonde Violet.«
Nach zwei Minuten schloß die spähende Frau geräuschlos die Tür und begann sich in der dem Haupteingang entgegengesetzten Richtung zu entfernen. Wie Enderby wußte, führte der Pfad, den sie einschlug, durch ein kleines Wäldchen hinaus aufs freie Moor.
Jetzt ging die Gestalt ganz nahe an dem Busch vorüber, hinter dem Charles Enderby kauerte, so nahe, daß er Violet Willett, in einen langen Mantel gehüllt und eine Baskenmütze auf dem Kopf, deutlich erkannte. Ahnungslos schritt sie weiter, und Charles folgte ihr, so schnell er es vermochte. Er fürchtete weniger, gesehen als gehört zu werden, und infolge der Vorsicht, zu der er gezwungen war, gewann Violet bisweilen einen ziemlichen Vorsprung. Einmal glaubte er sie schon gänzlich verloren zu haben, doch als er sich auf dem gewundenen Pfad durch das Wäldchen hindurchgearbeitet hatte, sah er sie in geringer Entfernung vor sich stehen. Hier wurde die niedrige Mauer, die den Besitz umschloß, durch ein kleines Tor unterbrochen, und an diesem Tor lehnte Violet Willett.
Charles kroch so nahe wie möglich heran und wartete. Die Zeit verstrich. Miss Willett hatte eine Taschenlampe bei sich, die sie eine Sekunde lang anknipste, um den grellen Strahl auf ihre Armbanduhr zu richten. Dann lehnte sie sich wieder in derselben Haltung angespannter Erwartung über das Tor. Und plötzlich vernahm Charles einen leisen, zweimal wiederholten Pfiff.

Er sah, wie das Mädchen den Kopf hob und, noch weiter über das Gatter hinausgebeugt, den Pfiff ebenso leise erwiderte. Und nun tauchten mit überraschender Schnelligkeit die Umrisse eines Mannes aus Nacht und Nebel auf. Ein halbunterdrückter Ausruf von Violets Lippen ... Sie bewegte sich einen oder zwei Schritte nach rückwärts, das Pförtchen flog nach innen auf, und der Mann eilte zu ihr. Hastiges Getuschel!

Charles Enderby, der die Worte nicht verstehen konnte, bewegte sich noch weiter voran, etwas unvorsichtig, so daß ein Zweig unter seinem Fuß knackte, und sofort fuhr der Unbekannte herum.

Enderby versuchte, sich wieder in das schützende Strauchwerk zurückzuziehen, doch der Fremde hatte ihn bereits erblickt.

»Halt, Sie da! Was treiben Sie hier?«

Mit einem Satz sprang er auf Charles los, der eine Wendung machte und den Angreifer geschickt packte. Im nächsten Augenblick wälzten sie sich ineinander verkeilt am Boden. Aber das Ringen währte nicht lange. Charles' Gegner war bei weitem der schwerere und stärkere; er kam wieder auf die Füße, den anderen mit sich emporreißend.

»Knips das Licht an, Violet«, befahl er, »damit wir uns den Burschen mal näher betrachten können.«

Miss Willett, die bebend ein paar Schritte zurückgewichen war, wagte sich wieder nach vorn und richtete den Lichtkegel auf Enderbys Gesicht.

»Es muß der Mann sein, der im Dorf wohnt«, sagte sie. »Ein Journalist.«

»So, ein Journalist? Die Brut mag ich nicht. Was schleichen Sie hier nächtlicherweile herum, Sie Stinktier, auf fremdem Grund und Boden?«

Die Taschenlampe schwankte in Violets Hand, und dank dem Strahl, der jetzt den Fremden traf, konnte Enderby ihn zum erstenmal richtig sehen. Sekundenlang hatte ihn die wilde Vorstellung befallen, es könnte sich um den entwichenen Sträfling handeln, dem Mrs. Willett Unterschlupf gewähren wollte. Doch dies hier war ein junger, vielleicht vierundzwanzigjähriger Mann, breitschultrig, groß, von einem Selbstbewußtsein, das kein gehetzter Verbrecher aufzubringen vermochte.

»Wie heißen Sie?« herrschte er den Korrespondenten des *Daily Wire* an.
»Mein Name ist Charles Enderby. Doch leider haben Sie mir den Ihrigen nicht genannt.«
»Sparen Sie sich Ihre Unverschämtheiten!«
Da kam Charles eine Eingebung wie aus heiterem Himmel – ohne jede Beweisgrundlage. Aber hatte ihn nicht bereits mehr als einmal ein scheinbar unsinniger Einfall gerettet?
»Trotzdem glaube ich, daß ich ihn erraten kann«, sagte er ruhig.
»Was . . .?« stieß der andere ziemlich betreten hervor.
»Ich glaube, daß ich das Vergnügen habe, mit Mr. Brian Pearson aus Australien zu sprechen.«
Eine Pause, in der man nichts hörte als das Atmen der drei Menschen. Eine lange, inhaltsreiche Pause.
»Keine Ahnung, woher Sie Teufelskerl das wissen«, erwiderte der Fremde endlich, »aber Sie haben recht. Ich heiße tatsächlich Brian Pearson.«
»Sehr angenehm«, versicherte Charles mit einer leichten Verbeugung. »In diesem Fall schlage ich vor, daß wir unser Gespräch in Mrs. Willetts Haus fortsetzen.«

23

Major Burnaby saß vor seinem ledergebundenen Kontobuch, in das er als ordnungsliebender Mann die gekauften und verkauften Aktien sowie den entstandenen Verlust oder Gewinn einzutragen pflegte. Meistens allerdings ergab sich ein Verlust, denn wie viele Offiziere im Ruhestand lockte den Major ein hoher Zinsfuß mehr als ein bescheidener, jedoch mit Sicherheit verbundener Prozentsatz.
»Und diese Ölquellen schienen so aussichtsreich«, knurrte er. »Doch jetzt? Beinahe so miserabel wie die Diamantminen! Landbesitz in Kanada, das wäre eine gesunde Geldanlage.«
Seine Überlegungen wurden unterbrochen, als Mr. Ronald Garfields Kopf am offenen Fenster auftauchte.
»Hallo, ich störe hoffentlich nicht?« rief Ronald fröhlich.

»Wenn Sie mich besuchen wollen, so gehen Sie bitte durch die Haustür. Und trampeln Sie mir nicht auf meiner Steingartenanlage herum; augenblicklich stehen Sie mitten drin.«
Ronnie zog sich mit einer gestotterten Entschuldigung wieder auf den Weg zurück und fand sich Sekunden später beim Vordereingang ein.
»Putzen Sie sich die Füße ordentlich auf der Matte ab!« schrie von drinnen der Major, der junge Männer als eine lästige Plage empfand. Der einzige, für den er ein wenig Zuneigung fühlte, war der Journalist Charles Enderby.
»Ein vorbildlich netter Junge!« hatte Major Burnaby nach ihrem letzten Zusammensein geurteilt. »Und wie empfänglich für alles, was man ihm erzählt, wie interessiert zum Beispiel für meine Erlebnisse im Burenkrieg . . .«
Ronnie Garfield konnte sich solchen Wohlwollens nicht rühmen. Tatsächlich erboste sich der Major über alles, was der unglückselige Ronnie sagte oder tat. Indes – Gastfreundschaft ist Gastfreundschaft.
»Einen Whiskysoda?« bot Major Burnaby, der Tradition getreu, an.
»Nein, danke. Ich kam nämlich nur vorbei, um zu sehen, ob wir nicht ein Abkommen treffen können. Ich wollte heute nach Exhampton fahren und höre von Elmer, daß er Ihnen schon seinen Wagen vermietet hat.«
Burnaby nickte.
»Muß hin, um Trevelyans Sachen zu holen«, erklärte er. »Die Polizei hat sie freigegeben.«
»Ja, und ich möchte unbedingt heute nach Exhampton«, sagte Ronnie, ziemlich verlegen. »Unbedingt heute. Und . . . und . . . wenn wir nun zusammen fahren und die Kosten teilen?«
»Meinetwegen, obwohl Ihnen die zehn Kilometer hin und zehn Kilometer zurück zu Fuß sehr gut bekommen würden. Wie faul die heutige Jugend doch ist! Wenn ich nicht den Wagen brauchte, um die Habseligkeiten Trevelyans nach hier zurückzuschaffen, ginge ich zu Fuß. Verweichlichung! Das ist der Fluch, der auf Ihrer Generation lastet.«
»So sportgestählt und kräftig wie Sie bin ich freilich nicht«, räumte Mr. Garfield sanft ein. »Elmer sagte, daß Sie den Wagen

für elf bestellt hätten, stimmt das? Gut, dann werde ich mich pünktlich einfinden.«

Pünktlichkeit schien aber nicht zu Ronnies Tugenden zu zählen, und als er zehn Minuten nach der verabredeten Zeit zur Tür hereinspazierte, kochte der Major bereits vor Wut und war durchaus nicht gewillt, sich durch eine Entschuldigung besänftigen zu lassen.

Wenn diese alten Grauköpfe nur wüßten, wie lächerlich sie mit ihrer albernen Kleinlichkeit sind! dachte Ronald Garfield, in den Wagen kletternd. Und ein paar Minuten lang ergötzte er sich an der Vorstellung einer Heirat zwischen Major Burnaby und seiner Tante. Wer dabei wohl den kürzeren zöge? Tante Caroline gewiß nicht. Ha, wie sie in die Hände klatschen und durchdringende Schreie ausstoßen würde, um den Ehegatten Burnaby an ihre Seite zu rufen! Aber dann verbannte er diese köstlichen Bilder aus seinem Hirn und begann eine seines Erachtens sehr fesselnde und gewandte Unterhaltung.

»Sittaford ist ja plötzlich ein Treffpunkt für die interessantesten Leute geworden, wie?« sagte er. »Miss Trefusis, dann dieser Enderby und nun auch noch dieser Gast aus Australien! Wann ist er eigentlich eingetroffen? Heute morgen sieht man ihn in voller Lebensgröße durchs Dorf spazieren, und niemand hat seine Ankunft bemerkt. Meine Tante ist vor Ärger schon ganz blau im Gesicht geworden.«

»Er wohnt bei den Willetts«, erwiderte Major Burnaby knurrend.

»Ich weiß. Doch wie und wo kam er an? Selbst die Willetts haben kein Privatflugzeug. Ich meine, da ist ein verdächtiges Dunkel um diesen Pearson; außerdem hat er so einen unangenehmen, heimtückischen Blick – einen sehr heimtückischen. Auf mich macht er den Eindruck, als könnte er den guten alten Trevelyan auf dem Gewissen haben.«

Major Burnaby äußerte sich hierzu nicht.

»Leute, die in die Kolonien verschwinden, haben meistens etwas auf dem Kerbholz und werden von den Verwandten abgeschoben. Und so wird es wohl auch mit ihm gewesen sein. Na ja, und dann ist der Taugenichts mit leeren Taschen zurückgekommen, hat bei dem reichen Onkel vorgesprochen und ihn, als dieser trotz Weihnachtszeit nichts herausrücken wollte, niedergeschlagen. Wenn das nicht einleuchtet . . .!«

»Ich würde die Polizei darauf aufmerksam machen«, riet der Major.

»Wollen Sie das nicht an meiner Stelle tun?« fragte Ronnie, der den Spott fühlte. »Sie stehen doch sehr gut mit Inspektor Narracott, nicht wahr? Hat er übrigens noch einmal in Sittaford herumgeschnüffelt?«

»Weiß nicht.«

»Sie treffen ihn heute nicht in Exhampton?«

»Nein.«

Die Kürze von Burnabys Antworten schien schließlich auf Ronnie Eindruck zu machen. Er sagte noch den recht unklaren Satz: »Ja, ja, so ist es«, und verfiel dann in Schweigen.

In Exhampton hielt der Wagen vor den »Three Crowns«. Ronald Garfield sprang heraus und schlenderte, nachdem die Rückfahrt für halb fünf vereinbart worden war, in Richtung Hauptgeschäftsstraße davon, während der Major zunächst Mr. Kirkwood aufsuchte. Nach ein paar höflichen Worten nahm er die Schlüssel und ging zu dem Haus, wo sein Freund auf so tragische Weise ums Leben gekommen war.

Der treue Evans wartete bereits auf der Schwelle. Mit grimmigem Gesicht steckte der Major den Schlüssel in die Vordertür und betrat das stille, verwaiste Haus. Evans folgte ihm dicht auf den Fersen. Er war seit jener unheilvollen Nacht nicht wieder hier gewesen, und trotz seines Vorsatzes, keine Schwäche zu zeigen, schauderte er leicht zusammen, als sie durch das Wohnzimmer gingen.

In wortkarger Einträchtigkeit arbeiteten die beiden Männer zusammen. Wenn der eine eine kurze Bemerkung machte, wurde sie von dem anderen gebührend gewürdigt und verstanden.

»Unangenehme Aufgabe, aber sie muß erfüllt werden«, sagte Burnaby, und Evans, der Pyjamas nachzählte und Socken und Strümpfe zu Häuflein schichtete, erwiderte:

»Sie mutet einen unnatürlich an. Doch, was hilft's?« Und flink und gewandt ordnete er weiter.

Gegen ein Uhr machten sie eine Pause, um in den »Three Crowns« ein schnelles Mahl einzunehmen. Als sie dann an ihre

Arbeitsstätte zurückkehrten, packte der Major, gerade als die Haustür ins Schloß fiel, plötzlich Evans' Arm.
»Hören Sie die Schritte oben?« flüsterte er. »Es ist ... es ist in Joes Schlafzimmer.«
»Mein Gott, Sir, Sie haben recht!«
Sekundenlang lähmte sie ein abergläubischer Schreck, bis der Major ärgerlich die Achseln zuckte, als wollte er etwas abschütteln, und auf die Treppe zuschritt.
»Wer ist da?« brüllte er nach oben. »Kommen Sie augenblicklich herunter!«
Zu seiner größten Überraschung und Wut erschien Ronnie Garfield am Kopf der Treppe.
»Ich habe Sie gesucht«, meinte er mit einem dämlichen Grinsen.
»Was heißt das? Was wollen Sie von mir?«
»Nur sagen, daß ich um halb fünf nicht zur Stelle sein kann, da ich noch nach Exeter weiterfahre. Warten Sie deshalb bitte nicht auf mich; ich werde zur Rückfahrt einen Wagen in Exhampton mieten.«
»Wie sind Sie hier reingekommen?« fragte der Major unwirsch.
»Die Tür war offen, und ich dachte natürlich, Sie seien bei der Arbeit.«
Der Major drehte sich nach Evans um.
»Haben Sie nicht abgeschlossen, als wir gingen?«
»Nein, Sir. Sie hatten ja den Schlüssel, nicht ich.«
»Wie dumm von mir!« murmelte Burnaby.
»Sie sind mir doch nicht böse?« erkundigte Ronnie sich. »Weil ich unten niemanden antraf, ging ich nach oben und sah dort nach.« Langsam kam er die Treppe herunter. »Sagen Sie mir, Major Burnaby, wo ... wo hat man ihn denn gefunden?«
Des Majors Daumen wies in Richtung Wohnzimmer.
»Darf ich mal einen Blick hineinwerfen?«
»Wenn Sie durchaus wollen«, knurrte der alte Herr.
Ronald Garfield verschwand im Wohnzimmer, und als er wieder in der Diele auftauchte, war dort nur noch Evans anwesend, während man den Major oben herumpoltern hörte. Evans glich einer Bulldogge, die das Eigentum ihres Herrn bewacht, und seine kleinen, tiefliegenden Augen beobachteten den jungen Garfield mit boshaftem Blick.

»Ich habe mir immer eingebildet, Blutflecke könnte man niemals fortwaschen«, begann Ronnie. »Ach, ich vergaß, daß der Alte ja weder erschossen noch erstochen, sondern niedergeschlagen wurde. Mit so einem Ding, was?« Er nahm ein langes, schmales Polster auf, das gegen eine der anderen Türen lehnte, und wog es nachdenklich in der Hand. »Ein hübsches kleines Werkzeug, he? Puh, wie das niedersaust!«
Evans sah diesen Versuchshieben in verbissenem Stillschweigen zu.
»Ja, dann gehe ich jetzt wohl besser«, meinte Ronald Garfield, der sich bei diesem Schweigen etwas ungemütlich fühlte. »Ich fürchte, mich nicht ganz taktvoll benommen zu haben.« Er machte eine nicht mißzuverstehende Kopfbewegung nach dem oberen Stockwerk hinauf. »Die beiden sind ja unzertrennliche Kameraden gewesen. So, jetzt gehe ich aber wirklich. Tut mir leid, daß ich meine Zunge nicht besser im Zaum hatte.«
Evans verharrte reglos wie eine Salzsäule in der Diele, bis er draußen das Gartentor hinter Mr. Garfield zuknallen hörte. Nun erst suchte er den Major auf und kniete, ohne ein Wort über den Störenfried zu verlieren, vor dem Schrank nieder und widmete sich wieder emsig dem Packen.
Gegen halb vier war das Werk getan. Ein Stoß Kleidungsstücke und Wäsche wurde Evans zugeteilt, und ein anderer kunstgerecht verschnürt, um ans Seemannswaisenhaus geschickt zu werden. Papiere und Rechnungen waren gesichtet und, sofern von Wert, in einer Mappe untergebracht worden. Als letztes erhielt Evans den Auftrag, wegen der Lagerung der verschiedenen Sportgeräte, Jagdtrophäen und Tierköpfe, für die Burnabys Cottage nicht genug Platz bot, mit einer ortsansässigen Firma zu verhandeln.
Als all dies geordnet war, räusperte sich Evans nervös: »Verzeihung, Sir, aber ... aber ich möchte gern wieder einen Herrn haben, für den ich sorgen kann, wie ich es für Captain Trevelyan getan habe.«
»Ja, ja, Sie dürfen sich jederzeit auf mich berufen. Ich werde Sie gern empfehlen, Evans.«
»Verzeihung, so meinte ich es nicht ganz, Sir. Rebekka und ich haben es hin und her hüberlegt und dachten, ob ... ob Sie uns nicht in Dienst nehmen würden?«

»Aber Evans! Sie wissen doch, daß ich allein haushalte. Einmal am Tag kommt Mrs. Curtis rüber, räumt auf und kocht mir eine Kleinigkeit. Mehr – ja, mehr gestatten mir meine Verhältnisse nicht.«
»Sir, uns kommt es nicht auf den Lohn an«, sagte Evans rasch. »Ich hing sehr am Captain, und ... und ... nun, wenn ich in Zukunft Sie betreuen dürfte, dann würde ich den Verlust nicht so fühlen.«
Der Major schluckte und wandte die Augen ab. »Sehr anständig von Ihnen, Evans – auf mein Wort. Ich ... ich will es mir überlegen.«
Und wie auf der Flucht rannte er zum Gartentor hinaus.
Evans blickte ihm mit einem verständnisvollen Lächeln nach. »Sie ähneln sich wie ein Ei dem anderen, er und der Captain«, murmelte er. Doch dann wich das Lächeln einem Ausdruck der Verblüffung.
»Wo sind sie nur hingeraten ...? Wirklich sonderbar! Ich muß doch mal Rebekka fragen, was sie davon hält.«

24

»Ich bin nicht sehr zufrieden, Sir«, sagte Inspektor Narracott.
Sein Vorgesetzter sah ihn fragend an.
»Nein, durchaus nicht so zufrieden wie am Anfang.«
»Sie meinen, wir hätten den falschen Mann festgenommen?«
»Kurz gesagt: Während zuerst alles und jedes in die eine Richtung wies, hat die Sache jetzt ein anderes Gesicht erhalten.«
»Das Beweismaterial gegen Pearson wird dadurch aber nicht berührt.«
»Das wohl nicht. Aber jetzt ist noch ein zweiter Pearson aufgetaucht, von dessen Existenz ich zwar wußte, dem ich bislang jedoch keine Beachtung schenkte weil ich ihn in Australien wähnte. Statt dessen sitzt er die ganze Zeit über in England! Anscheinend hat er die Überfahrt auf demselben Dampfer wie die Willetts gemacht und dabei sein Herz an die hübsche Violet verloren. Am Donnerstag vergangener Woche verließ er das

Ormsby Hotel am Russell Square, wo er bis dahin gewohnt hatte, und fuhr nach Paddington; über seinen weiteren Aufenthalt bis Dienstag nacht, als Enderby mit ihm zusammenprallte, verweigert er jede Aussage.«

»Haben Sie ihm die Unzulässigkeit solchen Verhaltens vor Augen geführt?«

»Jawohl. Er behauptet, er hätte mit dem Verbrechen nichts zu tun, und unsere Sache sei es, das Gegenteil zu beweisen. Was er aber mit seiner Zeit angefangen hätte, das ginge uns nichts an.«

»Das ist toll!«

»Wir dürfen auch nicht übersehen, daß James Pearson eigentlich nicht der Typ ist, der einem alten Mann den Schädel einschlägt – Brian Pearson schon eher. Das ist ein anmaßender Hitzkopf, und er zieht – vergessen wir das nicht! – aus dem Tod des Onkels den gleichen Nutzen wie sein Bruder James. Gewiß, er besuchte mich heute morgen mit Enderby; frisch und flott, offen und ehrlich, so gab er sich. Aber ich lasse mir keinen Sand in die Augen streuen.«

»Hm . . . Sie meinen . . .«

»Weshalb kam er nicht früher zum Vorschein? Sonnabend war über die Ermordung seines Onkels in sämtlichen Zeitungen zu lesen, Montag wurde sein Bruder verhaftet – und das Bürschchen gibt kein Lebenszeichen von sich. Was bedeutet dieses sonderbare Verhalten? Wahrscheinlich wüßten wir heute noch nichts von ihm, wenn Enderby nicht zu mitternächtlicher Stunde im Garten von Sittaford House über ihn gestolpert wäre.«

»Was machte er denn dort? Enderby meine ich.«

»Sie kennen doch die Journalisten!« entgegnete Narracott achselzuckend. »Immer die Nase im Wind.«

»Mein Lieber, sie sind sehr oft eine arge Plage. Obwohl man ihnen eine gewisse Nützlichkeit nicht ganz absprechen kann«, setzte der Chef lachend hinzu.

»Ich vermute, daß Miss Trefusis, die mehr Verstand zu haben scheint als mancher Mann, ihn auf die Fährte hetzte. Ihr entgeht so leicht nichts.«

»Und welche Erklärung gibt Brian Pearson für das nächtliche Stelldichein?«

»Daß er sich mit seiner Herzensdame nur deshalb zu so später

Stunde verabredet hätte, damit die Mutter nichts davon merken sollte.« Aus Narracotts Stimme sprach deutlich sein Unglaube. »Meiner Meinung nach, Sir, wäre Brian Pearson wieder heimlich nach Australien zurückgekehrt und hätte von dort aus seine Erbschaftsansprüche geltend gemacht.«

»Wie muß er dieses naseweise Journalistengezücht verflucht haben!« schmunzelte der Chef.

»Und noch etwas anderes ist ans Tageslicht gekommen«, berichtete der Inspektor weiter. »Von den drei Geschwistern Pearson ist eine mit Martin Dering, dem Schriftsteller, verheiratet, der behauptete, daß er den fraglichen Nachmittag in Gesellschaft eines amerikanischen Verlegers verbracht und abends an einem literarischen Dinner teilgenommen habe. Aber offenbar ist er dem Dinner ferngeblieben.«

»Wer sagt das?«

»Enderby.«

»Diesen Mr. Enderby muß ich kennenlernen, Narracott. Er ist ja das lebende Informationsbüro bei diesem Mordfall. Ob der *Daily Wire* wohl über viele solcher fähiger Köpfe verfügt?«

»Freilich kann das wenig oder nichts bedeuten«, fuhr der Inspektor fort, ohne die Frage nach der Fähigkeit der *Daily-Wire*-Mitarbeiter zu beantworten. »Captain Trevelyan wurde vor sechs Uhr getötet, wodurch die Frage, wo Dering den Abend verbrachte, an Bedeutung verliert. Aber warum lügt er? Das gefällt mir nicht, Sir.«

»Nein. Es scheint ein bißchen unnötig.«

»Und es läßt einen vermuten, daß das Ganze nicht stimmt. Immerhin könnte Dering Paddington mit dem Zwölfuhrzehnzug verlassen haben. Er kam dann kurz nach fünf in Exhampton an, tötete den alten Herrn, benutzte zur Rückfahrt den Sechsuhrzug und traf vor Mitternacht wieder zu Hause ein. Auf jeden Fall lohnt sich eine Nachprüfung, Sir, auch was die finanzielle Seite angeht, denn wer Mrs. Dering nur einmal gesehen hat, weiß, daß sie ihr Erbteil widerstandslos ihrem Gatten aushändigen würde.«

»Ich will Ihnen nicht dreinreden, Narracott. Sie scheinen tatsächlich das Gefühl zu haben, daß wir einen Unschuldigen verdächtigen, obgleich das Belastungsmaterial gegen ihn geradezu erdrükkend ist.«

»Zugegeben. Und auf Grund dieses Belastungsmaterials würde jedes Gericht Pearson verurteilen. Dennoch, Sir: Ich halte ihn nicht für den Mörder.«
»Und seine junge Verlobte bemüht sich nicht weniger als Sie, seine Unschuld zu beweisen?«
»Miss Trefusis? Ja, sie ist ein großartiger Mensch und setzt seinetwegen Himmel und Hölle in Bewegung. Der findige Enderby muß nach ihrer Pfeife tanzen und laufen und rennen, wie sie es für gut hält. Sie ist viel zu schade für diesen Mr. James Pearson, von dessen Charakter ich keine sehr hohe Meinung hege.«
»Aber wenn Miss Trefusis eine so tatkräftige junge Dame ist, wird sie gern einen Mann haben wollen, den sie lenken kann«, sagte Narracotts Vorgesetzter.
»Nun ja, über Geschmack läßt sich nicht streiten!« führte der Inspektor sein Lieblingswort an. »Also Sie pflichten mir bei, Sir, daß ich Derings Alibi unverzüglich überprüfen sollte?«
»Ja, ich halte es ebenfalls für zweckmäßig.«

Es war reichlich fünf Stunden später, als Inspektor Narracott abermals in das Wohnzimmer des Ehepaars Dering geführt wurde. Das Mädchen hatte ihm gesagt, daß Mr. Dering nicht bei seiner Arbeit gestört werden dürfe, doch Narracott ließ sich nicht abweisen, sondern zog seine Visitenkarte hervor und verlangte, dem Hausherrn gemeldet zu werden. Während er auf Martin Derings Erscheinen wartete, ging er unablässig im Zimmer auf und ab, nahm bald diesen, bald jenen Gegenstand in die Hand und legte ihn nach kurzer Besichtigung an seinen Platz zurück. Die Zigarettendose aus australischem Yarraholz, hm ... wahrscheinlich ein Geschenk Brian Pearsons. Dies alte, zerlesene Buch »Stolz und Vorurteil« – merkwürdiger Titel!
Jetzt schlug er den Einbanddeckel auf und sah auf der ersten Seite in ziemlich verblaßter Tinte den Namen Martha Rycroft. Irgendwie kam ihm dieser Name bekannt vor, doch er wußte im Augenblick nicht, weshalb. Und ehe er noch weiter überlegen konnte, trat Martin Dering ins Zimmer.
»Guten Tag, Mr. Dering«, sagte der Inspektor, während er den mittelgroßen Mann mit dem sehr dichten kastanienbraunen Haar und den dicken roten Lippen einer schnellen Musterung unter-

zog. »Ich bedaure außerordentlich, daß ich Sie Ihrer Arbeit für kurze Zeit entreißen muß. Es handelt sich darum, daß mir Ihre Gattin bei meinem ersten Besuch versicherte, ihr Bruder lebe in Australien, und zwar in Neusüdwales, während unsere Nachforschungen ergaben, daß er bereits seit zwei Monaten in England weilt.«

»Brian in England?« Derings Erstaunen schien echt zu sein. »Ich versichere Ihnen, Inspektor, daß ich keine Ahnung davon hatte.«

»Ihr Schwager hat sich nicht mit Ihnen in Verbindung gesetzt?«

»Nein. Ich weiß sogar zufällig, daß Sylvia ihm innerhalb der letzten beiden Monate zwei Briefe nach Australien geschrieben hat. Eine Zigarette, Inspektor ...? Übrigens habe ich gelesen, daß Sie Ihren entsprungenen Sträfling wieder eingefangen haben.«

»Ja, Dienstag nacht. Er hat Pech gehabt mit dem Nebel und ist, ohne es zu merken, immer im Kreis herumgeirrt, so daß er nach einer Wanderung von ungefähr dreißig Kilometern doch schließlich nur einen Kilometer von Princetown entfernt war.«

»Unglaublich, wie man im Nebel die Orientierung verliert! Ein Glück für ihn nebenbei, daß er nicht Freitag geflohen ist, sonst hätte man den Mord zweifellos dem armen Burschen in die Schuhe geschoben.«

»Ah, er ist ein gefährlicher Verbrecher – Freibeuter-Freddy lautet sein Spitzname. Raub unter Anwendung von Gewalt, Überfälle ... Er führt ein erstaunliches Doppelleben, verbrachte die Hälfte der Zeit als ein gebildeter, geachteter, reicher Mann, bis ihn plöztlich eine Art verbrecherischer Trieb überfiel. Dann verschwand er und gab sich mit dem übelsten Gesindel ab. Ich bin keineswegs sicher, ob er nicht eher in ein Irrenhaus als nach Princetown gehört.«

»Den wenigsten gelingt wohl die Flucht von dort, nicht wahr?«

»Sie ist so gut wie unmöglich. Aber diese letzte Flucht war ungemein gut vorbereitet und ausgeführt. Wir sind der Sache immer noch nicht ganz auf den Grund gekommen.«

»Also, Inspektor« – Dering erhob sich und sah auf die Uhr. »Wenn Sie weiter nichts haben ... ich bin ein sehr beschäftigter Mann.«

»O ja, Mr. Dering, ich habe noch etwas. Ich möchte nämlich wissen, weshalb Sie behaupten, Freitag abend an dem Dinner im Cecil Hotel teilgenommen zu haben?«
»Ihre Frage – verstehe ich nicht, Inspektor.«
»Das glaube ich nicht, Mr. Dering. Sie waren gar nicht bei dem Dinner.«
Martin Dering zögerte. Seine Augen schweiften unruhig vom Gesicht des Besuchers zur Zimmerdecke, von hier zur Tür, von dort zu den Fenstern und schließlich zu seinen Füßen.
Ruhig und unerschütterlich wartete Narracott.
»Nun, und wenn ich nicht dagewesen wäre?« sagte Martin Dering endlich. »Was, zum Kuckuck, hat das mit Ihrem Kram zu tun? Was kümmert Sie meine Anwesenheit oder mein Fernbleiben – fünf Stunden, nachdem mein Onkel ermordet wurde?«
»Sie haben Angaben gemacht, Mr. Dering, von denen ein Teil sich bereits als unwahr herausgestellt hat. Jetzt werde ich auch die andere Hälfte untersuchen. Sie sagten, Sie hätten mit einem Freund zusammen den Lunch eingenommen und mit ihm auch den Nachmittag verbracht.«
»Ja, mit einem amerikanischen Verleger.«
»Sein Name?«
»Rosenkraun. Edgar Rosenkraun.«
»Adresse?«
»Er ist vergangenen Sonnabend abgereist.«
»Nach New York?«
»Ja.«
»Dann befindet er sich gegenwärtig auf See. Welches Schiff nahm er?«
»Ich . . . ich kann mich wirklich nicht entsinnen.«
»Die Cunard oder den White Star?«
»Auch das ist mir entfallen.«
»Das schadet nichts«, warf der Inspektor hin. »Wir werden einfach an seinen Verlag in New York kabeln. Dort wird man es wissen.«
»Er nahm die Gargantua«, sagte Mr. Dering trotzig.
»Danke. Ich dachte mir, daß Sie sich bei ernstlichem Bemühen erinnern würden, Mr. Dering. Um wieviel Uhr trennten Sie sich von Mr. Rosenkraun?«

»Gegen fünf meiner Meinung nach.«
»Und dann?«
»Ich weigere mich, Ihnen hierüber Auskunft zu geben, weil es Sie nichts angeht.«
Inspektor Narracott nickte nachdenklich. Wenn Rosenkraun die Aussage Derings bestätigte, war jede Verdächtigung des Schriftstellers sinnlos. Welche geheimen Wege er am Abend auch eingeschlagen haben mochte – der Mordfall wurde davon nicht berührt.
»Was haben Sie vor?« fragte Dering.
»Ein drahtloses Telegramm an Mr. Rosenkraun aufzugeben.«
»Zum Donnerwetter, meinen Sie, mir paßt das, wenn Sie meinen Namen auf diese Art an die Öffentlichkeit zerren ...? So, schauen Sie her!«
Er ging zum Schreibtisch hinüber, kritzelte ein paar Worte auf ein Blatt Papier und reichte es Narracott.
»Vielleicht verlangt es Ihre Pflicht, daß Sie diese lächerlichen Nachprüfungen vornehmen«, sagte er ungnädig. »Aber immerhin können Sie es in einer Weise tun, die mich in den Augen meiner Freunde und Bekannten nicht bloßstellt.«
Auf dem Papier standen folgende Zeilen:
Rosenkraun S. S. Gargantua. Bitte um Bestätigung meiner Aussage, daß ich mit Ihnen Freitag vom Lunch bis fünf Uhr zusammen war. Martin Dering.
»Lassen Sie sich die Antwort meinetwegen an Ihre Adresse schikken, aber nicht nach Scotland Yard. Sie kennen diese amerikanischen Verleger nicht, Inspektor. Jeder Wink, daß ich in einen Kriminalfall verwickelt bin, genügt, damit der neue Kontrakt mit Mr. Rosenkraun zu Essig wird. Behandeln Sie es als eine private Angelegenheit.«
»Dagegen habe ich nichts einzuwenden, Mr. Dering. Mir geht es nur um die Wahrheit. Ich werde das Telegramm mit bezahlter Rückantwort absenden und meine Privatwohnung in Exeter als Adresse angeben.«
»Ich danke Ihnen. Es ist nämlich nicht so leicht, seinen Lebensunterhalt mit literarischen Werken zu verdienen. Die Antwort aber wird Sie zufriedenstellen. Und wenn ich meiner Frau nicht vorgemacht hätte, daß ich zu dem Dinner ging, würden Sie über

diesen Punkt sofort die reine Wahrheit erfahren haben, Inspektor.«
Was für ein unsympathischer Geselle, dachte Narracott, als er das Haus verließ. Doch er scheint keinerlei Zweifel zu hegen, daß der Amerikaner seine Geschichte bestätigte ...
Und während er im Zug nach Exeter saß, überfiel den Inspektor eine jähe Erinnerung. Rycroft – so hieß doch der kleine Herr in Sittaford. Ein eigenartiges Zusammentreffen!

25

Emily Trefusis und Charles Enderby saßen an einem kleinen Marmortisch des Café Deller in Exeter. Es war halb vier, eine eher stille Zeit, und abgesehen von vereinzelten Teetrinkern waren keine Gäste anwesend.
»Nun, was halten Sie von ihm?« erkundigte sich der Journalist.
Emily runzelte die Stirn. »Ich wage noch kein endgültiges Urteil zu fällen.«
Nach seiner Unterredung mit Inspektor Narracott hatte Brian Pearson sich mit ihnen zum Lunch getroffen und Miss Trefusis gegenüber eine ausgesuchte Höflichkeit an den Tag gelegt. Beinahe eine übertriebene Höflichkeit – nach Emilys Meinung. Überhaupt erschien Brian Pearson dem scharfsinnigen Mädchen ein wenig unnatürlich.
Es entsprach nicht seinem Wesen, es geduldig hinzunehmen, daß ein wildfremder Reporter das nächtliche Stelldichein mit der Geliebten zu stören wagte, oder am anderen Tag auf Anregung eben dieses Störenfrieds brav einen Wagen zu mieten und sich bei der Polizei zu melden. Warum diese sanfte Fügsamkeit ...?
»Scher dich zur Hölle!« – eine solche Reaktion würde Brian Pearsons Natur viel besser entsprochen haben.
Emily versuchte, ihr Unbehagen Charles Enderby klarzumachen.
»Halten Sie ihn denn für den Mörder?« fragte dieser betroffen.
»Brian ist auf jeden Fall ein Mensch, mit dem man rechnen muß«, erwiderte sie. »Er hat meiner Ansicht nach ein ziemlich weites Gewissen, und wenn er etwas will, würde er sich kaum durch all-

gemein gültige Konventionen, die für den zahmen Durchschnittsengländer ein unüberwindliches Hindernis sind, den Weg versperren lassen. Und überdies ist er ein Mensch, der stets Herr seiner Nerven bleibt.«

»Sagen Sie ehrlich, Emily – glauben Sie, daß er es war?«

»Ich ... ich weiß nicht. Er erfüllt – als einziger – die hierfür notwendigen Bedingungen.«

»Was heißt das: Er erfüllt die Bedingungen?«

»Nun, erstens Motiv.« Sie zählte die Punkte an den Fingern auf. »Dasselbe Motiv, das die Polizei dem armen James vorhält: zwanzigtausend Pfund. Zweitens: Gelegenheit. Niemand weiß, wo er am Freitag nachmittag steckte. Und wenn sein Aufenthaltsort unverfänglich wäre, würde er ihn fraglos nennen. Also berechtigt uns dies zu der Annahme, daß er sich am Freitag in der Nähe der Wohnung des Ermordeten aufhielt.«

»Aber die Polizei hat niemanden gefunden, der ihn in Exhampton sah«, wandte Charles ein. »Und er ist wahrlich keine Erscheinung, an der man achtlos vorbeigeht.«

»Er war auch nicht in Exhampton. Wenn er den Mord beging, Charles, so hat er ihn lange vorher geplant und vorbereitet. Nur der arme, unschuldige James bezog ganz unverhohlen in Exhampton Quartier und wurde von zahllosen Zeugen gesehen«, lachte sie bitter auf. »Brian aber mag in Lydford oder Chagford oder auch Exeter gewesen sein. Von Lydford zum Beispiel führt eine Hauptstraße nach Exhampton, die der Schnee nicht unpassierbar gemacht hat.«

»Vielleicht sollten wir Erkundigungen einziehen.«

»Das besorgt bereits die Polizei, und ihr wird es leichter fallen, als uns. Alle offiziellen Schritte müssen wir ihr überlassen, Charles; dagegen die privaten und persönlichen Fäden knüpfen und festigen, hier dem Redestrom von Mrs. Curtis lauschen, dort einen Wink von Miss Percehouse aufgreifen, jetzt die Willetts belauern – da liegt unser Betätigungsfeld. Um aber auf Brian Pearson und die bewußten Bedingungen zurückzukommen, so habe ich Ihnen zwei – Motiv und Gelegenheit – schon angeführt. Bleibt also Nr. 3, in gewisser Hinsicht das wichtigste von allem.«

»Nun?«

»Habe ich Ihnen nicht immer wieder gesagt, daß wir dieses seltsame Tischrücken nicht außer acht lassen dürfen, Charles? Gut! Inzwischen habe ich mich bemüht, es durch die Brille der Logik zu betrachten, und es kann nur drei Lösungen geben. Erstens: daß übernatürliche Kräfte im Spiel waren; aber, ich gestehe es offen, für mich persönlich scheidet diese Lösung aus. Zweitens: daß es eine vorbedachte Handlung war, das heißt, jemand veranstaltete es absichtlich. Da wir aber keinen vernünftigen Grund dafür sehen, scheide ich sie ebenfalls aus. Drittens: Zufall. Mit anderen Worten: Jemand verriet sich gegen seinen Willen. Eine unbewußte Selbstoffenbarung, verstehen Sie, Charles? Wenn es sich so verhält, so muß unter den beteiligten Personen eine gewesen sein, die entweder bestimmt wußte, daß Captain Trevelyan zu einer bestimmten Stunde im Laufe des Nachmittags getötet werden würde, oder aber, daß seiner eine Unterredung harrte, die leicht mit Gewalttätigkeiten enden konnte. Keine der am Tischrücken beteiligten Personen kann der eigentliche Mörder gewesen sein, doch eine von ihnen muß im geheimen Einvernehmen mit dem Mörder gestanden haben. Zwischen Major Burnaby und irgend jemand sonst besteht keine Verbindung, auch nicht zwischen Mr. Rycroft und irgend jemand anderem, desgleichen nicht zwischen Ronald Garfield und einem anderen; doch sobald wir bei den Willetts ankommen, verschiebt sich das Bild. Es gibt eine Verbindung zwischen Violet und Brian Pearson. Und das Mädchen trug nach dem Mord ein merkwürdiges Benehmen zur Schau.«
»Meinen Sie, daß sie es gewußt hat?«
»Sie oder ihre Mutter.«
»Haben Sie ganz vergessen, daß noch ein Gast geladen war, Emily?« fragte der Journalist.
»Ich weiß – Mr. Duke. Dieser wunderliche Mr. Duke«, wiederholte Emily nach einer kleinen Pause.
»Ich habe zweimal versucht ihn zu sehen, und beide Male mißlang es. Nichts scheint ihn mit Captain Trevelyan oder dem Mordfall zu verbinden, aber . . .«
»Weiter«, drängte Charles Enderby, als Emily innehielt.
»Aber nichtsdestoweniger begegneten wir Inspektor Narracott, wie er aus Mr. Dukes Cottage kam. Was weiß der kluge Narra-

cott über ihn, das wir nicht wissen? Bei Gott, das quält mich schon lange!«
»Glauben Sie . . .«
»Nehmen wir einmal an, Duke wäre ein verdächtiger Mitbürger; nehmen wir einmal an, Captain Trevelyan hätte ihn als dunklen Ehrenmann erkannt und – da er sehr großen Wert auf den Ruf seiner Siedlung legte – beabsichtigt, sein Wissen der Polizei mitzuteilen. Und Duke findet einen Komplizen, mit dem er den Tod des Captain verabredet. Oh, Charles, lachen Sie nicht, weil es, in dürre, knappe Worte gefaßt, schrecklich überspannt klingt; trotzdem können Sie etwas Derartiges nicht einfach ins Reich der Unmöglichkeit verweisen.«
»Unmöglich ist es gewiß nicht«, meinte Charles langsam.
Dann schwiegen beide, jeder tief in Gedanken versunken. Plötzlich flüsterte Emily:
»Kennen Sie das seltsame Gefühl, wenn Sie von jemandem beobachtet werden? Mir ist, als ob zwei Augen auf meinem Nacken brennen. Starrt mich wirklich jemand an?«
Enderby rückte seinen Stuhl ein wenig zur Seite und blickte wie gelangweilt im Café umher.
»Unweit des Fensters sitzt eine Frau, groß, dunkel und schön, und die betrachtet Sie unverwandt«, berichtete er.
»Jung?«
»Nein, nicht sehr jung. Hallo!«
»Was ist los?«
»Ronnie Garfield! Er ist eben hereingekommen, schüttelt ihr die Hand und setzt sich zu ihr. Ich glaube, sie sagt etwas über uns.«
Emily öffnete die Handtasche. Recht auffällig puderte sie ihre Nase, dabei dem kleinen Spiegel die passende Drehung gebend.
»Das ist Tante Jenny«, erklärte sie.
»Die beiden brechen auf. Wollen Sie mit ihr sprechen?«
»Nein. Ich halte es für klüger, wenn ich so tue, als ob ich sie nicht gesehen hätte.«
»Warum soll schließlich Ihre Tante Jenny nicht Ronald Garfield kennen und ihn zum Tee einladen?« warf Charles hin.
»Warum sollte sie?«
»Warum sollte sie nicht?«
»Um Gottes willen, Charles, machen wir ein Ende mit diesem

›sollte sie ... sollte sie nicht; sollte sie ... sollte sie nicht‹! Es ist ja alles Unsinn, und nichts steckt dahinter. Aber kaum fünf Minuten, nachdem wir behaupteten, daß niemand von den sonstigen Teilnehmern der spiritistischen Sitzung mit der Familie in Verbindung stände, sehen wir Ronnie Garfield mit Captain Trevelyans Schwester zusammen im Café sitzen.«
»Es beweist, daß alles Wissen Stückwerk ist«, sagte Charles.
»Es beweist, daß man immer wieder von vorn beginnen muß«, entgegnete Emily.
»In mehr als einer Hinsicht.«
Emily blickte ihn fragend an.
»Wie meinen Sie das?«
»Nicht jetzt.« Leise legte Enderby seine Hand über die ihre, und sie zog sie nicht fort.
»Wir müssen diese Sache erst zu Ende führen, Emily. Nachher . . .«
»Nachher?«
»Emily, ich würde alles für Sie tun. Alles, alles.«
»Wirklich? Das ist sehr, sehr lieb von Ihnen, Charles.«

26

Genau zwanzig Minuten später läutete Emily an der Tür von Tante Jennys Heim. Was sie eigentlich beabsichtigte, wußte sie selbst noch nicht ganz genau. Doch als Betty, schlampig wie immer, öffnete, erklärte sie einfach:
»Ich weiß, daß Mrs. Gardner in der Stadt ist, Betty. Aber vielleicht kann ich Mr. Gardner sprechen?«
Ein solches Ansinnen war anscheinend noch nie an Betty gestellt worden, und ratlos drehte und wand sie ihren blauen Schürzenzipfel.
»Mr. Gardner . . .?« meinte sie unschlüssig. »Da muß ich erst mal nach oben gehen und fragen.«
»Ich bitte darum.«
Sehr schnell kehrte sie jedoch mit dem Bescheid zurück, daß Mr. Gardner sich wohl genug fühle, um Miss Trefusis zu sprechen.

Robert Gardner lag auf einer Couch nahe beim Fenster. Ein großer, blauäugiger, blonder Mann – Tristan, wie er im dritten Akt von *Tristan und Isolde* aussehen sollte und wie noch nie ein Wagnertenor ausgesehen hat, dachte die Menschenkennerin Emily Trefusis.
»Also Sie sind des Verbrechers künftige Gemahlin?« begrüßte er sie.
»Richtig, Onkel Robert. Ich darf doch Onkel Robert sagen, nicht wahr?«
»Wenn Jenny nichts dagegen hat! Na, wie ist denn das, wenn der Liebste im Gefängnis schmachtet?«
Ein grausamer Mensch – erweiterte Emily ihr Urteil –, der einem mit boshafter Freude schmerzende Hiebe versetzt. Aber sie war ihm gewachsen, und lächelnd erwiderte sie.
»Sehr aufregend.«
»Für Master James wohl nicht ganz so aufregend, he?«
»Oh, er wird um eine Erfahrung reicher, nicht wahr?«
»Lehren Sie ihn, daß das Leben nicht immer nur ein Zuckerschlekken ist«, lachte er spöttisch. »War wohl zu jung, um den Krieg mitzumachen? Hat derweil auf weichen Daunenpolstern geruht. Ja, ja . . . Jetzt geht es ihm auf andere Weise an den Kragen.« Neugierig und gleichzeitig mißtrauisch sah er das hübsche, elegante Mädchen an. »Warum wollten Sie mich eigentlich sprechen?«
»Wenn man in eine Familie einheiratet, möchte man doch vorher die einzelnen Mitglieder kennenlernen.«
»Um das Schlimmste zu erfahren, bevor es zu spät ist, was? Also denken Sie tatsächlich daran, James zu heiraten?«
»Warum nicht?«
»Trotz dieser Mordanklage?«
»Trotz der Mordanklage.«
»Verzagt und niedergeschlagen kann man Sie wahrhaftig nicht nennen«, sagte Robert Gardner. »Jeder würde glauben, daß Sie sich vortrefflich unterhielten.«
»Das tue ich auch. Einen Mörder zu verfolgen, ist furchtbar pakkend.«
»Wie?«
»Ich sagte, einen Mörder zu verfolgen, sei furchtbar packend«, wiederholte Emily Trefusis.

Robert Gardner starrte sie an und warf sich dann in seine Kissen zurück.
»Ich bin müde«, quengelte er, »ich kann nicht mehr sprechen. Schwester, wo sind Sie? Schwester, ich bin müde.«
Geräuschlos war die Pflegerin aus dem Raum nebenan gekommen. »Mr. Gardner ermüdet sehr leicht«, wandte sie sich an Emily. »Und es wäre besser, wenn Sie Ihren Besuch jetzt abbrächen, Miss Trefusis.«
Emily nickte freundlich.
»Adieu, Onkel Robert. Vielleicht werde ich eines Tages zurückkehren.«
»Was meinen Sie?«
»*Au revoir!*« flötete Emily mit einem bezaubernden Lächeln. Von Betty geleitet, ging sie zur Haustür und blieb plötzlich stehen.
»Oh, Betty, ich habe meine Handschuhe oben gelassen.«
»Ich werde sie holen, Miss.«
»Nein, bemühen Sie sich nicht. Ich hole sie schon selbst.«
Leichtfüßig rannte sie die Treppe hinauf und betrat, ohne anzuklopfen, das Zimmer des kranken Hausherrn.
»Oh ...! Verzeihung! Meine Handschuhe!« Mit einem raschen Griff nahm sie ihr Eigentum wieder an sich, lächelte betörend Patient und Schwester an, die wie ein Liebespaar Hand in Hand dasaßen, und rannte davon.
»Nun hat sich das System mit den vergessenen Handschuhen schon zum zweitenmal als nützlich erwiesen«, murmelte sie. »Arme Tante Jenny! Ob sie so etwas ahnt? Wahrscheinlich nicht. Jetzt muß ich mich aber beeilen, sonst wird Charles ungeduldig.«
Enderby wartete in Elmers altem Ford an der verabredeten Stelle.
»Irgendeinen Erfolg gehabt?« fragte er, als er sie sorgsam in die Decke wickelte.
»Jj-a«, entgegnete sie zögernd. »Aber ich werde es Ihnen erst dann erzählen, wenn ich überzeugt bin, daß es mit unserer Sache etwas zu tun hat. Es hieße nicht anständig handeln, würde ich früher darüber reden.«
Enderby seufzte.
»Oh, wie hartherzig Sie sind!«
»Bedaure ... es geht nicht anders«, erwiderte Emily fest.
»Wie Sie wollen.«

Es klang kalt und feindselig.
Schweigend fuhren sie durch die Nacht – ein beleidigtes Schweigen von seiten Enderbys, ein zerstreutes von seiten Emilys. Schon glitten die ersten Häuser von Exhampton an ihnen vorbei, als sie eine völlig unerwartete Bemerkung machte.
»Warum immer nur die Gewinner ins Auge fassen ...?«
»Wie bitte?«
»Ich meine, Charles, daß wir uns immer mit den Leuten beschäftigt haben, die um irgendeines Vorteils willen Captain Trevelyan getötet haben könnten. Wenden wir uns doch mal den anderen zu – ohne Motiv und ohne Gelegenheit.«
»Was für drollige Einfälle Sie haben, Emily!« lachte Enderby. »Aber meinetwegen! Da wären die Willetts und Burnaby und Rycroft und Ronnie ... Oh, und Mr. Duke.«
»Ja. Keiner von ihnen kann der Täter sein, weil sie alle zu der fraglichen Zeit zusammen waren, sich gegenseitig sahen – und unmöglich, daß sie alle unter einer Decke stecken. Ganz gewiß, Charles, sie kommen als Täter nicht in Frage.«
»Keiner von den Bewohnern Sittafords kommt in Frage«, sagte der Journalist. »Nicht einmal Elmer« – er senkte die Stimme, damit ihn der Chauffeur nicht verstünde –, »da die Schneemassen die Straße am Freitag unbefahrbar machten.«
»Er hätte zu Fuß gehen können«, gab Emily gleichfalls im Flüsterton zurück. »Wenn Major Burnaby noch am Abend durchkam, hätte Elmer gegen Mittag aufbrechen können, um fünf Uhr in Exhampton den Mord ausführen und danach zurückgehen können.«
Enderby schüttelte den Kopf.
»Der Rückweg wäre wohl unmöglich gewesen. Erinnern Sie sich, Emily, daß gegen halb sieben abermals ein schlimmes Schneetreiben einsetzte ...? Außerdem, meinen Sie, daß ein in Sittaford Ansässiger nach Exhampton und zurück gehen könnte, ohne daß das ganze Dorf es erführe und sich darüber wunderte?«
»Richtig. In Sittaford weiß jeder, was der andere zu Mittag kocht!« lachte Emily.
»Und daher erlaubte ich mir auch die Bemerkung, daß keiner von den Einheimischen in Frage käme. Die einzigen, die nicht bei den Willetts zum Tee eingeladen waren – Miss Percehouse und Cap-

tain Wyatt –, sind krank und schwach und einem Schneesturm nicht gewachsen. Und Mr. und Mrs. Curtis? Oh, wenn die am Freitag nach Exhampton gegangen wären, würden sie bestimmt auch das Wochenende dort geblieben sein! Mrs. Curtis hätte sich doch mit ihrer Freundin aussprechen müssen . . .!«
»Charles, Sie sind ein Spötter. Aber wie steht's mit Abdul?«
»Nein. Ich weigere mich rundweg, zu glauben, daß dieser arme Orientale einen Menschen ermordet hat. Ha!« fuhr er plötzlich auf. »Ich weiß es!«
»Wer?« fragte Emily neugierig.
»Die Frau des Schmieds, die das achte Kind erwartet. Trotz ihres Zustands scheute das unerschrockene Weib nicht den Weg nach Exhampton und schlug den Captain nieder.«
»Und warum, wenn ich fragen darf?«
»Warum? Hm . . . weil . . . weil . . ., obwohl der Schmied der Erzeuger der siebenköpfigen Schar ist, Captain Trevelyan die Schuld am Kommen des achten Kindes trug!«
»Pfui, Charles!« schalt Miss Trefusis. »Seien Sie nicht unanständig. Außerdem, Sie Dummkopf, würde dann der Schmied die Rechnung beglichen haben, und nicht sie. Malen Sie sich aus, wie dieser sehnige, starke Arm einen Sandsack schwingt! Und die Schmiedin, an deren Schürze sieben Kinder hängen, hätte keine Zeit gehabt, die Abwesenheit des Familienoberhauptes auch nur zu bemerken.«
»Hören Sie auf, Emily, hören Sie auf! Das artet ja in reinen Blödsinn aus.«
»Ja, das finde ich auch.«
»Wie steht es denn mit Ihnen, Verehrteste?«
»Mit mir?«
»Ja. Wo waren Sie denn zur Zeit des Mordes?«
»Charles, das ist ja ungeheuerlich! Noch nie habe ich daran gedacht. Ich war natürlich in London. Aber beweisen könnte ich es nicht, da ich ganz allein in meiner Wohnung saß.«
»Da haben wir die Bescherung«, sagte Charles Enderby. »Motiv und alles andere ist vorhanden. Zwanzigtausend Pfund erbt Ihr Verlobter bei Ableben seines Onkels . . . Was wollen Sie mehr?«
»Sie sind verteufelt gescheit, Charles. Erst jetzt kommt es mir zu Bewußtsein, welch höchst verdächtige Person ich bin . . .«

27

Zwei Tage nach dieser unterhaltsamen Autofahrt saß Emily in Inspektor Narracotts Büro, der sie mit stillem Wohlwollen betrachtete. Er bewunderte ihren Schneid, ihre mutige Beharrlichkeit, nicht klein beizugeben, und ihren entschlossenen Frohsinn. Emily Trefusis war eine Kämpfernatur, und Inspektor Narracott liebte Kämpfernaturen. Und immer wieder gestand er sich, daß sie viel zu schade sei für James Pearson, selbst wenn sich dessen Unschuld herausstellen sollte.

»In Büchern wird es in der Regel so dargestellt«, sagte er, »als ob die Polizei erpicht darauf sei, ein Opfer zu haben, ganz gleichgültig, ob ein unschuldiges oder schuldiges. Nein, Miss Trefusis. Wir wollen nur den Schuldigen fassen.«

»Glauben Sie wirklich an James' Schuld, Inspektor?«

»Darauf kann ich Ihnen keine offizielle Antwort geben, Miss Trefusis. Aber so viel will ich Ihnen immerhin verraten, daß wir nicht nur das Beweismaterial gegen ihn, sondern auch gegen andere Leute sorgfältig prüfen.«

»Sie meinen, gegen seinen Bruder Brian?«

»Ein sehr unerfreulicher Gentleman, dieser Mr. Brian Pearson. Weigert sich, Fragen zu beantworten oder irgendwelche Rechenschaft über sein Tun abzulegen, doch ich glaube . . .« Er lächelte mit einem gewissen gutmütigen Spott. »Ich glaube errraten zu haben, auf welchem Gebiet er sich letzthin betätigte. Ob meine Vermutung richtig ist, werde ich in der nächsten halben Stunde erfahren. Außerdem ist da noch dieser Mr. Dering . . .«

»Haben Sie ihn gesehen?« fiel Emily ihm aufgeregt ins Wort.

Inspektor Narracott ließ den Blick ein Weilchen auf ihrem lebhaften, klugen Gesicht ruhen, und die Versuchung trat an ihn heran, die offizielle Zurückhaltung ein wenig aufzugeben. Sich in seinen Stuhl zurücklehnend, schilderte er sein Gespräch mit dem Schriftsteller und zog dann aus einem Stapel von Papieren eine Abschrift des an Rosenkraun gesandten Telegramms hervor.

»Das habe ich abgeschickt«, erklärte er ihr. »Und hier ist die Antwort.«

Emily las sie.

Narracott 2 Drysdale Road Exeter. Bestätige Derings Aussage stop er war während des ganzen Freitagnachmittags mit mir zusammen. Rosenkraun

»Ver ... geblich!« sagte Emily, ein milderes Wort als beabsichtigt wählend, da sie sich erinnerte, daß die Polizei sich durch einen Fluch aus Damenmund vielleicht verletzt fühlen könnte.
»Ja, das ist ärgerlich, nicht wahr?« meinte Inspektor Narracott gedehnt. Dann sah er seine schöne Besucherin spitzbübisch an. »Aber ich bin ein argwöhnischer Mann, Miss Trefusis. Die Gründe Mr. Derings klangen ja ganz schön und gut – ich dachte jedoch, es wäre schade, sich so völlig in seine Hand zu geben, und schickte eine zweite Anfrage ab.«
Wieder wurden Emily zwei Blätter ausgehändigt.
Der Text des ersten lautete:

Auskunft benötigt wegen Ermordung von Captain Trevelyan. Erhärten Sie Martin Derings Alibi für Freitag nachmittag? Inspektor Narracott, Exeter

Die Antwort des Amerikaners zeigte das Bestreben, sich zu rechtfertigen, unbeschadet etwaiger Mehrkosten.

Hatte keine Ahnung, daß Kriminalfall vorliegt stop sah Martin Dering am Freitag nicht stop willigte als Freund ein, seine Aussage zu bestätigen stop nahm an, seine Frau ließe ihn überwachen, um Material für die Scheidung zu erhalten.

»Bravo, Inspektor, bravo!« jubelte Emily Trefusis, und ihr Lob schien ihm wohlzutun. »Aber diese Männer – wie Pech und Schwefel halten sie zusammen. Kleine, einfältige Sylvia! Tatsächlich, die Männer sind Schurken ... deshalb freut es einen doppelt, wenn man hier und da einen Mann findet, auf den man sich verlassen kann.«
Und bewundernd lächelte sie zu dem Inspektor empor.
»Miss Trefusis, das ist aber alles ganz vertraulich«, mahnte er. »Ich bin, indem ich Sie so einweihte, viel weitergegangen, als ich eigentlich sollte.«

»Das finde ich anbetungswürdig von Ihnen, Inspektor. Und nie, nie werde ich es vergessen!«
»Gut. Also kein Wort zu irgend jemandem.«
»Sie meinen, ich soll es Charles – ich meine Mr. Enderby – nicht sagen?«
»Journalist bleibt Journalist«, bemerkte Narracott. »Wie prächtig Sie ihn auch gezähmt haben mögen, Miss Trefusis – Nachrichten sind für ihn ein gefährliches Futter.«
»Folglich werde ich ihm nichts erzählen«, gelobte sie.
»Niemals unnötigerweise Informationen mitteilen. Das ist mein Grundsatz«, versicherte Narracott, worauf in Emilys Augen lustige Fünkchen zu tanzen begannen, denn sie sagte sich nicht zu Unrecht, daß der Inspektor während der letzten halben Stunde diesen Grundsatz sträflich verletzt hatte.
Eine plötzliche Eingebung tauchte in ihrem Gehirn auf, und obwohl die Dinge einen ganz anderen Lauf zu nehmen schienen, konnte sie die Frage nciht zurückhalten:
»Inspektor Narracott, wer ist Mr. Duke?«
Sie fühlte, wie unangenehm ihn diese Frage berührte.
»Entsinnen Sie sich nicht, daß wir uns in seinem Gärtchen begegneten?«
»Ja, ja, ich entsinne mich. Sehen Sie, Miss Trefusis, mir lag daran, einen unparteiischen Bericht über jenes Tischrücken zu erhalten. Major Burnaby ist kein guter Schilderer.«
»Wenn ich an Ihrer Stelle gewesen wäre, hätte ich mich deswegen an Mr. Rycroft gewandt. Warum Mr. Duke?«
Nach längerem Schweigen erwiderte Narracott:
»Ansichtssache . . .«
»Ich habe mir schon überlegt, ob der Polizei nicht irgend etwas über Mr. Duke bekannt ist.«
Inspektor Narracott antwortete nicht, sondern starrte unverwandt auf das Löschblatt seiner Schreibunterlage.
»Ein Mensch, der ein makelloses Leben führt – das ist die Beschreibung, die genau auf Mr. Duke zuzutreffen scheint«, fuhr Emily fort. »Aber vielleicht hat er nicht immer ein makelloses Leben geführt? Vielleicht weiß das die Polizei?«
Jetzt gewahrte sie ein verdächtiges Zucken um Narracotts Mundwinkel, als ob er ein Lachen zu unterdrücken suche.

»Sie geben sich gern mit Raten ab, nicht wahr, Miss Trefusis?«
»Wenn man nichts erzählt bekommt, muß man sich eben aufs Raten verlegen.«
»Ach so . . .! Wenn ein Mann, wie Sie sagen, ein makelloses Leben führt und es für ihn lästig und unbequem sein würde, wollte man das vergangene Leben aufrühren, so ist die Polizei sehr wohl fähig, dem Rechnung zu tragen. Uns liegt es nicht, einen Mann bloßzustellen.«
»Das verstehe ich«, entgegnete Emily. »Aber trotzdem gingen Sie zu ihm, nicht wahr? Das macht den Eindruck, als ob Sie, wenigstens anfänglich, dachten, er könne seine Hand im Spiel haben. Ich wollte . . . ich wollte wirklich, ich wüßte über Mr. Duke Bescheid und wüßte auch, auf welchem speziellen Gebiet des Verbrechens er sich in der Vergangenheit betätigte.«
Flehend blickte sie Inspektor Narracott an, aber er bewahrte seine undurchdringliche Maske. Und Emily, klug genug, um zu merken, daß er in diesem Punkt unnachgiebig bleiben würde, seufzte und verabschiedete sich.
Als sie gegangen war, starrte Narracott noch immer auf das Löschblatt, doch das Zucken seiner Lippen wurde allmählich zu einem richtigen Lachen.
»Auf welchem speziellen Gebiet des Verbrechens er sich in der Vergangenheit betätigte«, wiederholte er kopfschüttelnd Emilys Worte. »Köstlich dieses Mädchen . . .!«
Schließlich drückte er auf den Klingelknopf, um einen seiner Untergebenen herbeizurufen.
»Nun?« fragte er kurz.
»Es stimmt, Sir. Nur ist es nicht das Duchy in Princetown, sondern das Two Bridges Hotel gewesen.«
»Ah! Das erklärt alles. Haben Sie den Schritten des anderen jungen Herrn am Freitag nachgespürt?«
»Er kam bestimmt mit dem letzten Zug in Exhampton an, aber ich habe noch nicht herausgefunden, um welche Zeit er London verließ . . . Und dann ist hier die Eintragung des Standesbeamten, Sir.«
Narracott nahm das Papier in Empfang – eine Heiratsurkunde. Die eheschließenden Personen waren: William Martin Dering und Martha Elizabeth Rycroft.

»Sonst noch was?«
»Ja, Sir. Brian Pearson machte die Reise von Australien nach England mit der Phidias, die in Kapstadt anlegte; aber dort kamen keine Passagiere namens Willett an Bord, überhaupt keine Mutter und Tochter aus Südafrika. Dagegen fuhren von Melbourne aus eine Mrs. und Miss Evans sowie eine Mrs. und Miss Johnson mit. Auf die Letztgenannten paßt die Beschreibung der Willetts.«
»Hm . . .« brummte der Inspektor. »Johnson. Vermutlich ist weder Johnson noch Willett ihr richtiger Name.«

28

»Aber meine liebe Miss Trefusis, was erwarten Sie denn eigentlich in dem Haus zu finden?« sagte Mr. Kirkwood. »Sämtliches Hab und Gut des Captain ist fortgeschafft worden. Überdies hat die Polizei mehrmals eine gründliche Durchsuchung vorgenommen. Ich kann mich völlig in Ihre Lage versetzen und verstehe, daß Sie Mr. Pearson von dem Verdacht reinwaschen möchten. Aber was können Sie tun?«
»Ich gehe nicht mit der Erwartung hin, etwas zu finden oder etwas zu bemerken, was dem Auge der Polizei entgangen ist. Es ist schwer, Ihnen zu erklären, was ich will, Mr. Kirkwood. Ich muß . . . ich muß die Atmosphäre des Hauses auf mich wirken lassen. Bitte, bitte, geben Sie mir den Schlüssel – es ist doch nichts Unrechtes dabei.«
»Gewiß nicht«, bestätigte Mr. Kirkwood mit Würde.
»Dann seien Sie doch so liebenswürdig!« bat Emily.
Und Mr. Kirkwood entschloß sich, liebenswürdig zu sein, und händigte ihr mit einem nachsichtigen Lächeln den Schlüssel aus. Mehr noch: Er erbot sich sogar mitzugehen, und diese Katastrophe wurde nur durch großen Takt und die Standhaftigkeit Emilys abgewendet. Mit der Morgenpost hatte sie nämlich einen Brief empfangen, abgefaßt von der nicht sehr schreibgewandten Mrs. Belling.

Liebe Miss Trefusis!
Sie sagten, wie gern Sie erfahren möchten, wenn sich etwas ereignete, auch wenn es nicht sehr wichtig wäre, und da dies unverständlich, aber nicht wichtig ist, halte ich es für meine Pflicht, es Sie gleich wissen zu lassen in der Hoffnung, daß der Brief Sie wohlbehalten am späten Abend oder am frühen Morgen erreicht. Meine Tochter, Rebekka, kommt eben 'rumgesprungen und sagt, daß es unverständlich, aber nicht wichtig sei, und ich pflichte ihr bei. Die Polizei hat damals gesagt, und alle anderen glaubten es auch, daß nichts aus Captain Trevelyans Haus gestohlen wurde, aber es fehlt doch etwas, wenn es auch nicht wichtig ist. Mein Schwiegersohn sagt, es fehlten ein Paar Stiefel, und er hat es auch erst bemerkt, als er mit Major Burnaby die Sachen zusammenpackte. Obwohl auch Sie, Miss, es sicher nicht für wichtig halten, teile ich es Ihnen mit. Es waren ein Paar Stiefel von dickem Leder, die man mit Öl einfettet und die der Captain getragen haben würde, wenn er in den Schnee hinausgegangen wäre. Aber da er nicht in den Schnee hinausging, war das Einfetten eigentlich überflüssig. Aber fehlen tun sie, und wer sie genommen hat, weiß mein Schwiegersohn nicht und die Rebekka auch nicht, und obwohl es nicht wichtig ist, schreibe ich es Ihnen, Miss, in der Hoffnung, daß sie sich so wohl befinden wie ich und daß Sie nicht so viel um Ihren jungen Mann weinen.
Ich verbleibe, Miss, Ihre aufrichtige Mrs. J. Belling

Emily hatte den Brief gelesen und wieder gelesen; sie hatte ihn auch lang und breit mit Charles erörtert.
»Stiefel«, meinte Enderby nach reiflichem Überlegen. »Das kann doch nichts zu sagen haben.«
»Es muß etwas bedeuten«, widersprach Emily. »Warum sollten ein Paar Stiefel fehlen?«
»Sie glauben nicht, daß Evans die Geschichte erfunden hat?«
»Aus welchem Grund? Wenn die Leute schon etwas erfinden, dann erfinden sie etwas, das Sinn und Verstand hat. Nicht eine so trostlos dumme Sache.«
»Stiefel ... das bringt einen unwillkürlich auf Fußspuren«, meinte Charles nachdenklich.

»Ich weiß. Doch bei diesem Mord geht es nicht um Fußspuren. Ja, hätte das Schneetreiben nicht noch mal eingesetzt . . .«
»Sollte er sie einem Landstreicher geschenkt haben, der ihn dann zum Dank niederschlug?«
»Ich will nicht bestreiten, daß das möglich ist, Charles. Aber sieht es Captain Trevelyan ähnlich? Er würde einem Bettler vielleicht einen Shilling gegeben, ihn jedoch nicht mit besten, wasserdichten Winterstiefeln beglückt haben.«
»Also, ich gebe es auf«, sagte Charles verzweifelt.
»Ich gebe es nicht auf. Ich werde der Sache auf den Grund gehen.«
Infolgedessen hatte sie sich nach Exhampton begeben, wo sie zunächst Mrs. Belling besuchte, die sie mit stürmischer Begeisterung willkommen hieß.
»Und Ihr junger Mann immer noch im Gefängnis, Miss! Ach Gott, ach Gott! Es ist eine Schande, denn niemand von uns glaubt an seine Schuld. Also, mein Brief ist angekommen? Ja? Evans wollen Sie gern sehen? Nun, da haben Sie es nicht weit. Hier nach rechts, und dann um die nächste Ecke. Fore Street 85. Ich würde Sie gern hinführen, doch ich kann meinen Posten hier nicht verlassen. Unmöglich, fehlzugehen!«
Emily ging auch nicht fehl, jedoch traf sie nur Mrs. Evans zu Hause an.
»Ich habe von Mrs. Belling gehört, daß Ihr Mann ein Paar Stiefel seines toten Herrn vermißt«, begann Miss Trefusis, als sie der jungen Frau in der blitzsauberen Küche gegenübersaß. »Irrt sich Ihr Mann auch nicht?«
»Nein, nein. Es sind die Stiefel, die der Captain bei strenger Kälte am liebsten trug – festes Leder, doppelte Sohlen und so groß, daß der Fuß auch mit zwei Paar Wollstrümpfen Platz darin hatte.«
»Sind sie vielleicht beim Schuster?«
»Aber Miss! Das würde Evans doch wissen«, sagte Rebekka vorwurfsvoll. »Ja, über diese Stiefel haben wir uns schon viel den Kopf zerbrochen . . . Gibt es übrigens was Neues?«
»Ein oder zwei nebensächliche Punkte hat die Polizei inzwischen herausgefunden«, wehrte Emily kühl ab.
»Ich habe es mir schon gedacht, weil der Inspektor aus Exeter heute wieder hier war.«
»Inspektor Narracott? Ist er mit dem Zug gekommen?«

»Nein, Miss. Im Auto. Hat in den ›Three Crowns‹ nach dem Gepäck des jungen Herrn gefragt.«
»Von welchem jungen Herrn?«
»Den Sie immer bei sich haben, Miss.«
Emily stutzte.
»Den Hausdiener hat er ausgehorcht«, berichtete Mrs. Evans weiter, »und Tom, der nicht auf den Kopf gefallen ist, erinnerte sich, daß zwei Zettel an dem Koffer klebten, einer mit der Aufschrift Exeter und der andere mit der Aufschrift Exhampton.«
Ein plötzliches Lächeln erhellte Emily Trefusis' ernstes Gesicht bei der lustigen Vorstellung, Charles Enderby könnte das Verbrechen begangen haben, nur um sich selbst einen interessanten Stoff zu beschaffen. Aber Inspektor Narracott? Alle Achtung vor seiner Gründlichkeit und Gewissenhaftigkeit, die keinen überging, wie entfernt auch seine Verbindung zu dem Verbrechen sein mochte! Gleich nach ihrer Unterredung mußte der tüchtige Mann von Exeter aufgebrochen sein – ein schneller Wagen konnte den Zug überholen, ganz abgesehen davon, daß sie auch noch in Exeter zu Mittag gegessen hatte.
»Und wohin ging der Inspektor nachher?« fragte sie.
»Nach Sittaford fuhr er, Miss. Tom hörte, wie er dem Chauffeur die Anweisung gab.«
»Nach Sittaford House?«
Brian Pearson war – das wußte sie – noch immer Gast bei den Willetts.
»Nein, Miss, zu Mr. Duke.«
Wieder dieser Duke! Emily fühlte eine mit Verwirrung gemischte Reizbarkeit in sich aufsteigen. Duke – der Unbekannte, der auf alle Welt den gleichen Eindruck machte: ein normaler, rechtschaffener, angenehmer Mann.
»Ich werde ihn mir mal mit eigenen Augen ansehen«, schwor Emily sich im stillen. »Sobald ich wieder in Sittaford bin, gehe ich schnurstracks zu ihm.«
Dann hatte sie Mrs. Evans für die Auskunft gedankt, hierauf Mr. Kirkwood aufgesucht, um ihm den Schlüssel abzuschmeicheln, und stand nun in der Diele des kleinen Hauses an der Stadtgrenze, grübelnd, wie und was sie in der dortigen Atmosphäre zu fühlen erwartet hatte.

Langsam stieg sie die Treppe hinauf und betrat das erste Zimmer – offenbar das Schlafzimmer des Ermordeten. Wie Mr. Kirkwood vorhergesagt hatte, enthielt es nichts mehr von Trevelyans persönlichem Hab und Gut. Die Bettdecken sauber und gestapelt zusammengefaltet, die Schubladen leer. Und das Schuhbord zeigte eine Reihe nackter Bretter.
Emily seufzte und ging wieder treppab. Hier war das Wohnzimmer, wo der tote Mann gelegen hatte, während der Schnee durch die offene Fenstertür wirbelte. Wessen Hand hatte Captain Trevelyan niedergeschlagen und warum? War er um fünf Uhr fünfundzwanzig getötet worden, wie jeder glaubte, oder hatte James ihn bereits tot liegen sehen, dann die Nerven verloren und sich hinter einer Lüge verschanzt, bei der er nun stur blieb? Oh, wenn man doch wüßte . . .!
Oder verhielt es sich so, wie Mr. Rycroft vermutete, daß noch ein Dritter im Haus gewesen war, der den Streit zwischen Onkel und Neffen anhörte und die gute Gelegenheit wahrnahm?
Wenn ja – brachte das Licht in das Dunkel, das das Stiefelpaar umgab? War irgend jemand oben gewesen, vielleicht im Schlafzimmer des Captain? Wieder durchschritt Emily die Diele, schenkte dem Eßzimmer einen flüchtigen Blick. Auf der Kredenz gähnende Leere; die Silberpokale zierten jetzt Major Burnabys Bungalow. Nur der Rätselpreis, dessen Geschichte – amüsant ausgeschmückt – Charles Enderby ihr erzählt hatte, war vergessen worden: Die drei Romane lagen auf einem Stuhl.
Abermals stieg sie die leise knarrende Treppe hinauf. Sie mußte herausfinden, warum diese Stiefel fehlten! Solange sie nicht eine sie selbst halbwegs befriedigende Erklärung dafür geben konnte, fühlte sie sich außerstande, die Stiefel aus ihrem Gehirn zu bannen. Sie drängten plötzlich alles andere, was mit dem Mord zusammenhing, in den Hintergrund. Gab es denn nichts, was ihr in ihrer Not half?
Jede Schublade zog Emily heraus und tastete darin herum. In den Detektivromanen wurde immer ein nützliches Papierschnitzelchen gefunden, aber das wirkliche Leben bescherte einem wohl solch einen glücklichen Zufall nicht. Sie suchte nach losen Dielen, sie forschte unter dem Teppich nach einem geheimen Verlies, sie kniete nieder, um die Sprungfedermatratzen von unten

zu besichtigen. Wonach sie ausspähte, wußte sie nicht, doch mit hartnäckiger Ausdauer untersuchte sie jeden Zentimeter des Raumes.
Und als sie den lahmgewordenen Rücken straffte und aufrecht stand, traf ihr Auge die einzige nicht zu der peinlichen Ordnung des Zimmers passende Spur – ein kleines Häuflein Ruß auf dem Kaminrost.
Wie ein Vogel, der durch den Blick der Schlange gelähmt wird, vermochte Emily den Blick nicht von diesem Häuflein zu lösen. Näher trat sie an den Kamin heran. Und nicht durch logische Schlußfolgerung, nicht durch verstandesmäßige Überlegung von Ursache und Wirkung, nein, nur durch den Anblick des Rußhäufchens wurde sie dazu getrieben, ihre Ärmel aufzukrempeln und mit beiden Armen in den Schornstein hochzugreifen.
Eine Sekunde später starrte sie mit ungläubiger Freude auf ein lose in Zeitungspapier gehülltes Paket. Ein Schütteln – und das berußte Papier löste sich. In der Hand hielt sie die fehlenden Stiefel.
»Aber warum?« sagte Emily. »Da haben wir sie! Aber warum? Warum? Warum?«
Sie drehte das Stiefelpaar hin und her; sie betrachtete bald die Sohlen, bald das Innenfutter, und fortgesetzt hämmerte dieselbe Frage in ihrem Hirn. Warum?
»Oh, ich werde noch den Verstand verlieren . . .!«
Behutsam setzte sie den Fund mitten im Zimmer auf den Boden und ließ sich selbst auf einem Stuhl gegenüber nieder. Dann fing sie an, den ganzen Fall noch einmal an sich vorüberziehen zu lassen, betrachtete jede Einzelheit, die sie selbst kannte oder durch Hörensagen erfahren hatte, verweilte bei jedem, der mit diesem Drama irgendwie in Berührung gekommen war.
Und plötzlich begann eine wunderliche, zunächst noch vage Idee Gestalt anzunehmen – eine Idee, von dem unschuldigen Stiefelpaar eingegeben, das dort stumm auf dem Boden stand.
»Doch wenn es so . . . wenn es so . . .«
Emily Trefusis riß die Stiefel an sich und jagte die Treppe hinab. Sie riß die Eßzimmetür auf, rannte zu der Wandnische in der Ecke, wo Captain Trevelyans Sportgeräte und Jagdtrophäen – Angelruten und Leinen, Ruder, Ski, und Elefantenzähne all

die Schätze, die er vor den weiblichen Mietern glaubte retten zu müssen – auf die erfahrenen Packerhände der Firma Young & Peabody warteten. Mit den Stiefeln in der Hand beugte sich Emily herab, um eine Minute später wieder emporzuschnellen.
»Also das war es!«
Sie sank in einen Sessel, denn noch gab es vieles, was sie nicht verstand.
»Ich weiß, wer Captain Trevelyan getötet hat«, rief sie, als sie nach zehn Minuten entschlossen aufsprang. »Doch ich weiß nicht, warum. Ich kann es mir noch nicht vorstellen, aber ich darf hier nicht länger kostbare Zeit vertrödeln.«
Ein Auto zu finden, das sie nach Sittaford fuhr, war ein leichtes. Bei Mr. Dukes Landhaus ließ sie halten, entlohnte den Chauffeur und ging, als der Wagen gewendet hatte, durch das winterliche Gärtchen zur Haustür.
Gleich darauf reagierte ein stämmiger, beleibter Mann auf den lauten Ton des Türklopfers. Zum erstenmal sah Emily Trefusis Mr. Duke von Angesicht zu Angesicht.
»Mr. Duke?« fragte sie, obgleich sie wußte, daß es niemand anders sein konnte.
»Ja.«
»Ich bin Miss Trefusis. Darf ich hineinkommen?«
Ein sichtliches Zögern, doch schließlich trat er zur Seite, um sie vorbeizulassen.
»Ich muß Inspektor Narracott sprechen. Ist er hier?«
Wieder eine Pause. Mr. Duke betrachtete seine Besucherin mit einem Ausdruck, den sie nicht zu deuten vermochte. Und dann lächelte er – ein noch merkwürdigeres Lächeln.
»Ja, Inspektor Narracott ist hier«, erwiderte er. »Um was handelt es sich?«
Emily nahm das Paket, das sie unter den Arm geklemmt hielt, wickelte es aus und stellte den Inhalt auf die Tischplatte
»Es handelt sich um diese Stiefel . . .«

29

»Hallo! Hallo! Hallo!« schrie Ronnie Garfield.
Mr. Rycroft, der langsam den steilen Weg von der Post hinabstieg, blieb stehen, bis Ronald ihn eingeholt hatte.
»Wie geht's, Mr. Rycroft? Einen Spaziergang gemacht? Ja, das ist heute ein anderes Wetter als vor einer Woche! Ich vermute, Sie gehen zu den Willetts, nicht wahr?«
»Ja. Sie auch?«
»Ich auch. Unser Lichtblick in Sittaford – die Willetts. Man darf sich nicht unterkriegen lassen, das ist ihr Standpunkt. Leben weiter, als sei nichts geschehen. Meine Tante zetert über Gefühlsroheit und dergleichen, weil die beiden Damen so bald nach dem Begräbnis wieder Gäste zum Tee einladen. Aber das ist ja leeres Geschwätz! Sie sagt es auch nur, weil ihr die Sache mit dem Kaiser von Peru an die Nieren gegangen ist.«
»Kaiser von Peru?«
»Ja, eine der blinzelnden Katzen. Es hat sich herausgestellt, daß der Kaiser eine Kaiserin ist, worüber sich Tante Caroline, die diese Geschlechtsprobleme nicht liebt, geärgert hat. Und ihren Ärger redete sie sich von der Leber, indem sie bissige Bemerkungen über die Willetts macht. Weshalb sollen sich die beiden nicht Bekannte zum Tee einladen, möchte ich wissen? Trevelyan gehörte doch nicht zu ihrer Verwandtschaft.«
»Sehr wahr«, erwiderte Mr. Rycroft, legte den Kopf in den Nakken und beobachtete einen Vogel, der über ihnen flog und in dem er eine seltene Art zu erkennen glaubte. »Wie schade, daß ich mein Glas nicht bei mir habe!«
»Oder meinen Sie, daß Mrs. Willett den Captain doch besser gekannt hat, als sie behauptet?« plauderte Ronald weiter, dem Vögel genauso gleichgültig waren wie alle anderen Tiere.
»Was veranlaßt Sie zu dieser Frage?«
»Die Veränderung, die mit ihr vorgegangen ist. Haben Sie so etwas schon mal gesehen? Eine Frau, die in einer Woche um zwanzig Jahre altert? Es muß Ihnen doch aufgefallen sein.«
»Ja.«
»Na also! Auf die eine oder andere Weise hat Trevelyans Tod ihr einen fürchterlichen Schock versetzt. Schöne Geschichte, wenn

sie sich etwa als des Alten langverlorene Ehefrau entpuppte, die er in seiner Jugend verließ und nicht wiedererkannte!«

»Das glaube ich kaum, Mr. Garfield.«

»Meinen Sie, es klingt zu sehr nach Film ...? Pah, was für erstaunliche Dinge habe ich bisweilen im *Daily Wire* gelesen – Dinge, die man einfach nicht für möglich halten würde, wenn sie nicht schwarz auf weiß dastünden.«

»Als ob sie dadurch an Glaubwürdigkeit gewönnen!« warf Mr. Rycroft bissig hin.

»Weshalb mögen Sie eigentlich Mr. Enderby nicht leiden?«

»Weil ich es verabscheue, wenn junge, ungezogene Dachse in Sachen herumschnüffeln, die sie nichts angehen.«

»Aber sie gehen Mr. Enderby doch sehr viel an; das Herumschnüffeln gehört sozusagen zu seinem Handwerk«, wagte Ronnie den Geschmähten zu verteidigen. »Sie sehen, sogar der alte, brummige Burnaby verargt es ihm nicht.«

Mr. Rycroft erwiderte nichts.

»Wahrhaftig ein prachtvolles Wetter!« sagte Ronald Garfield, von neuem den Himmel betrachtend. »Am vergangenen Freitag schleppten wir uns um diese Zeit mühselig durch Sturm und Schnee nach Sittaford House hinauf.«

»Mir kommt es vor, als sei seitdem viel mehr Zeit vergangen.«

»Soviel ereignet sich manchmal auch im Laufe eines ganzen Jahres nicht, wie ...? Hallo, Abdul!«

Sie gingen jetzt an Captain Wyatts Gartenzaun entlang, über den sich der schwermütige Inder lehnte.

»Guten Tag, Abdul«, sagte Mr. Rycroft. »Wie geht es deinem Herrn?«

»Master schlecht heute, Sahib«, erklärte der Inder. »Niemand sehen. Für lange Zeit niemand sehen.«

»Der Bursche könnte Wyatt ganz gemütlich ermorden, und niemand würde es merken«, überlegte Ronnie laut, als sie weitergingen. »Wochenlang könnte er sein turbanverziertes Haupt schütteln und sagen, der Herr wolle niemanden sehen. Und keiner von uns würde stutzig werden.«

Mr. Rycroft nickte zustimmend.

»Allerdings stieße das Beseitigen des Leichnams auf Schwierigkeiten«, führte er aus.

»Ja, das ist immer der Haken, nicht? Lästige Sache, so'n menschlicher Leichnam.«
Jetzt waren sie bei Major Burnabys Grundstück angelangt. Der Besitzer stand im Garten und blickte streng auf ein Unkraut, das an einer Stelle wuchs, wo kein Unkraut wachsen sollte.
»Guten Tag, Major«, rief ihm Mr. Rycroft zu. »Kommen Sie auch zu den Willetts?«
Burnaby rieb sich die Nase.
»Glaube nicht. Sie schickten mir zwar eine Einladung, aber ... kurz und gut, mir ist nicht nach Gesellschaft, was Sie wohl verstehen werden.«
»Trotzdem möchte ich gern, daß Sie mitkommen. Ich habe einen Grund für diese Bitte.«
»Einen Grund? Was für einen Grund?«
Mr. Rycroft zögerte. Offensichtlich störte ihn die Gegenwart Ronald Garfields, der das jedoch nicht zu merken schien oder nicht merken wollte.
»Ich möchte ein Experiment machen«, sagte Mr. Rycroft endlich.
»Was für ein Experiment?«
Das kleine Männchen zögerte abermals.
»Erlassen Sie mir die Erklärung. Aber wenn Sie kommen, bitte ich Sie herzlich, mich in allem, was ich sage, zu unterstützen.«
Nun war Burnabys Neugier wach geworden.
»Schön, ich komme mit. Muß nur meinen Hut holen.«
Zu dritt setzten sie ihren Weg fort.
»Wie ich hörte, erwarten Sie Besuch, Rycroft«, sagte Burnaby.
Ein Schatten von Ärger huschte über das Gesicht des Angeredeten.
»Wer hat Ihnen das erzählt?«
»Diese gesprächige Elster, die Curtis. Sie ist sauber und ehrlich, doch ihre Zunge kennt keine Pause, wobei es keinerlei Unterschied macht, ob man ihr zuhört oder nicht.«
»Ja, ich erwarte morgen meine Nichte, Mrs. Dering, und ihren Mann.«
Inzwischen waren sie an der Haustür angekommen, die ihnen auf ihr Klingeln hin von Brian Pearson geöffnet wurde.
Während sie in der Halle ihre Mäntel ablegten, ließ Mr. Rycroft kein Auge von dem breitschultrigen jungen Mann. Interessanter

Typ, lautete sein Urteil. Sehr viel Temperament. Beachtenswerte Form der Kinnladen. Unter gewissen Umständen dürfte mit ihm nicht gut Kirschen essen sein. Ungefähr das, was man als einen gefährlichen jungen Mann bezeichnet.

Major Burnaby beschlich ein Gefühl der Unwirklichkeit, als er das Wohnzimmer betrat und Mrs. Willett sich erhob, um ihn zu begrüßen. Sie gebrauchte fast die gleichen Worte wie vor einer Woche. Und das gleiche flackernde Feuer im Kamin, und die gleichen Kleider bei den beiden Damen – letzteres mochte allerdings auch Einbildung sein.

Wirklich, ein wunderliches Gefühl. Als ob es wieder vergangene Woche wäre ... als ob Joe Trevelyan noch lebte ... als ob sich nichts zugetragen, sich nichts verändert hätte. Halt, das stimmte nicht, Mrs. Willett hatte sich verändert. Ein Wrack – das Wort war nicht übertrieben. Sie war nicht mehr die gewandte, sichere Dame von Welt, sondern ein gebrochenes, kraftloses Geschöpf, das offenkundige und rührende Anstrengungen machte, heiter zu erscheinen.

Aber der Teufel soll mich holen, wenn ich weiß, warum Joes Tod ihr so zusetzt, dachte der Major. Und zum hundertsten Mal stellte er fest, daß irgend etwas mit den Willetts nicht stimmte.

Wie gewöhnlich merkte er schließlich, daß er grübelnd dagesessen hatte und daß jemand zu ihm sprach.

»Dies ist, fürchte ich, unser letztes Zusammensein hier, Major«, lächelte Mrs. Willett müde.

»Wie? Wieso?« fuhr Ronnie aufgeregt dazwischen.

»Ja. Wir werden den Rest des Winters nicht in Sittaford verleben. Ich persönlich liebe es natürlich – den Schnee und die Felsen und die weite Heide. Aber den Schwierigkeiten mit den Dienstboten fühle ich mich nicht gewachsen.«

»Ich dachte, Sie wollten es mit zwei Dienern versuchen?« meinte Burnaby.

Ein leises Zittern überflog die gealterte Frau.

»Nein ... ich habe den Plan fallenlassen.«

»Das ist ein böser Schlag für uns alle«, beteuerte Mr. Rycroft. »Sehr traurig. Da werden wir nach Ihrem Fortgang wieder in unser altes Einerlei zurücksinken. Wann wollen Sie übrigens fort?«

»Montag voraussichtlich. Wenn es sich ermöglichen läßt, auch schon morgen. Es ist so schrecklich ohne Dienstmädchen. Allerdings muß ich erst mit Mr. Kirkwood das Geschäftliche klären, denn ich hatte das Haus ja eigentlich für vier Monate gemietet.«

»Ein großer Verlust«, sagte Mr. Rycroft, sich ritterlich verneigend. »Wollen Sie nach London?«

»Ja. Und hinterher an die Riviera ... Nun, wollen wir jetzt Tee trinken?«

Mrs. Willett schenkte ein. Ronnie und Brian verteilten die Tassen und reichten Zucker und Gebäck. Eine gewisse Verlegenheit lag über dem kleinen Kreis.

»Was wird mit Ihnen?« wandte Burnaby sich plötzlich an den jungen Pearson. »Ebenfalls fort?«

»Nach London, ja. Natürlich werde ich erst wieder nach drüben fahren, wenn die Sache geklärt ist.«

»Welche Sache?«

»Ich meine, bis mein Bruder sich von diesem lächerlichen Verdacht hat reinigen können.«

Er stieß die Worte in einer so herausfordernden Art hervor, daß niemand etwas zu erwidern wußte. Endlich brach Major Burnaby das peinliche Schweigen. »Ich habe ihn nicht einen Augenblick für den Täter gehalten.«

»Keiner von uns«, ergänzte Violet, den alten Offizier dankbar anblickend.

Der helle Ton einer Glocke schrillte in die abermalige Pause.

»Das wird Mr. Duke sein«, mutmaßte Mrs. Willett. »Mach ihm auf, Brian.«

Der junge Pearson war ans Fenster getreten.

»Nein, es ist der verdammte Journalist.«

»Oh, das ist schade ... aber wir müssen ihn wohl hereinlassen.«

Brian nickte und erschien kurz darauf in Gesellschaft Enderbys wieder.

Der Korrespondent des *Daily Wire* hatte in all den aufregenden Tagen nichts von seiner strahlenden Zufriedenheit eingebüßt, und daß er hier nicht willkommen sein könnte – ein solcher Gedanke schien im völlig fremd zu sein.

»Guten Tag, Mrs. Willett, wie geht es Ihnen? Ich wunderte mich schon, wo die Einwohner von Sittaford alle miteinander steckten ... jetzt sehe ich es.«

»Eine Tasse Tee, Mr. Enderby?«
»Sehr liebenswürdig, Mrs. Willett. Ist Miss Trefusis denn nicht hier? Leistet sie Ihrer Tante Gesellschaft, Mr. Garfield?«
»Nein«, sagte Ronnie verdutzt. »Miss Trefusis ist doch nach Exhampton gefahren.«
»Von dort ist sie bereits wieder zurück. Woher ich das weiß ...? Ein kleiner Vogel zwitscherte mir's ins Ohr. Das Curtisvögelchen, um der Wahrheit die Ehre zu geben. Unsere liebe Wirtin hat das Auto an der Post vorüberfahren, in den Feldweg einbiegen und dann ohne Fahrgast zurückkommen sehen. In Nr. 5 ist Emily nicht, in Nr. 4 bei Miss Percehouse ebenfalls nicht – dann muß sie unweigerlich bei diesem Ritter Blaubart, Captain Wyatt, ihren Tee trinken.«
»Vielleicht ist sie den Felsen emporgestiegen, um den Sonnenuntergang zu genießen«, meinte Mr. Rycroft.
»Glaube ich nicht«, widersprach Burnaby. »Ich war seit anderthalb Stunden ununterbrochen in meinem Garten, so daß ich sie beim Vorübergehen gesehen hätte.«
»Na, Sorgen brauchen wir uns ihretwegen nicht zu machen«, lachte Charles Enderby fröhlich. »Sie läuft wohl keine Gefahr, ermordet oder verschleppt zu werden.«
»Was Sie natürlich vom journalistischen Gesichtspunkt aus bedauern!« höhnte Brian Pearson.
»Für nichts auf der Welt würde ich Emily opfern«, gab Charles zur Antwort, »Emily ist einzigartig.«
»Sie ist reizend, sehr reizend«, ergänzte Mr. Rycroft. »Ich freue mich, mit ihr zusammenzuarbeiten.«
»Sind Sie alle fertig mit Ihrem Tee?« erkundigte sich die Hausfrau. »Wie wäre es dann mit einer Partie Bridge?«
Doch Mr. Rycroft räusperte sich.
»Mrs. Willett«, begann er, »wie Sie wissen, interessiere ich mich sehr für alle okkultistischen Phänomene. Ich brauche Sie wohl nicht daran zu erinnern, daß wir vor einer Woche in diesem nämlichen Zimmer um eine erstaunliche, furchteinflößende Erfahrung reicher wurden.«
Ein schwaches Stöhnen kam von der Seite, wo Violet saß.
»Ich weiß, meine liebe Miss Willett, ich weiß – diese Erfahrung hat Sie arg mitgenommen. Und sie war auch schockierend, ich

leugne es nicht. Seither sucht die Polizei nach dem Mörder Trevelyans; sie hat sogar jemanden verhaftet, indes glauben wir, die wir hier versammelt sind, nicht an James Pearsons Schuld. Was ich nun vorschlage, ist, daß wir das Experiment vom vergangenen Freitag wiederholen, aber diesmal in einem völlig anderen Sinne.«

»Nein!« rief Violet.

»Oh, das ist ein bißchen viel verlangt. Ich werde mich jedenfalls nicht daran beteiligen«, ließ Ronnie Garfield sich hören. Aber Mr. Rycroft schenkte ihm keine Beachtung.

»Mrs. Willett, was sagen Sie?«

Sie zögerte.

»Offen gestanden, Mr. Rycroft, gefällt mir Ihr Vorschlag nicht. Ich leide noch heute unter der Erinnerung an das Erlebnis in der vergangenen Woche.«

»Was wollen Sie eigentlich damit erreichen?« fragte Charles Enderby. »Sollen die Geister uns den Namen von Trevelyans Mörder nennen? Das wäre ein Befehl von großer Tragweite.«

»War die Tragweite vor einer Woche, als uns mitgeteilt wurde, daß Trevelyan tot sei, etwa nicht groß?«

»Das ist wohl richtig, Mr. Rycroft. Jedoch könnten sich heute Folgen ergeben, die Sie nicht bedacht haben.«

»Zum Beispiel?«

»Nehmen wir an, es würde ein Name genannt. Können Sie dafür bürgen, daß einer der Anwesenden nicht mit Vorbedacht . . .«

Er hielt inne, und Ronnie Garfields vorwitziger Mund sprach das fehlende Wort.

». . . schob. Das meint er.«

»Es ist ein ernsthaftes Experiment, Sir«, erwiderte Mr. Rycroft. »Niemand würde sich zu dergleichen hergeben . . . Mrs. Willett, ich bitte Sie einzuwilligen.«

Sie wehrte sich noch immer.

»Wirklich, es widerstrebt mir. Ich . . .« Unschlüssig blickte sie von einem zum anderen, als suche sie einen Fluchtweg.

»Major Burnaby, Sie waren der beste Freund des Captain. Was meinen Sie?«

Burnabys Augen suchten jene Mr. Rycrofts. Jetzt begehrte dieser die Unterstützung, die er vorhin angedeutet hatte.

»Warum nicht?« sagte der Major mürrisch. Und seine Stellungnahme gab den Ausschlag.
Ronnie ging in das angrenzende Zimmer und holte das runde Tischchen, das auch vor einer Woche benutzt worden war. Man zog die Stühle heran – in hartnäckigem, verbissenem Schweigen. Daß sein Experiment sich keiner Beliebtheit erfreute, konnte Mr. Rycroft nicht verborgen bleiben.
»Ja, so ist alles richtig«, sagte er. »Wir werden nun das Experiment des vergangenen Freitags unter vollkommen gleichen Bedingungen wiederholen.«
»Nicht unter den vollkommen gleichen Bedingungen«, warf Mrs. Willett ein, »denn Mr. Duke fehlt heute.«
»Das ist wahr. Wie schade! Dann möchte ich Mr. Pearson als Ersatz vorschlagen.«
»Brian, bitte sag nein!« rief Violet erregt. »Beteilige dich bitte, bitte nicht.«
»Warum denn nicht ... es ist ja doch alles Unsinn.«
»Solche Ansicht wirkt sich störend aus!« verwies Mr. Rycroft streng.
Brian Pearson erwiderte nichts, sondern nahm stumm seinen Platz neben Violet ein.
»Mr. Enderby«, begann der kleine Mann. Doch Charles ließ ihn nicht weiterreden.
»Ich komme nicht in Frage, Mr. Rycroft, weil ich auch vergangene Woche nicht anwesend war. Außerdem bin ich ein Journalist, dem Sie Mißtrauen entgegenbringen. Wenn es Ihnen recht ist, werde ich alles, was sich ereignen wird, sofort stenografisch festhalten.«
Mr. Rycroft hatte dagegen nichts einzuwenden, und Enderby drehte das Licht aus und hockte sich vor den Kamin.
»Halt, schnell noch einen Blick auf die Uhr!« rief er, indem er das flackernde Feuer zu Hilfe nahm. »Bei Gott, das ist seltsam!«
»Was ist seltsam?«
»Es ist genau fünfundzwanzig Minuten nach fünf ...«
Violet stieß einen leisen Schrei aus.
»Ruhe!« gebot Mr. Rycroft.
Die Minuten verstrichen. Nichts von dem unterdrückten Gelächter, nichts von den geflüsterten Bemerkungen, die am vergange-

nen Freitag die Sitzung eingeleitet hatten – nur Totenstille, schließlich unterbrochen durch ein leises Knacken des Tisches.
»Ist dort jemand?« fragte Mr. Rycroft.
Ein weiteres leises Knacken ... ein unheimlicher Laut in dem dunklen Raum.
»Ist dort jemand?«
Kein Knacken diesmal, sondern ein fürchterliches Pochen.
Violet kreischte entsetzt, und auch Mrs. Willett schrie auf.
»Keine Angst!« erklang Brian Pearsons ruhige Stimme. »Es klopft jemand an der Vordertür. Ich werde gehen und öffnen.«
Von den Zurückgebliebenen sprach keiner ein Wort.
Plötzlich flammten die Lichter auf. Im Türrahmen stand Inspektor Narracott. Dicht hinter ihm Emily Trefusis und Mr. Duke.
Narracott trat einen Schritt vor und sagte laut und vernehmlich:
»John Burnaby, ich beschuldige Sie des Mordes an Joseph Trevelyan, begangen am Freitag, dem 14. dieses Monats, und ich mache Sie darauf aufmerksam, daß alles, was Sie ab jetzt sagen, als Beweismaterial gegen Sie verwendet werden kann.

30

Inspektor Narracott hatte seinen Gefangenen aus dem Zimmer geführt, und die übrigen, die sich um Emily Trefusis drängten, waren wie betäubt von dem eben Gehörten. Von ihnen allen faßte sich Charles Enderby am schnellsten wieder.
»Um Himmels willen, geben Sie Ihre Weisheit von sich, Emily!« drängte er. »Ich muß telegrafieren! Jeder Augenblick ist von unschätzbarem Wert.«
»Es war wirklich Major Burnaby, der Trevelyan ermordet hat. Aber wie? Wie war es möglich? Wenn Trevelyan um fünfundzwanzig Minuten nach fünf getötet wurde ...«
»Er wurde erst kurz vor sechs getötet.«
»Doch selbst dann ...«
»Ich weiß. Sie könnten ewig raten und würden doch nicht darauf kommen. Skier – das ist die Erklärung – Skier!«
»Skier ...?« wiederholten alle im Chor.

Emily nickte.
»Ja. Er verstand das Tischrücken geschickt seinen Absichten entsprechend zu lenken. Es war kein Zufall oder eine unwissentliche Handlung, wie wir dachten, Charles. Als er sah, daß es binnen kurzem wieder schneien und der neue Schnee jede Spur verwischen würde, erweckte er bei Mrs. Willett und ihren Gästen den Eindruck, daß Captain Trevelyan tot sei.. Dann tat er so, als quäle ihn die Ungewißheit über das Schicksal seines Freundes, und er bestand darauf, nach Exhampton zu gehen.
Zu Hause schnallte er sich seine Skier an, die unter einem Haufen von Geräten im Schuppen lagen, und brach auf. Er ist ein glänzender Skiläufer. Bis Exhampton unausgesetzt scharf abfallendes Gelände – eine ideale Piste! Und er brauchte für die ganze Strecke nicht viel mehr als zehn Minuten.
Er kam an der Rückseite von Trevelyans Haus an, klopfte an die Fenstertür, und Captain Trevelyan ließ ihn nichtsahnend ein. Und als der Freund ihm den Rücken zukehrte, packte Burnaby jenes Polster und – tötete ihn. Oh, mir wird übel, wenn ich daran denke . . .!
Alles Weitere war ganz leicht, da ihm hinreichend Zeit zur Verfügung stand. Er muß die Skier abgewischt und sie zwischen den Sportgeräten des Ermordeten in der Wandnische des Eßzimmers untergebracht haben. Dann zerbrach er die Scheiben der Tür, zog die Schubladen heraus, verstreute die Papiere – alles, um einen Einbruch vorzutäuschen.
Und gegen acht Uhr brauchte er nur hinauszugehen, auf einem Umweg ein gutes Stück weiter höher die Landstraße zu erreichen und keuchend und nach Luft ringend wieder nach Exhampton hinunterzustapfen, als ob er die ganzen zehn Kilometer von Sittaford zu Fuß zurückgelegt hätte. Solange niemand an Skier dachte, hatte er nichts zu befürchten, denn das ärztliche Gutachten würde lauten, daß der Tod von Captain Trevelyan schon vor zwei Stunden eingetreten sei. Also ein einwandfreies Alibi!«
»Aber sie waren doch Freunde, alte, langjährige Freunde!« bemerkte Mr. Rycroft. »Es ist einfach nicht zu glauben.«
»Ja, das war auch mir bekannt«, entgegnete Emily. »Und deshalb konnte ich das Warum nicht erkennen. Ich grübelte und

grübelte, und endlich blieb mir nichts weiter übrig, als mich an Inspektor Narracott und Mr. Duke zu wenden.«

Sie hielt inne und blickte den gleichmütig dreinschauenden Duke an.

»Darf ich es ihnen sagen?«

»Wenn Sie wollen, Miss Trefusis«, lächelte Mr. Duke.

»Jedenfalls ... nein, vielleicht sehen Sie es doch nicht gern, Mr. Duke. Ich ging also zu den beiden Herren, und zu dritt gelang es uns, Klarheit zu schaffen. Erinnern Sie sich, Charles, daß Evans Ihnen gegenüber erwähnte, Captain Trevelyan hätte die Gewohnheit gehabt, Preisrätsellösungen unter Evans' Namen oder unter anderen Namen einzusenden? Nun, das gleiche tat er auch bei dem Rätsel, für dessen Lösung Sie Major Burnaby fünftausend Pfund aushändigten. Es war Captain Trevelyans Lösung, nach dessen Meinung die Adresse Sittaford Cottage Nr. 1, vorteilhafter klang als seine eigene. Ahnen Sie das Weitere, Charles? Am Freitag morgen erhielt Major Burnaby den Brief, der ihm den Gewinn von fünftausend Pfund ankündigte. Ihnen gegenüber hat er zwar behauptet, daß er den Brief nicht erhalten habe, weil infolge des schlechten Wetters am Freitag keine Post mehr eingetroffen sei. Das war eine Lüge. Und eigentlich hätten wir schon damals stutzig werden müssen, denn Freitag morgen bestand die Verbindung noch ... Also, wie weit war ich in meiner Erzählung gekommen? Ach ja – Major Burnaby erhielt den Brief. Und er, der infolge unglücklicher Aktienkäufe viel Geld verloren hatte, brauchte jene fünftausend Pfund, brauchte sie viel dringender als sein reicher Freund.

Der Plan muß meines Erachtens ganz plötzlich in seinem Hirn aufgetaucht sein. Vielleicht erst, als er sich klarmachte, daß gegen Abend neues Schneetreiben einsetzen würde. Wenn Trevelyan tot war ... dann konnte er das Geld behalten, und niemand würde je erfahren, daß es eigentlich nicht für ihn bestimmt gewesen war.«

»Verblüffend!« murmelte Mr. Rycroft. »Wie um alles in der Welt sind Sie dahintergekommen, Miss Trefusis?«

Und Emily erzählte von Mrs. Bellings Brief, dem sie ihren Fund im Kaminschornstein verdankte.

»Die Art der Stiefel, Mr. Rycroft. Es waren Skistiefel, und so wurden meine Gedanken auf Skier gelenkt . . . Ich rannte nach unten zu der Wandnische, und richtig – dort standen zwei Paar Ski. Ein Paar länger als das andere. Und die Stiefel paßten in die Bindung des längeren Paares, aber nicht in jene des anderen. Mithin gehören die kürzeren Ski nicht dem Ermordeten.«

»Er hätte die Ski woanders verstecken müssen«, gab Mr. Rycroft sein sachkundiges Urteil.

»Nein . . . nein. Der Platz war gut gewählt. In ein oder zwei Tagen würde die ganze Sammlung auf den Speicher gewandert sein, und in der Zwischenzeit würde sich die Polizei nicht darum gekümmert haben, ob Captain Trevelyan Besitzer von einem oder mehreren Paar Skier gewesen war.«

»Aber warum versteckte er die Stiefel?«

»Vermutlich weil er befürchtete, die Polizei könne – genau wie ich – beim Anblick von Skistiefeln an Skier denken. Und so stopfte er sie in den Schornstein – ein fataler Fehler, denn Evans bemerkte ihr Fehlen, und auf etlichen Umwegen erfuhr auch ich davon.«

»Hat er seine Tat absichtlich auf James abwälzen wollen?« fragte Brian Pearson, voll Groll.

»O nein! Das verdankt James nur seinem üblichen Pech. Was war er doch für ein Idiot!«

»Na, nun hat er ausgelitten«, sagte Charles. »Sie brauchen sich nicht mehr um ihn zu sorgen, Emily. Haben Sie jetzt alles erzählt? Weil ich dann nämlich umgehend zur Post rasen will. Die Herrschaften wollen mich bitte entschuldigen.«

Und fort war er.

»Das lebende Telegramm«, lächelte Emily.

»Sie haben ihn, was wichtige Nachrichten anbelangt, noch übertroffen, Miss Trefusis«, sagte Mr. Duke voll Anerkennung mit seiner tiefen Stimme.

»Ja, wirklich, Sie sind fabelhaft!« bewunderte Ronnie.

»Oh, mein Gott!« seufzte Emily plötzlich und sank schlaff in einen Sessel.

»Sie brauchen eine kleine Stärkung«, rief Ronnie. »Einen Cocktail, wie?«

Emily schüttelte den Kopf.

»Einen Brandy«, schlug Mr. Rycroft vor.

»Eine Tasse Tee«, bot Violet an.
»Ich möchte so gern ein bißchen Puder haben«, sagte Emily sehnsüchtig. »Meinen habe ich im Auto liegen lassen. Und ich bin sicher, daß mein ganzes Gesicht vor Aufregung glänzt.«
Violet führte sie nach oben, um sie im Schlafzimmer mit diesem nicht alltäglichen Beruhigungsmittel zu versorgen.
»So, jetzt fühle ich mich schon besser«, versicherte Emily Trefusis, während sie mit Hingabe ihre Nase betupfte. »Haben Sie auch einen Lippenstift, Miss Willett? Ja? Herrlich ... So, nun fühle ich mich schon wieder ganz menschlich!«
»Sie haben sich wundervoll benommen. So tapfer!«
»Gar nicht tapfer!« Emily ließ die Hand mit dem Lippenstift sinken. »Hinter der kühlen Fassade war mir sterbenselend zumute.«
»Ich kann es Ihnen nachempfinden, denn ich habe ungefähr dasselbe durchgemacht. Mein Gott, wie habe ich um Brian gebangt! Natürlich konnten sie ihn nicht wegen Ermordung von Captain Trevelyan drankriegen, doch sobald sein Aufenthaltsort während der letzten Tage bekannt geworden wäre, hätten sie herausgefunden, daß er Vaters Flucht in die Wege geleitet hat.«
»Was soll das heißen?« stieß Emily hervor.
»Der Sträfling, der entflohen ist, war mein Vater, Miss Trefusis. Und seinetwegen kamen wir hierher. Armer Vater ... Es gab immer wieder Zeiten, wo er nicht zurechnungsfähig war und die schrecklichsten Dinge anstellte. Brian lernten wir auf der Überfahrt kennen, und er und ich ... nun ... er und ich ...«
»Ich verstehe schon, Miss Violet.«
»Nach und nach weihte ich ihn ein, und gemeinsam haben wir dann den Fluchtplan geschmiedet. Ach, Brian war unvergleichlich, Miss Trefusis. Glücklicherweise hatten wir genug Geld, und obwohl es unglaublich schwierig ist, aus Princetown zu entkommen, fand Brian Mittel und Wege. Es war geplant gewesen, daß Vater in gerader Richtung über das Moor gehen, sich in der Pixie-Höhle verbergen und nach einigen Tagen zusammen mit Brian als Diener in unser Haus kommen sollte. Brian machte uns auf Sittaford House aufmerksam, und er riet uns auch, dem Captain einen ungewöhnlich hohen Mietpreis zu bieten. Wir hofften, daß uns, wenn wir schon Monate vorher hier einzögen, keinerlei Argwohn treffen würde.«

»Mein Gott, liebe Miss Willett, wie tut mir das leid ... Ich meine das Mißlingen Ihres Plans!«
»Mutter ist vollkommen zusammengebrochen«, sagte Violet. »Können Sie nun verstehen, daß ich stolz bin auf Brian? Nicht jeder würde die Tochter eines Sträflings heiraten wollen! Aber man kann Vater nicht verantwortlich machen für sein Handeln. Vor fünfzehn Jahren erhielt er von einem Pferdehuf einen furchtbaren Schlag auf den Kopf, und seitdem ist er so wunderlich geworden. Brian sagt, daß ein guter Anwalt ihn wahrscheinlich freibekommen hätte ... Doch nun wollen wir nicht mehr davon reden!«
»Vielleicht können jetzt noch entsprechende Schritte unternommen werden, Miss Willett?«
Violet schüttelte traurig den Kopf.
»Er ist sehr krank – Lungenentzündung. Eine Folge des Umherirrens in der furchtbaren Kälte. Und ich sage mir, daß es vielleicht sogar das beste für Vater ist, wenn er erlöst wird. Es mag schrecklich klingen – aber ich denke, Sie werden mich verstehen.«
»Arme, kleine Violet«, sagte Emily Trefusis mitfühlend.

31

Zehn Minuten später eilte Emily Trefusis den Feldweg hinab, und Captain Wyatt, der an seiner Gartenpforte stand, gab sich alle Mühe, sie aufzuhalten.
»He, Miss Trefusis! Was ist denn an diesem Gerede wahr?«
»Alles!« rief sie, ohne stehenzubleiben.
»Gut, gut! Aber kommen Sie doch einen Augenblick herein und trinken Sie eine Tasse Tee. Warum diese Eile? Das ist das schlimmste bei euch zivilisierten Leuten!«
»Ja, wir sind gräßlich – ich weiß«, schrie Emily zurück. Mit der Sprengkraft einer Bombe platzte sie gleich darauf in das Häuschen von Miss Percehouse.
»Da bin ich, um Ihnen alles zu erzählen!« erklärte sie.
Als sie ihren Bericht beendet hatte, stützte sich das alte Fräulein

auf den Ellbogen und bewegte unheilverkündend den Zeigefinger hin und her.
»Was habe ich Ihnen gesagt, meine Liebe? Daß Burnaby ein eifersüchtiger Mensch ist. Freunde, in der Tat! Doch seit zwanzig Jahren machte Trevelyan alles ein bißchen besser als Burnaby. Er war ein besserer Skiläufer, ein besserer Bergsteiger, ein besserer Schütze, und er löste sogar die Rätsel besser. Burnaby, alles andere als großzügig, konnte das nicht ertragen. Zudem war Trevelyan reich und er arm. Ich sage Ihnen, mein Kind, es ist nicht leicht, einen Menschen wirklich gern zu haben, der alles ein ganz klein bißchen besser versteht als man selbst. Bei engstirnigen, kleinlichen Naturen wie Burnaby wird es beinahe zu einer Unmöglichkeit.«
»Ja, ich glaube, Sie haben ins Schwarze getroffen, Miss Percehouse. Wußten Sie übrigens, daß Ihr Neffe meine Tante Jenny kennt? Sie saßen am Mittwoch zusammen bei Deller.«
»Mrs. Gardner ist seine Patin. Also sie war der Freund, den er in Exeter treffen wollte . . .! Wahrscheinlich ein Pumpversuch, wie ich Ronnie kenne. Na, warte, mein Bürschchen!«
»Ich verbiete Ihnen, Miss Percehouse, an einem solchen Freudentag wie heute irgend jemanden auszuschelten«, sagte Emily. »Und nun leben Sie wohl! Ich habe viel zu tun.«
»Was haben Sie denn zu tun, meine Liebe? Ich sollte eigentlich meinen, Sie hätten genug getan!«
»Noch nicht ganz. Ich muß nach London, um die Herren von James' Versicherungsgesellschaft zu überreden, ihm diese kleine selbständige Geldentnahme aus der Kasse nicht nachzutragen.«
»Hm . . .« sagte Miss Percehouse.
»Es ist schon richtig, was ich vorhabe. James wird sich in Zukunft solche Eskapaden nicht wieder erlauben – er hat seinen Denkzettel weg!«
»Vielleicht. Und Sie meinen, daß Sie die Herren überreden werden?«
»Bestimmt!« erklärte Emily ohne Besinnen.
»Und dann?«
»Wieso?«
»Nun, um es klarer auszudrücken: welcher von den beiden? Welcher von den beiden wird der unglückliche Mann sein?«

Emily lachte, beugte sich herab und küßte die alte Dame.
»Spielen Sie nur nicht die Dumme, Miss Percehouse! Sie wissen ganz genau, welcher es ist.«
Miss Percehouse schmunzelte, während Emily Trefusis aus dem Haus lief und am Gartentor gerade auf Enderby stieß, der den Feldweg heraufgerannt kam. Er packte ihre beiden Hände. »Emily . . .! Darling!«
»Charles, ist es nicht herrlich?«
»Ich muß Ihnen einen Kuß geben«, sagte Mr. Enderby und ließ seinen Worten sofort die Tat folgen. »Emily, ich bin ganz verdreht! Sagen Sie, wie steht es nun?«
»Was heißt das?«
»Ja, ich meine . . . natürlich, es wäre unfair gewesen, solange der arme Kerl hinter Gittern saß. Doch jetzt steht er ja reingewaschen da und . . . nun ja, jetzt muß er seine Medizin schlucken wie jeder andere.«
»Wovon reden Sie nur, Charles?«
»Emily, Sie wissen sehr wohl, daß ich vernarrt bin in Sie, und Sie mögen mich ja auch ganz gern leiden. Pearson war ein Irrtum in Ihrem Leben. Während wir beide wie geschaffen füreinander sind. Und die ganze Zeit über haben wir es wohl beide innerlich gefühlt, nicht wahr? Mögen Sie nun lieber eine standesamtliche oder eine kirchliche Trauung?«
»Wenn Sie etwa vom Heiraten reden, so schlagen Sie sich das aus dem Kopf, Charles.«
»Was . . . aber ich . . .«
»Nein!« sagte Emily.
»Aber . . . liebe, einzige Emily.«
»Wenn Sie es also durchaus hören wollen: Ich liebe James – leidenschaftlich!«
Charles Enderby starrte sie in sprachlosem Staunen an.
»Sie können ihn nicht lieben«, erklärte er endlich.
»Ich liebe ihn. Ich habe ihn immer geliebt! Und ich werde ihn zeitlebens lieben!«
»Ja, aber ich dachte . . .«
»Was Sie dachten, daran bin ich nicht schuld.«
»Sie sind ein gewissenloser Teufel, Emily.«
»Ich weiß, mein guter Charles. Und ich will alles sein, was Sie für

richtig finden. Aber ärgern Sie sich nicht. Denken Sie, wie hoch Sie steigen werden! Dieser Mordfall hat Ihre Karriere gesichert – Sie sind ein gemachter Mann. Was bedeutet dagegen eine Frau? Kein wirklich starker Mann braucht eine Frau, Charles. Sie behindert ihn nur, indem sie sich an ihn klammert wie der Efeu. Eine glänzende Laufbahn – das ist das einzig Befriedigende für einen wirklich starken Mann. Und Sie sind ein solcher Mann, einer, der im Daseinskampf allein zu stehen vermag ...«

»Wollen Sie nun endlich aufhören, Emily? Es klingt, als ob Sie einen Rundfunkvortrag für die reifere männliche Jugend hielten ... Sie haben mein Herz gebrochen; Sie wissen nicht, wie entzückend Sie aussahen, als Sie mit Inspektor Narracott ins Zimmer traten. Wie eine Sieges- und Rachegöttin!«

Fußtritte knirschten auf dem Feldweg und veranlaßten Emily, sich umzudrehen.

»Oh, Sie sind es, Mr. Duke!« rief sie erfreut. »Charles, darf ich Sie mit Chefinspektor Duke bekannt machen?«

»Was?« schrie Enderby. »Doch nicht etwa der berühmte Duke von Scotland Yard?«

»Jawohl, mein Lieber«, erwiderte Miss Trefusis. »Nachdem er seinen Abschied genommen hatte, zog er sich hierher zurück, und als bescheidener, netter Mann liebte er es nicht, sich in seinem Ruhm zu sonnen. Jetzt weiß ich auch, weshalb Inspektor Narracott so versteckt schmunzelte, als ich von ihm wissen wollte, welche Verbrechen Mr. Duke auf dem Kerbholz habe.«

Mr. Duke lachte herzhaft. In Charles Enderbys Herzen aber entbrannte ein kurzer Kampf zwischen dem Journalisten und dem Liebhaber. Und der Journalismus gewann.

»Ich danke meinem Schicksal, daß es mir Sie über den Weg führte, Inspektor«, sagte der Reporter des *Daily Wire.* »Würden Sie wohl die außerordentliche Güte haben, für meine Zeitung einen kleinen Artikel über den Trevelyan-Fall zu schreiben?«

Emily Trefusis ließ die beiden allein. Sie rannte weiter zu Mrs. Curtis' Häuschen, hinauf in ihr Zimmer und stopfte und preßte ihre Habseligkeiten in den Handkoffer.

»Miss, um Gottes willen, Sie wollen doch nicht fort?« entsetzte sich die Wirtin, die ihr gefolgt war.

»Doch, sofort. Nach London.«

Mrs. Curtis stellte sich dicht neben sie.
»Miss, welcher von den beiden ist denn der Richtige?«
Emily klappte den Kofferdeckel zu.
»Der im Gefängnis, natürlich. Es hat sich auch nie um einen anderen gehandelt.«
»Was! Und Sie glauben nicht, Miss, daß Sie sich täuschen? Sind Sie sicher, daß der andere junge Herr so viel wert ist wie dieser?«
»Dieser hier wird schon seinen Weg machen«, entgegnete Miss Trefusis. Sie blickte aus dem Fenster auf den Feldweg hinab, wo Charles Enderby den einstigen Chefinspektor noch immer festhielt.
»Er ist dazu geboren, seinen Weg zu machen – aber ich weiß nicht, was aus dem anderen würde, wenn ich mich nicht seiner annähme. Wie würde es ihm zum Beispiel jetzt ergangen sein, wenn ich nicht gewesen wäre, Mrs. Curtis?«
»Sie können nichts Besseres sagen, Miss!« entschied Mrs. Curtis.
Hierauf begab sie sich in das untere Stockwerk, wo ihr Ehemann stumm vor sich hinstarrte.
»Bei Gott, sie ist das lebende Abbild meiner Tante Belinda!« versicherte sie ihm. »Die warf sich auch fort an jenen Waschlappen George Plunket mit seinem verschuldeten Anwesen. Und wie sah es nach zwei Jahren aus? Die Schulden bezahlt, und das Geschäft blühte. Jawohl, so eine war Tante Belinda.«
»Ah!« brummte Mr. Curtis und schob seine Pfeife in den anderen Mundwinkel.

Agatha Christie

Agatha Mary Clarissa Miller, geboren am 15. September 1890 in Torquay, Devonshire, sollte nach dem Wunsch der Mutter Sängerin werden. 1914 heiratete sie Colonel Archibald Christie und arbeitete während des Krieges als Schwester in einem Lazarett. Hier entstand ihr erster Kriminalroman *Das fehlende Glied in der Kette.* Eine beträchtliche Menge Arsen war aus dem Giftschrank verschwunden – und die junge Agatha spann den Fall aus. Sie fand das unverwechselbare Christie-Krimi-Ambiente.
Gleich in ihrem ersten Werk taucht auch der belgische Detektiv mit den berühmten »kleinen grauen Zellen« auf: Hercule Poirot, der ebenso unsterblich werden sollte wie sein weibliches Pendant, die reizend altjüngferliche, jedoch scharf kombinierende Miss Marple (*Mord im Pfarrhaus*).
Im Lauf ihres Lebens schrieb die »Queen of Crime« 67 Kriminalromane, unzählige Kurzgeschichten, 7 Theaterstücke (darunter *Die Mausefalle*) und ihre Autobiographie.
1956 wurde Agatha Christie mit dem »Order of the British Empire« ausgezeichnet und damit zur »Dame Agatha«. Sie starb am 12. Januar 1976 in Wallingford bei Oxford.

Von Agatha Christie sind erschienen:

Das Agatha Christie Lesebuch
Alibi
Alter schützt vor Scharfsinn nicht
Auch Pünktlichkeit kann töten
Auf doppelter Spur
Der ballspielende Hund
Bertrams Hotel
Der blaue Expreß
Blausäure
Das Böse unter der Sonne oder Rätsel um Arlena
Die Büchse der Pandora
Der Dienstagabend-Klub
Ein diplomatischer Zwischenfall
Dreizehn bei Tisch
Elefanten vergessen nicht

Die ersten Arbeiten des Herkules
Das Eulenhaus
Das fahle Pferd
Fata Morgana
Das fehlende Glied in der Kette
Ein gefährlicher Gegner
Das Geheimnis der Goldmine
Das Geheimnis der Schnallenschuhe
Das Geheimnis von Sittaford
Die großen Vier
Das Haus an der Düne
Hercule Poirot's größte Trümpfe
Hercule Poirot schläft nie
Hercule Poirot's Weihnachten
Karibische Affaire
Die Katze im Taubenschlag
Die Kleptomanin
Das krumme Haus
Kurz vor Mitternacht
Lauter reizende alte Damen
Der letzte Joker
Die letzten Arbeiten des Herkules
Der Mann im braunen Anzug
Die Mausefalle und andere Fallen
Die Memoiren des Grafen
Mit offenen Karten
Mörderblumen
Mördergarn
Die Mörder-Maschen
Mord auf dem Golfplatz
Mord im Orientexpreß
Mord im Pfarrhaus
Mord im Spiegel oder Dummheit ist gefährlich
Mord in Mesopotamien
Mord nach Maß
Ein Mord wird angekündigt
Die Morde des Herrn ABC
Morphium
Nikotin
Poirot rechnet ab
Rächende Geister
Rotkäppchen und der böse Wolf
Ruhe unsanft
Die Schattenhand
Das Schicksal in Person
Schneewittchen-Party
Ein Schritt ins Leere
16 Uhr 50 ab Paddington
Der seltsame Mr. Quin
Sie kamen nach Bagdad
Das Sterben in Wychwood
Der Tod auf dem Nil
Tod in den Wolken
Der Tod wartet
Der Todeswirbel
Tödlicher Irrtum oder Feuerprobe der Unschuld
Die Tote in der Bibliothek
Der Unfall und andere Fälle
Der unheimliche Weg
Das unvollendete Bildnis
Die vergeßliche Mörderin
Vier Frauen und ein Mord
Vorhang
Der Wachsblumenstrauß
Wiedersehen mit Mrs. Oliver
Zehn kleine Negerlein
Zeugin der Anklage